J. MARQUESI

PODEROSA LIBERDADE

Este livro foi revisado segundo o Novo Acordo Ortográfico da Língua Portuguesa.

Produção editorial Aline Santos, Bárbara Gatti, Jaqueline Lopes, Mariana Rodrigueiro, Natália Ortega e Renan Oliveira
Preparação de texto Luciana Figueiredo
Capa Aline Santos e Layce Design
Foto Lee Avison/Trevillion Images, Mardoz/Shutterstock Images, paffy/ Shutterstock Images, Pakhnyushchy/Shutterstock Images e R.Ashrafov/ Shutterstock Images

CIP-BRASIL. CATALOGAÇÃO NA PUBLICAÇÃO
SINDICATO NACIONAL DOS EDITORES DE LIVROS, RJ

M321p

Marquesi, J.
Poderosa liberdade / J. Marquesi. — 1. ed. — Bauru [SP] : Astral Cultural, 2021.
304 p.

ISBN: 978-65-5566-081-4

1. Ficção brasileira I. Título

21-68730

CDD 869.3
CDU 82-3(81)

Camila Donis Hartmann CRB-7/6472

ASTRAL CULTURAL EDITORA LTDA.

BAURU
Av. Duque de Caxias, 11-70
CEP 17012-151 - 8º andar
Telefone: (14) 3235-3878
Fax: (14) 3235-3879

SÃO PAULO
Rua Major Quedinho 11, 1910
Centro Histórico
CEP 01150-030

E-mail: contato@astralcultural.com.br

Prefácio

J. Marquesi é, com certeza, a minha grande descoberta de 2020. Quando fui convidada a ler esse trabalho, tive receio. Principalmente porque no meu processo de booktuber e de leitora voraz, falo muito sobre a importância de nós, mulheres negras, nos vermos representadas em papéis para além de escravizadas. Sempre questionei o porquê de uma negra não poder ser a protagonista de um livro em que vai estudar em uma escola de artes em Nova Iorque e encontra o mocinho por lá, ou a chef de cozinha de um restaurante famoso em Londres. Por que será que a preta nunca é a mulher que vai trabalhar em uma empresa de publicidade em Paris? Não deixei esses questionamentos de lado; porém conhecer a protagonista deste livro me fez ampliar mais os horizontes.

O problema não é a personagem ser uma escravizada, mas como ela é retratada em alguns romances. E Marieta, para mim, é símbolo de liberdade, força, determinação, ancestralidade e tantas outras mil coisas que só nos fortalecem. Sem falar na capacidade genuína que ela tem de amar e se permitir ser amada. Porque é exatamente assim que a gente quer ser vista: como pessoas que merecem o amor.

Marieta vive no período escravagista, momento histórico que nos tirou muito, principalmente a possibilidade de EXISTIR e de ter nossa HUMANIDADE reconhecida e respeitada. Mas, ainda assim, ela resiste. E ama. Marieta nunca deixou de ser quem é para ter aceitação, tampouco se anulou. Ela apenas sabe aproveitar as oportunidades, sem deixar de lado sua empatia para com os seus irmãos que não tiveram o mesmo destino.

Empoderada, Marieta é uma mulher que tem a consciência dos efeitos de ter o seu tom de pele em uma sociedade escravocrata e de seu papel diante disso. Ela sabe que tudo o que a gente faz, mesmo que a gente não queira, significa. Toda vez que trançamos os cabelos, significa. Quando a gente usa uma roupa, um turbante, cultua uma religião, escolhe o nosso parceiro, anda na rua, busca o conhecimento... Tudo em nós significa resistência. E a heroína escrita por nossa J. Marquesi nos traz tudo isso. Ela se reinventa. Ela não é só uma personagem fictícia; ela pode ser eu, você, aquela menininha preta que ainda vai nascer, aquela que gostaríamos de ser... Ela pode ser tantas, todas. E, sim, nós também fomos as escravizadas. E foram essas mulheres, com todas as suas dores, lutas e conquistas, as responsáveis pelas mulheres que somos e pelas que nos tornaremos.

A gente só quer ser e se ver, pois cansamos de ser invisíveis. Que venham muitas outras protagonistas PRETAS, PODEROSAS e LIBERTAS como ela. E que suas histórias possam ser consumidas e compartilhadas.

É por tudo isso que me sinto muito feliz, honrada e grata pelos dois convites que a J. Marquesi me fez. Em primeiro lugar, por acompanhá-la durante o processo de escrita de PODEROSA LIBERDADE e, depois, por me convidar para prefaciar a obra.

Deixemos o mundo conhecer amores como o de Marieta e Joaquim. Um amor puro, verdadeiro e resistente.

Patrícia Rammos
Booktuber
@patriciarammos

Prólogo

Um coração partido

Brasil, maio de 1853

Marieta.

Apenas um nome para que fosse identificada, apenas mais uma dentre muitas daquelas que estavam ali para servir. Nunca se viu diferente ou diferenciada, era só mais um par de mãos para o trabalho, mais uma para gerir aquela casa enorme e sem nenhuma mulher em seu comando.

Marieta, não há nome mais doce...

Marieta afastou a suave lembrança da mentira, aquela voz, e desenhou seu nome na pequena faixa de areia espremida entre as pedras e o poço formado pela cachoeira. Sentia-se em casa ali, no seu recanto, ouvindo o som da água caindo, enquanto tentava lidar com tudo o que sentia da única forma que aprendera a vida toda: pensando. E ela pensava muito, tanto que sempre era repreendida por pensar demais, questionar demais e querer demais.

"Erraram ao te educar", diziam.

"Não pedi educação", respondia, balançando os ombros e com o queixo erguido. "Nunca pedi nada, só fiz o que me mandaram fazer." Com esse argumento, acabavam-se as conversas acerca da forma como se expressava, agia ou se portava. Aprendeu com os brancos, isso é verdade, mas seus modos e refinamento não a transformaram em um deles, apenas abriram um enorme abismo entre os seus.

Não seja injusta, Marieta, repreendeu a si mesma, suspirando e pensando naqueles que a estimavam, cuidavam dela e viram o que lhe acontecera na infância, ser escolhida para acompanhante da sinhazinha, como algo bom, uma esperança para o futuro. Eles não percebiam que ela era só uma escravizada que fora escolhida, talvez por conta dos boatos sobre seu nascimento, para estar dentro da casa, servindo à pequena filha do Barão, enquanto ela crescia. Mas, mesmo não concordando, Marieta não se sentia, de maneira nenhuma, especial.

E, mais uma vez, tive a certeza de que realmente não sou, pensou triste, ainda não querendo lidar com o que a afligia. Certo é que o destino traçou um caminho diferente para ela e, de um dia para o outro, Marieta viu sua vida mudar.

Sempre trabalhou na casa, ajudando na cozinha ou onde fosse necessária. Ia à venda com as moças mais velhas, engraxava as botas do Barão e cerzia roupas. Desde que se podia lembrar, já estava no serviço doméstico. Por muito tempo, foi tratada por moleca, quase um menino, por ser muito alta, muito magra e ter seus cabelos mantidos cortados rentes à cabeça. A única coisa que a distinguia dos demais rapazolas era a cor de seus olhos e sua feição delicada.

Marieta aproximou-se do espelho d'água e encarou a si mesma, refletida na tranquilidade da beirada do poço. O verde de seus olhos se misturava ao verde das águas e da natureza, um detalhe sutil, visto apenas quando alguém a olhava bem de perto, mas que a identificava.

"A negrinha dos olhos claros" era como a chamavam quando criança, ou mesmo "a mestiça", "filha bastarda e rejeitada de algum branco". Soluçou ao se lembrar de cada uma dessas alcunhas faladas tanto por seu povo quanto pelos senhores. A verdade é que nunca soube, não tinha ideia de suas origens ou de como e por que foi parar na Santa Helena. O que tinha de concreto era que não nascera na fazenda, chegara ainda bebê e havia sido criada por Maria, a mãe, uma das escravizadas com mais filhos na senzala e que, na época, havia parido recentemente, por isso a amamentou e cuidou como se fosse sua filha.

Foi com Maria que aprendeu tudo o que sabia fazer, desde o serviço da casa, até o preparo das ervas. Ninguém em toda a fazenda cozinhava como a mãe, contudo, por causa de sua vista fraca, Marieta a ajudava com as pequenas coisas que ela não conseguia fazer. Talvez tenha sido porque estava dentro da casa e Maria a tinha por filha que foi escolhida para fazer companhia à pequena Guta. Só sabia que, de uma hora para outra, lá estava ela, vestida como sinhá e metida dentro de uma sala com lousa, cadernos e professora.

Tinha dez anos de idade quando entraram na cozinha e a mandaram subir para os quartos dos patrões. Maria questionara preocupada, achando que a menina tinha feito algo errado, mas não pudera evitar que ela se apresentasse ao Barão.

"Minha filha precisa de companhia", dissera o homem que a fazia tremer e manter os olhos baixos. "A partir de hoje você deixa a cozinha para estar à disposição dela."

Marieta concordara trêmula, pois conhecia a fama da sinhazinha e sabia que vivia metida em confusões. Temia castigo, já vira como se tratava um negro que desobedecia às ordens, contudo, temia ainda mais as maluquices da pequena diaba. Maria ficara exultante, pois também ajudara a cuidar da filha do Barão, principalmente depois que sua mãe a abandonara. Fez-lhe muitas recomendações, deu-lhe muitos conselhos e, acima de tudo, garantira-lhe que estar com a sinhazinha era melhor do que estar na roça.

Marieta e Helena Augusta demoraram a estabelecer amizade. A garota branca era agitada, desconfiada e, acima de tudo, Marieta percebera, era só. Fora a solidão que as aproximara e havia feito nascer uma relação tão linda que, por mais breve que tenha sido, ainda lhe fazia falta.

Estudaram dois anos juntas, atentas às lições da professora contratada pelo Barão para ensinar letras e números à Helena e que não se importara de fazer o mesmo para sua acompanhante, uma escravizada acanhada, mas que tinha verdadeira sede de conhecimento. Helena e Marieta, ao mesmo tempo, aprenderam a ler, escrever e fazer contas simples. A professora, a senhora Pires, contava histórias e mostrava mapas com terras distantes.

"Essa é a África", mostrara a professora, certa vez, em sua classe. "É daqui que vêm os escravizados." Olhara para Marieta com os olhos rasos d'água, e a menina estremecera sem entender por que a senhora sentira tal emoção. "E onde existem animais únicos." A professora tentara sorrir ao virar a página para mostrar outras figuras daquele lugar. "Leões, elefantes, rinocerontes e..."

"Hipopótamos.", gritara pequena Guta, animada.

"Sim.", sorrira a professora em resposta. "É um lugar muito rico em fauna e flora, sabem o que significa isso?"

Então, passara a tarde explicando sobre as flores, plantas, árvores e, claro, sobre os animais, porém Marieta não conseguira mais prestar a atenção ao que a senhora Pires dizia, pois sentia o coração descompassado ao saber que seu povo havia vindo de uma terra que ficava depois de um vasto oceano. Mais tarde, quando se recolhera com Maria na senzala, Marieta perguntara sobre a África e a mulher suspirou saudosa. E assim descobrira que a mãe havia sido trazida de lá, não por vontade própria, mas separada de sua família ainda muito jovem, e que lhe doía saber que nunca conseguiria voltar. Marieta deixara o assunto de lado, porque sentira que falar da mãe África, como Maria se referia ao lugar onde nascera, a deixava triste.

Passou, então, a buscar as respostas no livro da professora, lendo atentamente cada informação, vendo e decorando no fundo de seu coração cada imagem. Aquele livro foi o responsável pela incessante sede de conhecimento da menina escravizada. Enquanto Helena Augusta ia atrás de aventuras, Marieta lia, treinava as letras e os números, dia após dia, sem cansar.

A professora era uma mulher branca que pensava diferente das outras e não se importava em ensinar uma menina negra, pelo contrário. O empenho e a vontade de Marieta a incentivaram a aprofundar ainda mais os estudos das crianças e lhes emprestar livros com pequenas histórias e contos, mesmo sabendo que Helena nunca havia colocado a mão em um único exemplar para ler.

O mundo se abriu e se tornou tão maior do que aquela fazenda onde Marieta vivia, tão maior do que a vila aonde ia quando precisava comprar alguma coisa, que ela sabia que precisaria de muitos anos para conhecê-lo, mesmo por meio dos livros e das aulas da professora. Infelizmente, não teve o tempo necessário para ir além do básico. Helena aprontou de novo com o Barão e ele, enfurecido, a mandou para longe, para além do oceano. Marieta ficou triste, não só pela perda da amiga que fizera, mas também por ter de se despedir da senhora Pires. Voltou ao serviço na casa, recebeu o deboche e o desprezo das outras meninas por ter ousado imaginar que era melhor do que elas, como alegavam, mesmo não sendo verdade, e seguiu com sua vida na mesma rotina que tantas outras já tiveram antes e que muitas teriam depois. Envelheceria, como mãe Maria, e não conheceria nada além da fazenda. Nunca veria o mar, viajaria de navio ou chegaria a terras distantes.

Com o passar dos anos, Marieta se acostumou com essa verdade. Cresceu, tornou-se uma bela jovem e ninguém mais a tomava por menino. Era mais alta que a maioria das mulheres, e do que alguns homens também, tinha um corpo bem formado e se orgulhava de seus longos cabelos trançados pelos hábeis dedos de Maria. Já não era tratada com desprezo, pelo menos não por ter sido educada com a sinhá, o problema era que chamava a atenção dos rapazes mais fortes e bonitos da senzala, embora fosse de conhecimento geral que ninguém poderia tocá-la, a menos que o Barão autorizasse.

"O Barão vê você como moça especial" justificava Maria sempre que Marieta começava a se interessar por algum rapaz. "Ele não vai deixar você virar divertimento dos moço, ah, não vai não."

"Eu tenho medo, Maria", confessara uma vez, chorando nos braços da mãe. "Dizem que ele me quer para si mesmo."

A mais velha rira e batera em sua mão. "Bobagem. O Barão é diferente. Escuta o que essa veia diz.", gargalhara antes de explicar. "Quando cheguei nesta terra, fui para uma outra fazenda e lá o patrão se deitava com todas, antes mesmo de passar o serviço." Marieta estremecera ao ouvir aquilo. "Aqui não.", cochichara. "O Barão prefere as branca" — dera de ombros —, "principalmente as que cobram pra levantar as saia", riu, mas Marieta ainda não se sentia tranquila.

"Mas, então, por que..."

"Porque você é preciosa, assim como seus olho", dissera aquilo suspirando ao pegar no rosto de Marieta. "Ele vai querer manter sua linhagem..." Os olhos de Maria brilharam cheios de lágrimas. "O Barão sabe que as Mina, como os branco chama nós, são mulheres fortes e saudáveis. E você não nega que é uma, assim como eu."

Ali, Marieta compreendera que não teria direito à escolha nem mesmo ao amor. Quando chegasse o momento em que o Barão achasse que ela deveria parir, ele a autorizaria a se casar com um homem que também possuísse constituição forte e histórico saudável. Chegou a pensar que poderia ser emparelhada com Ozório, o reprodutor da fazenda, um escravizado criado com um pouco mais de regalias que os outros e que não ia para o cafezal, pois sua função era fornecer mais e mais trabalhadores à fazenda, fecundando o maior número de mulheres, e sentiu o corpo gelar de medo.

"Eu não quero isso", havia declarado olhando firme para Maria. "Eu não quero esse meu destino para mais ninguém." Maria concordara com o desespero da jovem. "O Barão pode até me juntar com quem quiser, mas não pode me obrigar a gerar."

"Ele não vai", Maria batera nas costas de sua mão como sempre havia feito quando estava segura do que dizia.

Marieta aquietara seu coração depois das palavras daquela a quem considerava como sua mãe. Tentara não se apegar a nenhum rapaz, ainda que gostasse de algum, porque isso só significaria sofrimento.

A cada ano foi ficando mais e mais nervosa diante da possibilidade de que o Barão a mandasse se juntar a alguém, o que, contudo, não acontecia. Marieta não se sentia aliviada, porque não sabia o que o destino tinha reservado a ela, mas se sentia agradecida por ainda não ter de passar por tal prova.

Estava tudo indo muito bem, dentro daquilo que poderia ser considerado bom em sua vida. Tinha o afeto de Maria e dedicava-se a cuidar da mulher com carinho, porque a cada ano percebia que o peso da idade estava chegando e que a mãe já havia sofrido demais nesta terra. Fez bons amigos como Quitéria, Antenor e Zuma, os três filhos de Maria que ainda permaneciam na fazenda, e seguia com seus afazeres dentro da casa do patrão, que ficava mais na Santa Lúcia do que na pequena Santa Helena, onde ela morava.

O tempo passou rápido e logo chegou à idade de vinte anos.

Recebia notícias esporádicas de Helena, a sinhazinha rebelde que já havia trocado de colégio tantas vezes que Marieta já nem sabia em qual país estava, e via com mais frequência os filhos varões do Barão. Augusto, o mais velho, já residia na Santa Helena havia algum tempo e estava noivo. Antônio e Pedro moravam com o pai na Santa Lúcia desde que completaram seus estudos em Portugal. Os três se reuniam quase todos os dias para andar a cavalo, conversar e discutir sobre o café. Pedro era o caçula e com quem Marieta tinha mais contato. O rapaz era faceiro, divertido e a tratava bem, principalmente porque conviveram bastante quando fora companhia de Helena.

"Nunca vi moça mais linda que você, Marieta", dizia ele quando estava na fazenda, sentado à mesa da cozinha, enquanto tomava um café e Marieta ajudava Maria com o almoço. "Sortudo será o homem que um dia fizer seus olhos brilharem."

Maria ralhava com ele e expulsava-o da cozinha, alegando que atrapalhava o serviço com suas conversas, mas Marieta sorria envaidecida.

"Você tome tenência.", apontava Maria, séria, para Marieta. "Esse moleque sabe conquistar uma moça, mas num é homem procê."

"Eu sei, Maria. Não se preocupe, Pedro só gosta de provocar, ele sempre me tratou com muito respeito."

"É bom mesmo, senão dou uns tapas naquela bunda azeda dele", bufava. Certa vez, a mãe comentou: "Esses menino voltaram daquela zoropa tudo proseador." Balançou a cabeça rindo, antes de apontar a pia cheia de louça suja do preparo da comida. "Adianta a louça, porque vem chegando o dia do meu Pai Ogum e eu quero ainda fazer umas coisas pra festa e vou precisar de você para ajudar eu."

Marieta se sentia animada apenas por ouvir falar naquela festa, lembrando-se de como adorava a data, cheia de cantoria, danças e comidas. Era um dia especial para os escravizados, porque, diferentemente da outra comemoração — que celebrava o dia da padroeira da fazenda, Santa Helena —, os patrões não participavam das festividades, apenas da missa de São Jorge.

Naquele dia, Marieta ajudou Maria em tudo o que podia, desde os pequenos mimos dedicados ao orixá, até no preparo das comidas que seriam servidas para os participantes da festa. O delicioso feijão com miúdos cheirava longe, perfumando toda a senzala, e ela sentiu uma felicidade tão grande que cantou e dançou o dia todo, mesmo com todo o trabalho que tinha.

Talvez tenha sido por causa dessa mesma alegria que não percebeu a armadilha do destino.

Estava com o coração leve, a risada solta, a alma agradecida. Eram poucas as coisas que lhe traziam felicidade, mas, quando as tinha nas mãos, as segurava por muito tempo. Gostava de aproveitar cada momento, cada gotinha de alegria que tinha, e se entregava por completo ao sentimento.

"Burra." Marieta bateu na água da cocheira, quando uma lágrima furtiva caiu e colocou fim à calma aparente do lugar. "Eu nunca deveria ter confiado nele." Chorou, dando vazão às lagrimas represadas desde que Zuma lhe contou o que ouvira na casa da fazenda Santa Lúcia. Derramou todo o seu pranto, vindo do coração partido, da alma pesada e da desilusão. Julgara ser amada, pensara que ele a via como era, como pessoa, como mulher. Enganara-se.

Joaquim Ávila havia sido só muito esperto para se mostrar diferente, chegando com seu sorriso gentil, suas palavras doces ditas com sotaque tão gostoso de ouvir, e suas histórias de viagens que fariam qualquer uma se apaixonar pelo bravo capitão. Como pôde esperar por ele? Como acreditou na promessa que lhe fez? Marieta se perguntou durante todo o caminho que correra, desde a sede da fazenda, até a cachoeira.

Burra.

Havia passado meses acreditando que ele voltaria, a livraria do jugo da escravidão e se casaria com ela. Nunca, nem sequer com a demora, Marieta questionou sua honestidade ou a verdade daquela promessa feita ali mesmo, às margens da cachoeira onde chorava, onde os dois se amaram e declararam seus sentimentos.

— Marieta?

Ao ouvir seu nome ser chamado, a jovem olhou para trás, sabendo se tratar de João, que se tornara o melhor amigo de Zuma desde que chegara à fazenda havia algum tempo. Ela tentou cessar as lágrimas, se esforçou para não soluçar, balançando seu corpo com tamanha força que parecia que uma parte sua estava sendo arrancada de seu peito, mas não pôde. Não podia mais voltar atrás e aprisionar cada gota que seus olhos vertiam. Bem como não podia mais juntar os cacos quebrados de seu coração. Um coração partido nunca ficaria inteiro de novo.

1

Novo idioma, novos trajes

Inglaterra, dezembro de 1858

Marieta da Silveira era agora o seu novo nome. Ainda estava impactada com as mudanças em sua vida e não conseguia tirar os olhos de seus documentos. Tudo era novo, o lugar, as pessoas, o idioma e os trajes, mas, apesar de todas as novidades, Marieta ainda se sentia a mesma. Era verdade que, em sua antiga vida, não tivera documentos nem sobrenome, e que havia somente dois meses que tudo isso lhe foi dado de repente, quando recebeu a autorização para ser livre, por meio de uma carta de alforria.

Marieta ainda podia se lembrar da emoção que sentira ao pegar o papel, aparentemente tão comum, tão semelhante a tantos outros que já havia visto antes, mas com um peso tão grande que a fez envergar-se e chorar.

Era livre.

Pranteou sem saber definir as emoções que sentia, soluçou nos braços de mãe Maria, sorriu entre lágrimas abraçada à Helena. Marieta nunca havia vivido algo semelhante, não podia nem descrever como estava seu coração e sua cabeça. Leu e releu a tal carta muitas vezes para se convencer de que era real e que o sonho tão almejado da liberdade estava em suas mãos.

Tudo acontecera de forma inesperada, pois fora pega de surpresa, tanto com a chegada de sua amiga de infância quanto pela transferência de sua propriedade. O Barão, muito contente pelo casamento de sua filha com um Conde inglês, prometeu dar-lhes um presente especial quando eles fossem visitar a fazenda no Brasil como marido e mulher. Então, Helena, mesmo depois de tantos anos distante, não quisera prataria nem joias ou mesmo mais ações do café para seu esposo, ela quisera apenas uma coisa: Marieta.

No começo, a jovem escravizada não entendera o pedido, mas, depois de ter recebido a carta de alforria, assinada por sua amiga, percebeu que, na verdade, Helena voltara por ela.

"Eu queria poder ter feito isso há muito tempo" confessara Helena, com voz embargada e a felicidade refletida em seus olhos. "Mas nunca tive boas relações com o Barão nem motivo para que ele me concedesse algo assim." Sorrira. "Então, quando ele me enviou a carta convidando-nos para vir à fazenda e revelando que eu teria direito a um pedido especial de presente, não pensei duas vezes em solicitar que ele a transferisse para mim." Helena chorara junto com Marieta. "Não estou te libertando, Marieta, apenas estou devolvendo o que era seu desde o princípio e que lhe foi tirado pela minha família. Além disso, queria dar também a você o direito de escolher o que fazer daqui para frente, então, a carta de alforria não é tudo, estou transferindo parte do meu dote ao seu nome."

Marieta surpreendera-se, pois sabia que não se tratava de pouco dinheiro. "Por quê?", perguntara com o coração disparado.

"Porque é o mínimo que eu deveria fazer e o que meu coração pediu." Helena estivera emocionada, respirando fundo. "Eu queria convidá-la a ir morar comigo em Londres, mas não quero que pense que é obrigada a aceitar." Helena tomara suas mãos nas dela. "Você não é obrigada a fazer mais nada, Mari, nunca mais."

O peso daquelas palavras ressignificara a existência de Marieta. Desde que nascera, entendia que seu único propósito era servir e seguir ordens. Escolha era uma palavra muito frágil e quase utópica em sua vida, pois a única vez que a havia usado, que escolhera algo por si mesma, descobrira duramente que não poderia ter o que queria.

"Mari, você quer ir para Londres comigo?", Helena, por fim, fizera o convite, e Marieta percebia a ansiedade em seu rosto.

Londres, pensara ela com olhos brilhando, trazendo à memória todos os seus sonhos de conhecer os locais mostrados pela antiga professora. Atravessar o oceano, conhecer novos lugares, novas pessoas, desbravar o mundo. Mas, ainda que lhe parecesse uma aventura emocionante, tinha medo: "O que eu iria fazer naquele lugar?"

"Fazer-me companhia, reconstruir sua vida, conhecer novas pessoas. Meu esposo deseja que eu contrate uma jovem para acompanhar-me, logo pensei em você e em mais ninguém. Quero tê-la por perto, relembrar nossos momentos felizes quando crianças, nossa amizade renovada quando voltei à casa, nossas conversas e seus conselhos. Você é o mais próximo que eu tenho de uma irmã." Marieta concordara emocionada com as palavras de carinho. "Ser dama de companhia é um trabalho muito comum naquele país, Mari, você terá um salário e poderá ir a festas, chás, bailes e recepções comigo."

Salário, ela rira nervosa, pois trabalhara sua vida toda sem receber nada, sem folga, sem reconhecimento, como se, na verdade, lhe fizessem um favor ao deixá-la servir. A proposta de Helena era maravilhosa, mesmo assim Marieta levara dias pensando se deveria aceitar e só se decidira quando, ao conferir o valor que recebera de presente de sua amiga, tivera uma ideia: "Acha que o Barão aceitaria alforriar mãe Maria?"

Helena não escondera sua surpresa. "Não sei, Maria está há tantos anos na nossa casa e, agora, é a responsável pela Santa Lúcia." Helena ficara um momento pensando. "Posso tentar convencê-lo, ele está mais receptivo aos meus pedidos."

"Eu pagarei por sua liberdade."

Helena ficara séria. "E para onde ela iria? E seus filhos?" Suspirara com esses pensamentos. "Acho que tenho uma ideia, mas não sei se será bem vista."

Então, que algo incrível acontecera.

Helena conseguira convencer o pai a vender mãe Maria para ela e depois a alforriou, fazendo para a velha escravizada a mesma surpresa que fizera com Marieta. Além disso, a presenteara com uma casinha na vila perto da fazenda e uma renda que um advogado iria entregar-lhe mensalmente.

Marieta queria que o dinheiro que recebera tivesse sido suficiente para retirar todos os seus daquela condição, mas tinha consciência de que não poderia nem conseguiria, uma vez que já não se traziam mais pessoas escravizadas de fora e o Barão não renunciaria aos que já tinha. Era revoltante e ao mesmo tempo frustrante ver os seus naquela condição e não poder fazer nada.

Por isso, pensara em comprar a liberdade de Quitéria, Antero e Zuma, mas percebera que não tinha dinheiro suficiente para todos. Conversara com mãe Maria e as duas decidiram por dar a liberdade primeiro à Zuma, já que era o único que permanecia solteiro e que faria companhia à mãe.

"Eu vou juntar dinheiro na Inglaterra para conseguirmos libertar seus outros filhos, eu prometo", dissera Marieta à velha senhora dias antes de embarcar para sua nova vida.

"Eu vou trabalhar muito", confidenciara Zuma, já na porta da casinha. "E vou juntar dinheiro necessário para libertar meus irmãos também."

Os três escravizados forros deram-se às mãos, selando a promessa de que iriam unir esforços para que os seus obtivessem a liberdade e a esperança em seus corações. Marieta sabia que mãe Maria era uma ótima cozinheira e que Zuma era forte, destemido e muito capaz. Só esperava que ambos conseguissem vencer o preconceito da sociedade e tivessem a oportunidade de mostrar seu valor como as pessoas livres que se tornaram.

A viagem para a Europa foi cansativa e muito dolorosa, tanto para Marieta quanto para Helena. Nos primeiros dias, Marieta passou tão mal que não conseguia ficar de pé no navio; contudo, na segunda semana já conseguiu desfrutar da vista e da brisa do mar no convés e cuidar de sua amiga, cujo enjoo não passara como o seu.

O desembarque na Inglaterra havia sido poucos dias antes, durante uma tarde gelada, e Marieta sorriu ao sentir as primeiras rajadas de vento em seu rosto. Ficou um pouco frustrada por não ver neve, mesmo estando já perto do inverno, pois tinha ouvido falar do fenômeno, não só durante seu curto período escolar, mas quando Helena retornara à fazenda, cheia de histórias dos lugares onde estudou.

Naquela época, ainda era casada com João e sentia-se grata por tê-lo encontrado. Estivera ferida e magoada por causa da desilusão com Joaquim e recebera a decisão do Barão de casá-la como uma bênção. Seu marido fora um bom homem. Embora nunca tivesse havido amor entre os dois, conseguiram uma união de respeito e de proteção. Marieta pensou muito em seu falecido esposo quando chegou ao solo inglês, principalmente porque temia reencontrar Joaquim Ávila, por saber que ele e o marido de Helena eram aparentados. João consolara seu coração como um grande amigo faria, percebera suas feridas e fora muito paciente com ela, principalmente quando soube que não seria seu primeiro amante.

Helena garantiu que Joaquim tinha ido para Lisboa, em Portugal, e que passaria algum tempo por lá com a família. Marieta sentiu o gosto amargo de saber detalhes sobre os irmãos do português, lembrando-se das histórias que ele contava e das promessas que havia feito sobre, um dia, ela conhecer cada um deles.

Mentiras.

Durante o trajeto do porto até a casa do Conde, Helena foi contando peculiaridades da cidade e das pessoas. Marieta descobriu que, naquela época do ano, Londres era uma cidade quase deserta e que apenas os moradores permaneciam na capital durante o inverno. Inclusive, na região onde iriam morar havia poucos residentes, pois a maioria dos nobres migrava para o campo. Ao longo do percurso, as duas conversaram sobre o clima, os eventos que ainda continuavam mesmo naquela fria estação do ano e, claro, sobre as pessoas que Marieta iria conhecer assim que o parlamento voltasse a abrir e os nobres retornassem a Londres.

Ficou acordado que Marieta usaria alguns vestidos de inverno de Helena, até que pudessem visitar uma maison e encomendar um enxoval novo.

Ela quase não conseguiu conter sua expressão de assombro quando viu, pela primeira vez, a casa londrina que Helena tanto falou. Moncrief House parecia um palacete por dentro, ampla e bem decorada, nada parecida com a fachada reta e sem nenhum adorno.

Os criados — pessoas assalariadas e todas de uniforme — os aguardaram em fila dentro da mansão e ela foi apresentada a cada um deles de acordo com suas funções na casa. Marieta, que até aquele momento estava tensa por causa da reação daquelas pessoas com sua presença na casa, percebeu que se preocupara à toa, pois, assim como os trabalhadores da casa na fazenda, os dali também não demonstravam suas emoções e, por mais que não a aceitassem, nunca iriam deixar transparecer.

Foi acomodada em um quarto grande e requintado, no andar da família e não junto aos empregados. A todo instante, Helena frisava que Marieta não era uma criada e sim sua amiga e dama de companhia. Dama de companhia, suspirou, guardando seus preciosos documentos no quarto onde, a partir daquele momento, passaria suas noites. Olhou para Helena, que dava as últimas instruções à sua criada pessoal sobre os trajes que iria compartilhar com Marieta e, assim que ficaram a sós, confessou à amiga:

— Eu não entendo nada do que vocês dizem. — Sorriu, nervosa. — Como vou conseguir trabalhar assim?

Helena deu dois passos na sua direção, mas parou para respirar, e Marieta foi ao seu encontro, pois percebera que a Condessa estava pálida.

— Não se preocupe, assim que as festas de fim de ano passarem, vamos providenciar alguém para lhe ensinar o idioma e os costumes.

— Ainda se sente mal pela viagem? — perguntou, auxiliando-a a se sentar. — Achei que já estivesse melhor.

— Sim, na maioria do tempo sinto-me bem, mas, às vezes, tudo parece rodar e tenho me sentido cada vez mais cansada.

— Então, precisa descansar. O Conde ficará louco se souber que ainda não está melhor, ele a ama muito e se preocupa com você. — Marieta pegou a mão de Helena e percebeu que estava fria. — Nunca vi um amor tão lindo quanto o de vocês dois.

Helena suspirou.

— Quem sabe, assim como eu, você também não encontra seu amor neste país.

Marieta negou.

— Isso não é para mim, Helena. — Deu de ombros, pois a amiga nunca soubera de seu passado com Joaquim de Ávila.

— Eu sei que João morreu há pouco tempo, mas você é jovem, Mari, e livre para amar e ser amada como desejar.

Marieta baixou os olhos com o coração disparado, pois uma vez ousara acreditar naquelas palavras, ousara acreditar que encontrara o amor e que era amada da mesma forma. Então, ofereceu apoio à amiga que parecia a cada dia mais frágil.

— Vou ajudá-la a ir ao seu quarto. Você deve descansar o máximo que puder para estar reestabelecida durante as festas de final de ano.

Helena suspirou longamente.

— Sim, eu sei. Vamos receber nossa família e os amigos que ainda estão em Londres para o Natal. — Aconchegou-se mais à Marieta. — Estou tão feliz por ter você comigo, Mari.

— Eu também. — Ela concordou com sinceridade. — Eu também.

Os dias que antecederam aos festejos de Natal passaram absurdamente rápido na visão de Marieta. Precisava aprender e descobrir tantas coisas que, quando a noite chegava, só conseguia pensar em deitar na cama e descansar a cabeça. Estava ficando cada vez mais nervosa diante da ideia de encontrar com mais pessoas do círculo social de Hawkstone, principalmente com os familiares do Conde, que ainda não conhecia porque estavam viajando.

Helena havia melhorado um pouco dos enjoos, mas ainda se sentia cansada e perdia peso visivelmente, o que estava deixando a todos em estado de alerta. Hawkstone chamou o médico da família várias vezes. No começo, o velho doutor tinha alegado serem ainda sintomas da viagem do navio e, depois, algum tipo de doença adquirida nos trópicos e a estava tratando com chás e recomendações de repouso. Marieta não tinha certeza, mas estava a cada dia mais desconfiada de que as ervas de mãe Maria tinham feito o efeito desejado e que Helena estava passando mal porque concebeu um bebê. Mas, como ainda era muito cedo, decidiu não comentar nada com a amiga.

Passavam os dias uma na companhia da outra no quarto da Condessa ou na biblioteca, onde Helena a ajudava a entender palavras e sentenças básicas do complexo idioma que se falava naquele país. Marieta ainda não conseguia se comunicar com os criados e, sempre que precisava de algo para Helena, necessitava da criada de quarto para conseguir o que desejava.

Por sorte, o Conde entendia alguma coisa do português e, quando estava livre do empertigado secretário, Marieta recorria a ele para ajudá-la. "Não se preocupe, Marieta, minha tia trará a professora", consolava Hawk quando ela se sentia perdida. "Você é inteligente, vai aprender."

Ela aceitava as palavras de consolo, mas ainda se sentia irrequieta por poder fazer tão pouco na casa. Não que Helena ou mesmo o Conde necessitassem que ela trabalhasse muito, afinal, tinham um verdadeiro exército de criados, apenas porque ela não conseguia ficar parada por muito tempo vendo as horas passarem.

Gostava do movimento, sentia falta do clima, da terra e das pessoas que amava e que tinham ficado no Brasil. Helena dizia que o sentimento era normal, pois, além de estarem tendo um inverno muito rigoroso em Londres, Marieta ainda estava se adaptando à sua nova vida. Por isso, para não parecer lamentosa demais, enquanto Helena descansava durante o dia, ela andava pela casa, explorando os cômodos, arrumava coisas que achava fora do lugar ou, simplesmente, ia até o jardim nos fundos da propriedade e andava na terra gelada e lamacenta, pensando em como o verde iria se restabelecer depois daquele frio intenso.

Com a aproximação do Natal, tinha decidido que iria ajudar na preparação da festa, já que Helena ainda não se encontrava bem para lidar com os criados sobre a decoração ou mesmo o menu do jantar. Com a ajuda de Harriet, a camareira da Condessa, resolveu a comida com a cozinheira, repetindo o mesmo menu do ano anterior, e pediu aos demais criados que reunissem todas as caixas de decoração para que pudesse escolher as que usariam, enquanto já colocavam os enfeites nos lugares.

— Não vamos sair daqui tão cedo... — comentou, olhando para Harriet, enquanto fazia gestos para que a moça inglesa entendesse o que queria expressar. — Faltam quantas caixas ainda?

Harriet abriu a mão esquerda, sinalizando o número cinco, e Marieta gemeu, pois não havia tempo suficiente para terminar de olhar os enfeites, pendurar a decoração e esperar os convidados que chegariam mais tarde. Não imaginava que precisaria decorar a casa praticamente inteira.

Marieta teve que pensar na decoração dos quartos já ocupados, além dos de Lily, a irmã mais nova de Hawk, e de Margareth Spencer, a tia Maggie, pois as duas já permaneceriam em Londres para a temporada da primavera. Depois, decorou as outras salas, o salão de baile, a biblioteca e o escritório do Conde. Só então Marieta e Harriet puderam se concentrar na sala de visitas e na de jantar, pois acharam melhor deixá-las para enfeitar no dia da comemoração.

— Não vamos abrir aquelas caixas. — Fez sinal para a criada. — Isto aqui já deve ser suficiente.

Pegou os enfeites que já havia separado e começou a entregar aos lacaios que ficaram responsáveis pela decoração alta, feita com festões e lindas peças de cristal. A floricultura que Hawkstone usava para a entrega de flores no inverno deixou uma quantidade absurda de uma flor delicada e rosada que Marieta não conhecia, chamada de flor de cerejeira. Vieram em galhos e fizeram a diferença no meio de tantos ramos de pinheiro.

Estavam quase terminando a sala de jantar, quando, de repente, Harriet olhou para cima e arregalou os olhos como se tivesse se lembrado de algo importante. A criada saiu correndo em direção às caixas da entrega da floricultura e começou a abri-las, uma por uma, à procura de algo.

— O que houve? — Marieta tentou entender o que a moça queria, para poder ajudá-la.

— Mistletoe.

Marieta não fazia ideia de que a palavra significava visco, mas, como não conseguia ficar parada olhando a moça procurar algo em desespero, resolveu auxiliá-la como podia, tirando os galhos que sobraram da decoração e mostrando-os para ela. Tirou primeiro os de pinheiro, também alguns de cerejeira e, no fundo, encontrou um único galho verde, cheio de frutinhas vermelhas que lhe lembrava o café maduro.

— E este? — Mostrou para Harriet, que abriu um enorme sorriso e pegou o galho. — Mistletoe?

Harriet assentiu e entregou o ramo diferente para um dos lacaios, que logo foi preso no meio da decoração na entrada da sala de jantar. Ela queria perguntar o motivo pelo qual havia a necessidade de ter aquele elemento naquele local específico, mas não teve tempo para isso, pois o carrilhão do relógio do hall de entrada anunciou em baladas firmes o avançado das horas.

— Precisamos ajudar Helena a se vestir.

Marieta subiu as escadas quase correndo e, quando chegou ao quarto da Condessa, parou em seco, pois a porta estava entreaberta e Hawkstone estava deitado ao lado da esposa, abraçando-a e acariciando suas costas. A dama de companhia tentou recuar, mas o Conde a viu e lhe pediu para entrar.

— Não quis acordá-la. — Hawkstone deu um sorriso sem jeito. — Você pode ajudá-la?

Marieta assentiu e esperou que o Conde saísse do quarto para chamar Helena baixinho. A Condessa acordou no momento em que ouviram Harriet despejar água na banheira que ficava ao lado, no quarto de vestir.

— Dormi demais? — E levantou-se, preocupada.

— Não, há tempo. — Marieta a ajudou a se despir e, enquanto Harriet a auxiliava no banho, conferiu o vestido escolhido por Helena para usar no jantar.

— Mari, vá se arrumar, Harriet vai me pentear e vestir e depois irá até você.

— Não se preocupe comigo — respondeu. — Eu mesma posso me pentear. A festa é sua, fique linda como sempre.

Marieta foi para seu próprio quarto e, quando fechou a porta, deixou sair toda sua preocupação com a noite que viria. Caminhou até o espelho e se olhou, notando refletida a mesma figura que nunca tinha sido vista ou considerada como pessoa. Senti medo, temia perceber que sua nova vida não tinha nada de novidade e encontrar os mesmos olhares de repugnância, desprezo e altivez.

Pegou o vestido escolhido mais cedo e colocou-o na frente de seu corpo.

— É um novo lugar, com um novo idioma, novos trajes, mas minha pele é a mesma. — Fechou os olhos e sentiu um leve tremor traspassar o corpo, respirou fundo e voltou a se encarar. — Você é forte, Marieta, sempre foi e vai continuar sendo.

Uma ideia a fez sorrir, porque descobriu, de repente, que no passado fizeram com que ela tivesse vergonha de si mesma, a convenceram de que valia menos por causa de sua pele, seus traços, seus cabelos e ela, por muito tempo, acreditou no que diziam. Porém, não mais.

Naquela noite, Marieta não se esconderia e, se não a aceitassem, não faria diferença, pois aceitar a si mesma lhe bastava.

2

Muito prazer, Marieta da Silveira

O nervosismo ainda estava presente, claro, mas a descoberta que tinha feito estava lhe conferindo confiança para dar cada passo em direção às escadas e, finalmente, conhecer o restante da família Moncrief, além de poucos amigos que foram convidados a comparecer no jantar da véspera do Natal.

Marieta levou mais tempo se arrumando do que havia imaginado, mas quando ficou pronta, reconheceu que cada minuto gasto a mais foi bem aproveitado. O vestido de Helena era nobre, feito de tecido caro por uma modista francesa. Era exatamente como deveria ser para uma Condessa, mas não conseguia traduzir como Marieta se sentia, quem ela era. Como não havia tempo para fazer qualquer trabalho com agulha e linha na vestimenta, ela decidiu demonstrar suas raízes de outra forma e esperava ardentemente não desgostar Helena por isso, porque a última coisa que desejava era magoar a amiga apenas por querer ser quem era.

Desceu degrau por degrau com o coração palpitando, mas com o queixo erguido e os olhos brilhando com uma segurança que estava longe de sentir, mas que precisava sustentar. Não iria mais abaixar a cabeça, não iria mais se esconder e se sentir tão invisível quanto uma mobília barata. Helena havia lhe dito que a mudança para Londres serviria para reconstruir sua vida e Marieta não conseguiria fazer isso se não começasse a demonstrar sua força de caráter, por vezes tão oprimida e menosprezada.

Seguiu para a sala de visitas sorrindo calmamente para o mordomo, postado à porta de entrada, e para os criados que a aguardavam para abrir as pesadas portas de folhas duplas que davam acesso ao local onde os convidados estavam reunidos. Respirou fundo antes de entrar e percebeu que o burburinho, causado pelas muitas conversas cruzadas entre os familiares e amigos de Hawkstone, cessou imediatamente. Estremeceu e parou. Era difícil para Marieta sustentar o peso de se sentir igual, quando por toda sua vida havia escutado que era menos do que qualquer outra coisa que respirasse.

Então, foi açoitada pela insegurança e assombrada pelo medo da rejeição. Percebeu que o exercício de autoaceitação e suficiência que esteve fazendo enquanto se aprontava para a festa era muito fácil quando estava sozinha, porém muito difícil quando todos os olhares estavam sobre ela.

Tentou sorrir, mas talvez tenha expressado apenas a caricatura de um sorriso. Sentia-se suar por baixo do belíssimo vestido de seda e renda que Helena lhe emprestara e, com dificuldade de respirar, apoiou a mão sobre seu ventre, agradecendo a si mesma por ter dispensado o uso do corset, que não tinha conseguido vestir sozinha. Que seja a vontade de Deus, pensou, quando, por fim, levantou o olhar e encarou as pessoas que a observavam.

Passou por vários pares de olhos claros — nunca viu tantos desde que tinha chegado à Inglaterra — até encontrar os olhos dourados de sua amiga. Respirou por fim, dando-se conta de que tinha estado prendendo o fôlego. Helena lhe sorria, seus olhos atentos à Marieta, como se estivesse vendo-a pela primeira vez. Caminhou com a graça e a postura da dama que era e, aproximando-se da amiga, estendeu lhe as mãos.

— Está linda, Mari. — A voz de Helena era baixa, mas não deixava nenhuma dúvida acerca da sinceridade de suas palavras. — Mais linda impossível.

Os olhos de Marieta nublaram-se de lágrimas, ao mesmo tempo em que sentia ímpetos de abraçar a amiga de infância, aquela pequena e endiabrada sinhazinha que tinha sido sua companheira de estudos, a moça linda e forte que se escondeu na senzala quando retornou contra a vontade do próprio pai, a esposa de um Conde inglês rico e influente.

— Obrigada — disse apenas, tentando se conter diante de tantos estranhos.

— Venha, quero lhe apresentar a todos presentes.

Marieta pegou a mão de Helena e deixou-se guiar. As primeiras pessoas que conheceu foram o Visconde e Viscondessa de Braxton, Charles e Elise. A mulher era muito alta, longilínea como um belo cisne, de pele rosada e cabelos tão loiros quanto fios de ouro puro.

— É um prazer enorme conhecê-la, finalmente. — Elise a cumprimentou. — Helena não falava em outra coisa, senão trazê-la para Londres.

Esperou que a Condessa de Hawkstone traduzisse o que sua cunhada lhe dissera e então agradeceu usando uma das poucas palavras que aprendera em inglês. Em seguida, foi apresentada à tia de Hawkstone, Lady Maggie, e à sua irmã mais nova, Lady Lily. Marieta ainda conseguia se espantar pela altura de cada um dos membros da família do Conde e admirou a beleza clássica da caçula dos Moncrief.

— Lady Maggie disse que é um prazer conhecê-la e que Beatrix Moreland chegará em breve para auxiliá-la com o inglês e que ela mesma estará honrada em lhe ensinar os costumes do lugar. — Marieta agradeceu mais uma vez.

— Amei seu penteado. — disse Lily em português e Marieta a olhou assustada, pois não fazia ideia de que a dama falava sua língua. — Really, está perfeito.

Helena gargalhou e concordou.

— Esta é Lily, minha cunhada. — Apresentou as duas mulheres. — E como você pôde comprovar, além de falar muito bem nossa língua...

— Helena me ensinou. — Lady Lily interrompeu a cunhada.

— ... não tem nenhum tipo de filtro para expressar sua opinião. — Helena ria e Marieta percebeu que não criticava a cunhada, mas, sim, se divertia com o jeito dela.

— Para que ser mais uma na multidão e dizer apenas as coisas certas no momento certo? Nada é mais educado do que ser verdadeiro.

Marieta concordou, gostando da jovem Lady que parecia ser mais informal que as outras que conheceu anteriormente. Nenhuma fez comentário algum sobre o jeito que arrumou os cabelos, com os cachos pesados presos para cima em um grande coque e com o pano da costa[1], que mãe Maria lhe dera em volta da cabeça.

O penteado a deixava linda, diferente de todas as outras damas, mas não foi para chamar a atenção que havia se decidido por ele, tão somente para demonstrar suas raízes e que não tinha mais motivos para temer expô-las.

Marieta percebeu, além da franqueza de Lily, que a cunhada de Helena tinha um brilho no olhar que encantava, mas, ao mesmo tempo, também podia ver uma certa vulnerabilidade, como se por trás das palavras despreocupadas e de seu jeito direto de falar ela escondesse uma inquietação.

— Gostei de Lady Lily — Marieta comentou com Helena quando se afastaram das duas damas e seguiram até um homem muito bem-vestido, extremamente alto, com os cabelos negros muito bem penteados para trás. O homem as mirava intensamente e seus olhos, de um azul profundo e luminoso, pareciam irradiar calor como uma fogueira.

— Milady.

Ele cumprimentou Helena e, em seguida, desviou o olhar para Marieta, sem emitir nenhuma palavra. Por um momento, ela achou

---

1 Nota da autora: O pano da costa é assim chamado por ter sido um tipo de tecido da África de onde vinham parte dos escravizados (Costa Mina, Costa do Ouro). Seu uso está ligado, até hoje, às religiões afro-brasileiras.

que o cavalheiro não queria falar-lhe, mas, então, lembrou-se de que a Condessa havia explicado que um Lorde só cumprimentava alguém que não conhecia depois de ser devidamente apresentado.

— Lorde Tremaine, esta é minha amiga e dama de companhia, Marieta da Silveira. — Ela segurou o fôlego ao ser apresentada por seu nome completo, mas Helena não percebeu sua reação, pois mostrava muita animação em apresentá-la ao famoso Marquês. — Mari, esse é Sebastian Allen, Marquês de Tremaine.

Marieta tentou conter a emoção que a perpassava por conta da apresentação e fez uma mesura como Helena havia mostrado dias antes. Esperava não aparentar seu nervosismo, porque, muito embora o homem à sua frente fosse um belo representante da espécie, não mexia absolutamente com ela.

— Prazer, Marieta da Silveira.

Ela havia repetido esse nome tantas e tantas vezes ao longo das semanas, que pensou já ter se acostumado. Sempre tivera um carinho especial por Helena e, apenas por isso, aceitara carregar o sobrenome de seu antigo dono. "É uma honraria.", disseram quando o Barão cedeu seu nome a ela. Contudo, se não fosse seu amor pela Condessa, nunca teria aceitado.

Marieta não conseguia entender o motivo pelo qual deveria se sentir grata a um homem que tolhia liberdades e se achava tão poderoso a ponto de possuir pessoas. Nunca seria grata ao Barão, porque entendia que, de boa vontade, o homem nunca a teria libertado. Helena, sim, provara que não a via apenas como uma coisa que servira de companhia durante sua infância, mas como uma amiga querida, a irmã que nenhuma das duas teve, e demonstrou isso quando voltara ao Brasil para ajudá-la a ter a liberdade que sempre fora sua, mas à qual insistiam em dizer que não tinha direito.

O Marquês de Tremaine falava com a Condessa animadamente, e Helena traduzia para a amiga o que o belo homem dizia. Marieta percebeu o quanto era necessário aprender o idioma o mais rápido possível, porque, já que aquela seria sua nova vida, teria que tomar posse de todos os aspectos dela. Ergueu o queixo e sorriu, mantendo uma conversa cordial com o Marquês, enquanto Helena traduzia, para um e para outro, o que falavam. Hawkstone se juntou aos três, abraçando sua esposa com o carinho e a dedicação que constrangia o coração de Marieta. Era gratificante poder ver que sua amiga havia encontrado alguém que a amava como merecia.

O mordomo, de repente, apareceu à porta da sala e fez sinal para a Condessa.

— O jantar está pronto. — anunciou Helena. — Lorde Tremaine, o senhor se importa de conduzir Marieta até a sala de jantar? Não seguiremos a etiqueta hoje.

O Marquês abriu um sorriso que fez com que Marieta arregalasse levemente os olhos, impactando-a com seu charme descarado e único.

— Será uma honra, milady. — E ofereceu seu braço à dama de companhia.

Marieta apoiou sua mão no antebraço do Marquês e seguiu, junto aos demais, até a sala de jantar Antes, porém, de entrarem no ambiente ricamente ornamentado e iluminado, ouviu-se uma comoção e, mesmo sem entender o que as pessoas diziam, Marieta percebeu que tinha a ver com o ramo de pequenas frutas vermelhas que Harriet fizera questão de que ficasse pendurado na entrada do cômodo.

Hawkstone sorriu, parado com Helena sob o ornamento, virou-se de frente para a sua esposa e delicadamente a beijou, arrancando aplausos de todos. Marieta se sentiu contagiada com o clima de alegria e desejou que realmente suas suspeitas acerca do estado da Condessa estivesse certa. Suspirou pensando que seria maravilhoso poder ajudar a amiga a cuidar de um bebê.

Sempre adorou crianças, sonhou em ser mãe quando ainda estava iludida e apaixonada, mas jamais teve coragem de trazer ao mundo um ser inocente para que fosse tratado apenas como mais uma mão de obra. Por isso, durante seu casamento com João, sentia-se aliviada, mês a mês, quando percebia que não havia concebido. Mesmo agora, livre e em uma nova vida, contentava-se em apenas ser a tia Marieta, já não albergava mais o desejo de ser mãe.

Esse sonho morreu junto a todos os outros que teve com Joaquim.

Marieta estava mais uma vez na biblioteca de Moncrief House, folheando vagarosamente livros ilustrados, tentando ligar as palavras inglesas aos desenhos nas páginas. Estava ansiosa por aprender e contava os dias para que, finalmente, a mestra chegasse para lhe ensinar o idioma. Desde o jantar da véspera de Natal percebeu a importância de não só aprender, mas de dominar a língua inglesa. Gostaria muito de poder se comunicar e, principalmente, saber do que as pessoas falavam ao seu redor. A ignorância era algo que sempre a incomodara.

Não imaginava que ainda possuísse a sede de conhecimento que sentira na infância, quando fora alfabetizada, por isso se surpreendeu quando ela se manifestou mais uma vez. Desejava muito não só falar o inglês, mas poder ler também os muitos livros que Hawkstone possuía em outras línguas, conhecer lugares diferentes, apreciar a arte e, quem sabe, voltar a estudar piano. Suspirava toda vez que se lembrava da bondosa professora lhe ensinando, junto a Helena, as notas musicais e suas grandes famílias de acordes. Esperava que a mestra inglesa fosse tão boa quanto havia sido a senhora Pires.

Marieta devolveu o livro ao seu lugar na estante e começou a procurar por outros. Sentia-se frustrada por não entender ainda tudo o que estava escrito em cada página que lia, mas reconhecia que não dava para aprender de um dia para o outro, embora quisesse muito essa mágica. Perdera muitos anos de sua vida na escuridão e agora que começava a enxergar a luz, queria mergulhar em sua claridade.

Estava com um livro nas mãos quando ouviu uma batida à porta e viu Harriet aparecer por uma fresta. Estranhou a criada de quarto estar ali, àquela hora da manhã, pois geralmente estava no quarto com Helena, ajudando-a a se vestir ou mesmo esperando-a terminar seu desjejum.

— Harriet? — chamou Marieta, mas a moça fez um movimento de cabeça, apontou para ela e depois para cima. — Helena quer que eu suba?

Harriet suspirou e Marieta percebeu que estava preocupada, por isso, não pensou mais, apenas deixou o livro em cima de uma mesinha e seguiu a criada para o andar de cima. Chegando à porta do quarto de Helena, Harriet se afastou e Marieta bateu de leve, enquanto a abria.

— Milady... Posso entrar? — perguntou sem olhar para dentro do cômodo.

— Minha esposa está tentando descansar. — Foi Hawkstone quem respondeu e ela balançou a cabeça assentindo, pronta para sair e deixar o casal a sós.

— Tudo bem, Stephen. — A voz de Helena soou baixa. — Entre, Marieta.

Ela fez o que a Condessa lhe pediu, fechando a porta atrás de si. Helena estava sentada na cama, as costas apoiadas na cabeceira estofada, enquanto Hawkstone se servia de uma bebida, do outro lado do cômodo.

Marieta percebeu que Helena estava pálida, mas de forma alguma parecia doente e, a julgar pelo urinol próximo à cama, soube que a preocupação de Harriet se deu por sua patroa ter passado mal mais uma vez.

Marieta aproximou-se da amiga e sorriu de leve.

— Ficou doente do estômago de novo? — perguntou.

— Sim, tem acontecido mais frequentemente de manhã, quando tomo o desjejum. — Fechou os olhos. — Que enfermidade será essa?

Marieta tentou não rir.

— Quando veio sua última regra?

Helena franziu a testa, parecendo tentar se lembrar ou contar os dias.

— Não sei... acho que não veio... — Encarou Marieta com olhos rasos de lágrimas.

— As ervas de mãe Maria não falham. — Sorriu abertamente, enfim, tomando as mãos de Helena nas suas.

— Você tem certeza?

Helena entendeu, finalmente, o que estava lhe acontecendo e Marieta assentiu, enquanto via a jovem Condessa chorando de alegria por saber que carregava uma criança.

Hawkstone apareceu de repente, parecendo preocupado e a afastou da esposa.

— O que você disse a ela? — Olhou rapidamente para Marieta, antes de se concentrar totalmente em Helena. — Meu amor, o que houve?

Helena, de repente, começou a rir, e Marieta sentiu o coração pleno de felicidade por ouvir os sons de alegria que se propagavam pelo quarto. Acompanhou atentamente a perplexidade de Hawkstone quando sua esposa revelou que eles teriam um filho.

— Meu amor, o médico... — Marieta ainda sentia que suas palavras estavam cheias de dúvidas, embora também houvesse esperança.

— Minhas regras estão atrasadas, sinto enjoo mesmo fora do navio, perdi peso e... — Helena estava exultante, falava tão rápido que deixou Hawkstone atordoado.

Marieta resolveu resumir:

— Milorde vai ter seu tão sonhado herdeiro.

Ela imaginava que o Conde iria reagir bem à notícia, claro, mas não esperou vê-lo agarrar a esposa, soluçando feito uma criança, chorando e sorrindo ao mesmo tempo. Aquela demonstração de carinho, amor e gratidão fez com que Marieta sentisse um aperto em seu peito, pois muitas vezes imaginou a reação de Joaquim quando, depois de casados, lhe contasse que carregava sua semente.

Eram apenas sonhos.

Ela se alegrava pela amiga, mas não conseguia impedir seus pensamentos e lembranças de ir em direção daquilo que, um dia, ousara poder ter. Um marido a quem amava, filhos, família... Sua liberdade, naquela época, não era mais do que um meio para se obter isso tudo, mas hoje, valorizava-a demais, mesmo não tendo as coisas que sonhara no passado.

— O doutor disse que era alguma doença dos trópicos — Hawkstone voltou a falar, tirando-a de suas lembranças dolorosas, e a encarou. — Ela perdeu muito peso, está sem apetite, não se assemelha a uma mulher grávida.

Marieta deu de ombros, tentando explicar aquilo que vira acontecer em todos os anos em que vivera em uma senzala, compartilhando com as outras escravizadas seus dias difíceis e alegres do começo de uma gestação.

— Cada mulher reage de uma forma ao fruto do amor dentro de si, milorde. — Sorriu, tentando lhe passar confiança para que parasse de se preocupar. — Já vi algumas que não sentiram nada e trabalharam como touros e outras que, assim como milady, ficaram fracas como passarinhos.

Hawkstone parecia não estar muito convencido e, então, saiu do quarto apressado, alegando que seria melhor chamar o médico, causando risadas entre as duas amigas. Marieta voltou a se aproximar da cama e colocou mais travesseiros nas costas de Helena, certificando-se de que a Condessa se encontrava cômoda. Tinha verdadeira vontade de mimar sua amiga e já imaginava quão bela ela ficaria quando seu ventre crescesse.

As mulheres prenhes sempre encantaram Marieta. Mesmo inchadas, com problema de mobilidade ou mesmo com dor nas costas, estavam sempre parecendo resplandecer. Era a vida dentro delas que lhes garantia energia para continuar, a renovação do ciclo da vida, do amor e da esperança. Mesmo diante da triste realidade da senzala, Marieta percebia o quanto o amor de mãe era transformador. As mulheres se tornavam mais valentes, verdadeiras guerreiras na hora de defender e cuidar de seus pequenos. Por sorte, o Barão de Santa Lúcia não separava mãe e filhos nem os vendia pequenos, mesmo assim, cada mulher que fora mãe naquele lugar, carregava a incerteza e o temor de ser, um dia, separada do fruto de seu ventre.

— Será que vou me sentir assim por toda a gravidez? — perguntou Helena, de repente, e Marieta respirou fundo, antes de voltar a se concentrar no presente.

— Não — acalmou-a. — O começo é sempre mais complicado, daqui a pouco passa.

Tentou animá-la, sorrindo alegremente enquanto a Condessa acarinhava sua própria barriga. Uma batida à porta chamou a atenção das duas, porque Hawkstone não bateria caso tivesse retornado e ainda era cedo para que o médico já tivesse chegado. A porta se abriu devagar e, então, fez-se ver a pessoa que estava atrás da pesada madeira.

— Tudo bem por aqui? — A voz pareceu fazer tremer os alicerces da casa, mas talvez só tivesse abalado o coração da jovem que olhava para o recém-chegado como se estivesse vendo um fantasma.

Os olhos escuros de Joaquim Ávila se encontraram com os de Marieta e, também sem conter a surpresa, se estreitaram como se tentassem ter certeza de que realmente a via.

— Marieta?

Seu nome, dito em voz alta por aquele homem depois de tantos anos, a levou de volta ao passado.

3

Primeiro encontro

Brasil, abril de 1852

O início das festividades de Ogum havia deixado Marieta apinhada de serviços, pois, além de cuidar daquilo que já era sua obrigação na fazenda, tinha ajudado mãe Maria com os preparativos da festa do Santo, a quem todos os brancos chamavam de São Jorge. Tinha passado os dias ansiosa com a proximidade dos festejos, organizando cada detalhe, desde a comida até a linda decoração feita na cor do mais profundo azul, simbolizando o aço, elemento do orixá. Estava contando os minutos para ouvir o som dos atabaques e dançar livre no xirê, que na língua africana Yorubá queria dizer a dança para evocar os Orixás.

Era um dos poucos momentos em que podiam ser eles mesmos, cultuando da forma que acreditavam, com muita música, dança e alegria. A rotina na senzala era pesada e com todos os horários estabelecidos pelo feitor, então, poder tirar um tempo para fazer algo sem que houvesse intervenção da casa grande era muito especial.

O dia de trabalho já havia sido encerrado e Marieta observava os escravizados voltando da lavoura, cobrindo o café no terreiro e vindo de todas as direções da enorme fazenda, cada grupo separado por seu capataz que os conduzia de volta à senzala, onde seriam contados para a noite.

Ela, por sua vez, ainda não estava liberada dos seus afazeres, pois ainda iria servir o jantar do senhor Augusto, o filho mais velho do Barão Silveira que estava hospedado na Santa Helena. Suspirou, colocando a rica comida em travessas de louça fina, desejosa por estar fazendo o mesmo na senzala, separando o inhame e os feijões nos pratos de cerâmica, sentindo o cheiro da deliciosa feijoada de mãe Maria. Terminou de servir o jantar do sinhozinho e ajudou Quitéria com a louça, antes de as duas moças saírem correndo em direção à senzala para se prepararem para a celebração daquela noite.

O terreiro estava pronto, os alabês, os tocadores de tambor, enfeitando seus instrumentos com lindos tecidos de cor azul-marinho, enquanto algumas mulheres preparavam a mesa e terminavam de deixar todo o local extremamente limpo. Marieta foi ensinada que dia da roda era especial e que todos os detalhes deveriam ser pensados de modo a mostrar ao Orixá a honraria que era recebê-lo entre seu povo.

Entrou no espaço onde dormia na senzala e logo começou a se preparar para dançar. Os cabelos fartos, grossos e anelados, que haviam sido trançados há alguns dias, estavam recebendo flores de Quitéria. Vestiu sua roupa, um traje de blusa e saia rodada, e com um tecido azul fez uma espécie de cinto, combinando perfeitamente com as contas de sua guia.

— Estão prontas? — Mãe Maria entrou no quarto e sorriu ao ver Marieta e Quitéria já vestidas para a festa. — Estão lindas e vão agradar muito. — Ela as abençoou antes de irem para o terreiro, onde, em pouco tempo, os sons dos atabaques começariam a se propagar por toda a fazenda.

Marieta encontrou-se com mais mulheres enfeitadas e homens vestidos com roupas totalmente diferentes daquelas que eram obrigados a levar aos domingos, durante a missa na pequena capela da fazenda. Todos ali eram, em sua maioria, batizados pela Igreja dos brancos, mas nunca haviam desistido de manter as crenças e tradições que vieram com os primeiros escravizados da África.

Sua dança, sua música, seus credos eram tudo o que lhes restava da terra que lhes havia sido tirada, das lembranças de sua nação. Embora tenha nascido no Brasil, Marieta respeitava e mantinha vivo em si tudo o que lhe foi passado pelos mais velhos, aqueles que tiveram a oportunidade de ter vivido em sua própria terra, onde eram livres para cultuar e amar o que acreditavam. Por isso, quando era dia de festa, deixava todas as tristezas de lado e se concentrava apenas em receber a mesma energia que seus ancestrais desfrutaram desde o início dos tempos.

Fechou os olhos com o coração disparado, ainda sentindo dentro de si uma sensação tão forte que a fazia sorrir e tremer ao mesmo tempo.

— De alguma forma sinto que esta é uma noite muito especial em minha vida — comentou, virando-se para Quitéria, antes de começarem os cânticos. — Sempre fico muito ansiosa para a chegada de um dia sagrado, mas hoje me sinto diferente. — Percebendo que sua amiga não entendeu, tentou ser mais clara: — É como se além da ansiedade, houvesse também uma expectativa, uma espera.

Quitéria limitou-se a franzir o cenho e Marieta balançou os ombros, achando melhor não tentar explicar aquilo que nem ela mesma conseguia entender. Respirou fundo, analisando o sentimento pela última vez antes de deixá-lo de lado e se concentrar apenas na comemoração daquela noite e em tudo o que ela significava.

Marieta cantava e batia palmas, indo na direção da mesa onde, até instantes atrás, havia muita comida e bebida. A roda estava cada vez mais linda, e a alegria de brincar e passar adiante a energia vinda do sobrenatural era algo que a empolgava sobremaneira. Mas, com toda a agitação, danças, cânticos e, claro, com o calor que fazia naquela noite, ela estava sedenta. Foi até o canto do terreiro onde havia uma grande moringa com água fresca tirada do poço e tomou um longo gole, aliviando sua sede, enquanto aproveitava para descansar um pouco. Já era noite avançada, quase madrugada, e a festa encaminhava-se para o final. Em breve o feitor iria chegar para encerrar a comemoração, mandando que todos se recolhessem, e ela ajudaria mãe Maria a cuidar das coisas sagradas que precisavam ser guardadas.

Estava pronta para retornar para a roda quando sentiu um cheiro diferente, como se tivesse amassado folhas e galhos após a chuva, ao mesmo tempo em que sentia algo de tempero, um cheiro delicioso de quando jogava sal na água. Sabia que aquela fragrância não vinha da comida, pois toda a feijoada preparada fora consumida, nem da preciosa aguardente que acompanhou a iguaria. Ficou tensa, seu corpo se arrepiou como nunca antes. Não sentia frio, pelo contrário, ainda estava com gotículas de suor entre seus seios, resultado de sua longa dança. O coração disparado também não era uma reação ao esforço feito no xirê, mas àquilo que todos os seus sentidos estavam captando.

Havia alguém à espreita.

Marieta virou-se rapidamente, em um movimento preciso, e constatou que não estava errada. Uma pessoa olhava para o terreiro, um homem nas sombras, encostado na parede lateral da senzala.

— Quem está aí? — perguntou, munida de coragem.

Ela percebeu que o sujeito se aprumou e, vacilante, deu um passo em sua direção. Marieta segurou o copo de barro com força, pretendendo usá-lo caso fosse necessário, pois estava distante da festa e todos estavam concentrados na dança e no ritmo dos tambores que acompanhavam as músicas.

— Desculpa-me, eu não pretendia assustar-te. — O homem falou levantando as mãos em sinal de paz.

Marieta surpreendeu-se com o sotaque, um jeito tão diferente de falar, mas que ela compreendia bem. Ainda não podia vê-lo completamente, pois o lugar em que estava não recebia a claridade das tochas.

— Quem é o senhor? — perguntou já ciente de que não se tratava de ninguém que conhecia. Afinal, ninguém tinha aquele jeito de falar ou mesmo aquela voz rouca e melodiosa.

— Joaquim de Ávila — apresentou-se. — Sou amigo de Pedro, convidado da casa.

Um homem branco. Marieta reteve o fôlego diante dessa constatação.

— O senhor precisa ir embora — disse rapidamente, conferindo se ninguém, além dela, tomou conhecimento de sua presença.

— Eu... — O homem pareceu vacilar por um instante. — Estava a ouvir os sons e atraíram-me sobremaneira as canções...

— É uma festa de preto[2], senhor.

Ele suspirou tão forte que Marieta pôde ouvir.

— Não tive intenções de invadir e...

Ela sentiu o sangue ferver ao perceber que o homem ouviu os sons da festa e simplesmente achou que pudesse ficar espiando, curioso pela forma como os escravizados se divertiam, sem ter ideia de todos os significados que havia por trás daquela noite. Já tinha ouvido relatos sobre alguns brancos que se divertiam à custa de sua fé e de seus costumes e, além de isso ser uma enorme falta de respeito — coisa que ela nunca se conformaria de não ter direito —, falava muito sobre o caráter daquele homem escondido nas sombras. Nenhum dos seus senhores interferiam na forma como os escravizados cultuavam suas divindades, ainda que achassem diferente do que eles mesmos faziam, e isso sempre deu ao seu povo a certeza de que poderiam continuar com suas tradições.

— Mas invadiu. — Marieta ergueu o queixo, coisa que aprendera com a antiga professora, e se esforçou para falar da maneira correta, sem ser muito rude, porém deixando claro ao tal homem que ele estava errado. A senhora Pires era mestre no conhecimento e também em chamar a atenção de forma dura, porém

---

2 A autora manteve a expressão por verossimilhança.

com suavidade. — O que o senhor acharia se estivesse dando uma festa na casa sede e, de repente, me encontrasse espreitando sem ter sido convidada?

Ele não respondeu de imediato, mas caminhou em sua direção, deixando que a luz revelasse seu rosto. Marieta sentiu um frio na barriga e algo estranho lhe ocorreu no estômago. O coração, já disparado, parecia que ia pular do peito a qualquer instante, e sua boca ficou seca. Ela nunca tinha visto homem tão bonito antes. Os cabelos negros e lustrosos não estavam penteados e grudados à cabeça com pasta, como usavam os outros senhores. Estavam grandes, soltos, levemente revoltos e batiam sobre seus ombros. Marieta sempre viu os filhos do Barão muito bem barbeados, por isso surpreendeu-se ao notar que aquele homem desconhecido levava uma barba cheia e cerrada.

— Tens razão — concordou Joaquim. — Peço desculpas.

Os olhos escuros do homem não se desviavam dos seus, causando em Marieta um turbilhão de emoções novas e indefinidas. Ela não conseguia mais articular nenhuma palavra, embora sua cabeça fervesse confusa pela curiosidade para entender o que estava lhe acontecendo. Joaquim finalmente desviou os olhos dos dela e cumprimentando-a com a cabeça, deu a volta e sumiu novamente nas trevas da noite.

Marieta não soube quanto tempo ficou parada no mesmo lugar, olhando para o caminho que o estranho tomou, ainda tentando entender o que havia se passado. A imagem dele teimava em não deixar sua memória, bastava fechar os olhos e se lembrava detalhadamente do brilho dos cabelos compridos, do rosto másculo, os olhos escuros e a boca cheia.

Ele era alto, parecia forte por baixo da camisa simples de algodão que usava e sua voz... Marieta estremeceu ao pensar que parecia ter o mesmo timbre da que a chamava em seus sonhos. Sonhos de liberdade, de cruzar os oceanos para conhecer o mundo que a senhora Pires lhe mostrara tantos anos antes, sonhos de amor e felicidade.

— Mari? — chamou Zuma, e ela deu um saltinho, assustada por ter sido pega divagando sobre um estranho.

— Sim? — Virou-se para o amigo de infância e percebeu que os sons dos tambores haviam cessado.

— Mãe Maria perguntou se você pode ajudá-la. — Marieta assentiu, repousando com força em cima da mesinha o copo que segurava. Zuma a encarou desconfiado. — Aconteceu alguma coisa?

Ela tentou sorrir, mas ainda não se sentia totalmente recuperada do breve encontro com o estranho.

— Não, eu estava apenas cansada.

Zuma pareceu aceitar suas desculpas e a seguiu na direção do terreiro, onde as outras moças varriam e juntavam os adereços usados na festa. Marieta pegou uma das vassouras de mato e ajudou na limpeza do local, mas sem conseguir deixar de pensar no desconhecido e se o veria novamente.

4

Lar é onde mora o coração

Inglaterra, janeiro de 1859

Joaquim de Ávila odiava o clima ruim da Inglaterra. Mal aportou em Londres e já sentia a diferença de temperatura entre aquele lugar e Lisboa. Embora ambas as cidades estivessem enfrentando a estação fria do inverno, a capital inglesa certamente ganhava por causa da incessante névoa e aquele arremedo de neve que servia apenas para enlamear tudo.

Passara meses com seus irmãos, cunhadas e sobrinhos em Lisboa, resolvendo negócios com Jorge, seu irmão mais chegado e que era apenas dois anos mais novo, na administração da empresa familiar em Portugal, já que Joaquim estava totalmente comprometido com o ramo estabelecido em Londres. Partira para casa quando Hawkstone e Helena viajaram para o Brasil em sua primeira visita como Conde e Condessa. Ficara tentado a ir junto, ainda mais que soubera do falecimento de João, o marido de Marieta, mas decidira não remexer no passado e deixar as coisas como ficaram.

Foi uma ilusão. Era o que pensava cada vez que sua teimosa mente lhe fazia pensar em Marieta e no que os dois viveram naqueles dias, havia mais de seis anos.

Hawkstone comentara superficialmente sobre a ideia de Helena pedir para que o Barão Silveira libertasse Marieta, e Joaquim torcia muito para que isso acontecesse. Queria ter podido, ele mesmo tê-la ajudado a conseguir o direito de pertencer a si mesma, contudo, não pôde. Seu pai dizia que nada era por acaso na vida e que para tudo havia um momento certo. Kim gostava de pensar que ele tivesse razão, porque não importaram seus esforços, Marieta não conseguiu ser livre com sua ajuda.

Apesar de todo o sentimento de mágoa que restou da relação dos dois, ele lamentou profundamente que ela tenha ficado viúva e esperava que se conformasse e seguisse em frente com sua nova vida. Tinha curiosidade para saber o que Marieta faria após sair da condição de escravidão, mas guardava esse sentimento no fundo do coração, porque, ainda que lhe custasse admitir, reconhecia que as vidas dos dois nunca mais iriam se cruzar. Kim não queria ter que pensar em Marieta, mas, a cada momento em que seus pensamentos foram levados para Hawkstone e Helena, a imagem daquela mulher linda aparecia para si.

Doía-lhe lembrar-se da última vez que se viram, depois de tantos anos afastados. Sabia que ela era uma mulher comprometida, que se casara sob a bênção de Silveira, por isso mesmo, quando fora com Hawk para a Santa Helena participar da festa da padroeira, evitou andar pelo local, deixando que Pedro mostrasse ao Conde cada recanto da belíssima fazenda. Cometera a indiscrição de falar da cachoeira para Hawkstone, quando seu primo sugeriu que precisava pensar por estar impressionado com uma mulher. Aquele fora o único lugar que Kim visitou na fazenda daquela vez, e pôde sentir novamente, em cada fibra do seu ser, as emoções que vivenciara com Marieta naquelas águas.

Kim a tinha visto na noite anterior ao conselho que deu para Hawkstone, durante a comemoração dos escravizados, e ficara sem ação. Marieta apareceu linda, sorridente, puxou Pedro pelas mãos e o levou consigo para perto da roda, onde os homens batiam palmas e as mulheres dançavam, ignorando sua presença como se não o conhecesse. Naquele momento, foi impossível para Kim não relembrar da primeira vez que eles se encontraram. Ouviu os sons de festa assim que chegara à fazenda com Pedro, vindos da corte. Seu amigo, cansado da viagem difícil para a serra, foi se deitar, mas ele seguiu a música, na intenção de participar da comemoração.

Não tinha a ideia de ficar paralisado em um canto escuro, mas não conseguiu andar depois de ter visto uma jovem dançar, sorrir e rodar no ritmo dos tambores. Havia sido capturado pela energia que dela irradiava, envolvido por um deslumbre que nunca sentiu antes. O sorriso da moça era semelhante a uma noite de lua cheia no oceano. Clareava, norteava e tornava tudo brilhante à sua volta. Kim apenas não conseguia deixar de olhá-la, admirá-la e, acima de tudo, desejá-la. Isso o assustou, porque nunca aprovou nenhum relacionamento com as moças da senzala e sempre teve cuidado, em suas visitas anteriores à fazenda Santa Lúcia, para não as olhar de forma desrespeitosa, mesmo que se sentisse atraído por sua beleza.

Não concordava com a escravidão, embora soubesse que era prática comum e lícita no Brasil, e nunca contribuiria para que aquelas mulheres cerceadas de sua liberdade se sentissem mais subjugadas, obrigando-as a terem relações sexuais com ele. Não era certo e Kim nunca se sentira tentado a tal ato. Contudo, viu-se ali, espreitando, admirando, adorando a alegria e a juventude daquela moça que girava espalhando luz. Havia decidido ir embora, mas ficou no mesmo lugar quando ela se afastou da roda e foi para bem perto de onde estava e se serviu de um copo de água. Trocaram algumas palavras quando ela percebeu sua presença e Marieta o conquistara ainda mais quando o olhou de frente, com queixo erguido, defendendo os seus como uma verdadeira fera. Kim a respeitou, acima de qualquer outra coisa, e se sentiu mesmo tão errado quanto o que ela lhe disse ser. Marieta era incrível e nunca mais houve outra mulher como ela em sua vida.

— Kim? — Gilbert Milles o chamou e ele balançou a cabeça, tentando afastar todos os seus pensamentos, e encarou seu imediato e grande amigo. — A carruagem já chegou, seguimos para Kensington?

— Sim — bufou, contrariado e intrigado por estar tão disperso, e caminhou ao lado de seu amigo até o veículo que ele mandara vir buscá-los. — Acho que chegou a hora de comprar uma carruagem. — Gil concordou com aquilo, rindo. — Achei que apenas o cabriolé era suficiente, mas sempre me esqueço deste maldito clima londrino.

— Só você para achar que andar naquela coisinha com chuva e essa neve esquisita não seria um transtorno. — Riu, debochado. — Juro que se não fosse por você e pela minha sobrinha, nunca colocaria os pés nessa ilha de novo.

Kim concordou, pois também não tinha boas memórias da Inglaterra.

— Aqui é meu lar agora — confessou, mesmo contrariado. — Meus negócios mais lucrativos têm base em Londres, meus primos ingleses moram aqui e...

— Há Lady Catherine. — Gil fez questão de lembrar.

— Sim, há Cat. — Sorriu, pensando em Lady Catherine Sanders, filha de um Duque, viúva de um Visconde, sua paixão juvenil. — Ela é uma grande amiga.

— Não entendo por que você ainda não se casou com Lady Cat.

Joaquim riu.

— Somos amigos. — Gil fez uma expressão de total descrença. — Bom, acredite você ou não, casar-se comigo é a última coisa que Cat quer da vida.

Gil gargalhou.

— Errada, ela não está. Uma mulher seria louca para querer um capitão metido a empresário como você, ainda mais em se tratando de uma Lady.

Joaquim riu e concordou, mesmo sabendo que não era por esse motivo que sua amiga o recusaria, caso propusesse casamento. Um dos motivos de se ressentir contra o país era o sistema de separação por classe. O homem inglês não era medido por sua honestidade, bravura nem mesmo pelo dinheiro que possuía, mas sim por seu título, por seu sangue, que quanto mais antigo, melhor.

Kim era filho de uma Lady, filha de um Conde, que abriu mão de seu status para se casar com um homem sem nenhum título, mas que a amava acima de qualquer coisa. Nasceu deste casamento por amor e, embora fosse meio inglês, orgulhava-se de ser português e de carregar o sobrenome e a profissão de seu pai. Por muitas vezes perguntara à mãe se ela não sentia falta de seu lar na Inglaterra e todas as vezes recebera a mesma resposta: lar é onde mora o coração, Joaquim. Ele suspirou ao se lembrar das sábias palavras e se questionou se, um dia, poderia considerar algum lugar do mundo como seu lar.

— Toda vez que voltamos, você fica nesse humor sombrio. — Gil voltou a comentar, enquanto a carruagem avançava em direção ao nobre bairro onde Kim morava. — Podíamos ter ficado mais tempo no continente.

— Não. — Kim foi enfático. — Hawk escreveu dizendo que Helena havia chegado e que estava doente desde então. Eu não os vejo desde o ano passado e, embora tenha ficado feliz por passar as festas com meus irmãos, estive com saudade dos Moncrief.

— Vocês são muito unidos, isso é algo bonito de se ver em uma família. — Gil deu de ombros. — Quem dera meu irmão e eu tivéssemos sido assim...

Kim colocou a mão sobre o ombro do amigo, consciente de seu sofrimento por causa da distância entre Gil e seu único irmão que não era mais possível se der diminuída, uma vez que o homem estava morto havia algum tempo.

— Você vai achar sua sobrinha, Gil. — Tentou animar o amigo, ainda que se sentisse tão desanimado quanto ele. — Aposto que Mildred está esperando-o com uma deliciosa torta.

Gilbert sorriu, embalado pelas lembranças de sua esposa, a quem não via há meses.

— Você não se importa mesmo de ficar sem ela por um tempo? — perguntou a Kim, que negou, sorrindo. — Não vejo a hora de terminarmos aquele chalé. Sei que não é Mayfair, mas acho que ela ficará feliz em ter sua própria casa.

— Ela tem a você, ficará feliz em qualquer lugar. — Kim animou-o. — Mildred é a melhor cozinheira que eu já tive oportunidade de conhecer e sou muito grato por tê-la em minha casa.

— Eu também. — Gil riu descaradamente. — Se não fosse isso, talvez nunca a tivesse conhecido.

Kim assentiu, lembrando-se que, havia quase três anos, Gilbert voltou da América para trabalhar com ele e conheceu a doce e talentosa Mildred Smith em sua casa. Nunca vira um casal tão rabugento e tão apaixonado ao mesmo tempo e isso animava sua casa, pois viviam entre tapas e beijos.

A carruagem parou em frente à calçada de sua residência e, mal desceram do carro, o mordomo abriu a porta, cumprimentando-os e designando lacaios para pegarem suas bagagens.

— Potts, como vai? — Kim cumprimentou o mordomo, que apenas se inclinou, pomposo, e o cumprimentou de volta. — Algum recado urgente?

— Sim, Lady Catherine deixou um cartão essa manhã. — Foi até a mesinha no centro do hall de entrada e pegou a bandeja de prata com o cartão. — As demais correspondências estão no escritório do senhor.

Kim pegou o cartão de visitas de Lady Catherine e tentou lembrar-se do que dizia a regra sobre dobrar toda lateral direita do cartão.

— Milady veio pessoalmente? — perguntou a Potts, que assentiu. — Peça que entreguem um cartão avisando de minha chegada e solicitando um horário para visitá-la.

O mordomo concordou e se retirou para cumprir o solicitado por Kim, que logo recebeu informações da governanta. Ainda conversava com a senhora Ast quando Mildred apareceu de mãos dadas com Gilbert. Kim sorriu, embora tivesse consciência de que os demais criados da casa desaprovavam essa informalidade de tratar a cozinheira como amiga. A verdade é que ele não ligava a mínima para os rígidos costumes ingleses, só os seguia para manter-se bem relacionado na sociedade, mas dentro de sua casa não os levava tão a sério.

— Sr. Ávila, é um prazer tê-lo de volta. — Cumprimentou Mildred.

— Obrigado pelas boas-vindas, fico feliz ao vê-la bem.

A mulher ficou levemente ruborizada, o que ressaltava ainda mais suas bochechas claras e cheias.

— Tenho uma torta preparada para o chá — informou orgulhosa.

— Ótimo, estava a sentir saudades de suas tortas. — Gil riu quando Kim tocou no assunto do qual falaram na carruagem e o amigo solicitou à governanta que servisse o chá na sala de visitas.

Mildred e a senhora Ast voltaram para os fundos da casa, enquanto Gil e Kim subiam até seus quartos.

— Vai até Moncrief House ainda hoje? — perguntou Gil pouco antes de Kim entrar em seu aposento.

— Não, hoje não. Cat deixou cartão aqui pessoalmente hoje de manhã, isso é sinal de que precisa falar comigo. Além do mais, está tarde para ir até Hawkstone, serei indiscreto, vou amanhã de manhã. — Riu perverso, adorando poder contrariar os bons costumes ingleses sobre a forma certa de visitar alguém.

— Como se Hawk ligasse o mínimo para sua indiscrição. — Gil deu de ombros. — O homem é adorado agora pela sociedade que, havia alguns anos, o crucificou. E sabe por quê?

Kim assentiu.

— Porque ele não está nem aí para a opinião deles.

— Touché.

Kim se despediu de Gil e assim que entrou em seu quarto precisou de uns momentos parado a fim de tomar de volta a familiaridade daquela habitação. Passara tanto tempo longe da Inglaterra que já havia se acostumado com seu dormitório a bordo de algum navio ou mesmo na quinta em Portugal.

Bom, este é meu lugar permanente, pensou.

Seguiu para o quarto de banho onde ficavam os itens essenciais para sua higiene e pôs-se a lavar-se. Aparou a barba, que estava grande e cheia, e ajeitou os cabelos curtos, penteando-os como mandava a moda com uma pomada modeladora. Havia alguns anos usou os cabelos compridos, chegando aos ombros, porém, quando retornou à Europa a fim de fechar negócios, achou que se tornaria mais apresentável com os cabelos curtos e, desde então, não os deixara crescer.

Novamente Marieta lhe veio à memória, pois ela fora a última mulher a ver seus cabelos compridos. Kim caminhou até seu guarda-roupa e, de dentro dele, tirou uma caixinha decorada, bem feminina e perfumada. Abriu-a e suspirou ao ver a longa trança ainda intacta, presa com fita de cetim. Não a tocou, pelo contrário, logo fechou a caixa e a devolveu ao fundo do armário.

Não entendia o motivo pelo qual ainda a guardava, mesmo depois de todos aqueles anos. Aquela mecha de cabelos trançados era a única coisa que trouxera consigo de Marieta, quando ainda achava que conseguiriam ter uma história juntos. Ela não possuía retratos nem miniaturas e como ele sabia que poderia demorar muito tempo para se reunirem novamente, Marieta lhe dera aquele pedaço de si mesma para que pudesse matar a saudade ao longos dos dias.

"Tome, é para que se lembre de mim enquanto estiver do outro lado do oceano."

Kim abriu o presente e se encantou com a trança. Ainda se lembrava de como passou os dedos sobre ela, sentindo a delicadeza dos fios escuros do cabelo abundante e maravilhoso de Marieta. Cheirara-o, inspirando profundamente, desejando que o aroma se impregnasse dentro de si e nunca mais se fosse.

"Nunca poderia esquecer-me de ti, Mari. Até breve."

Ainda lhe doía lembrar-se disso, mesmo depois de mais de meia década. Promessas feitas de coração que não conseguira cumprir.

Falhara miseravelmente com Marieta.

Kim trocou-se o mais rápido que pôde, disposto a evitar as divagações sobre o passado. Sempre teve o pensamento em Marieta, mas desde que soube que ela teria sua tão merecida liberdade, a moça não saía de sua cabeça.

Lady Catherine Sanders, Viscondessa viúva de Talbot, vivia em um sobrado elegante em Kensington, algumas ruas a leste da residência de Kim. Muitas vezes, durante os anos em que os dois reavivaram a amizade, fora a pé até a casa, caminhando devagar por entre as ruas calmas do bairro, sem o furor e os ruídos da movimentada Mayfair, onde Hawkstone residia.

Daquela vez decidira ir de cabriolé, pelo avançar das horas e por temer a visita se estender mais do que normalmente acontecia. Estava com a sensação de que algo ocorrera durante sua ausência porque, muito embora não levasse os costumes da alta sociedade britânica a ferro e fogo, sabia que Cat havia sido criada com os preceitos da boa educação incrustados em sua alma, e o fato de ela ter ido até sua casa e lhe deixado um cartão era algo incomum.

Desceu do veículo e, enquanto o cocheiro o levava até os estábulos comuns atrás das residências, bateu à porta da casa.

— Sr. Ávila. — O mordomo o saudou todo empertigado como sempre e demonstrando sua desaprovação de um homem visitar uma mulher viúva àquelas horas. — A Viscondessa o aguarda em sua sala de visitas.

Acompanhou Robbs até o local onde estava Catherine e Lady Anna, sua dama de companhia.

— Kim. — Cat, usando seu costumeiro toucado de rendas perfeitamente alvas, levantou-se para saudá-lo. — Quase não acreditei quando cheguei à sua casa e me disseram que ainda não tinha chegado a Londres. Morri de preocupação.

— Tivemos um pequeno problema aduaneiro nas docas, mas conseguimos resolver. — Ele a cumprimentou afetuosamente, enquanto curvava-se diante de sua mão. — Como tem passado?

Lady Catherine, ao contrário do que ele estava temendo, abriu um enorme sorriso.

— Fundamos um jornal. — disse de uma só vez, como se tivesse as palavras a saltar de sua boca.

— Cat. — Anna a repreendeu.

Kim ficou um tempo olhando para as duas, sem entender o que estava acontecendo. Supusera que algo terrível a tinha levado até sua casa e agora sabia que tinham fundado um jornal? Por Deus.

— Quem "fundamos" um jornal? — inquiriu, confuso.

Cat gargalhou, suas bochechas ficando rubras à medida que ia arrastando-o pela mão até a cadeira com braços, assento exclusivamente masculino, de sua sala de visitas.

— Lady Ana, Pearl, Elise e eu.

Elise?. Kim arregalou os olhos ao pensar em sua prima, irmã de Hawkstone e esposa de Charles, a Viscondessa de Ruddington, envolvida com um jornal.

— Que loucura é essa? — Resolveu que não conseguia sentar-se e, como já era frequentador da casa, foi até o aparador em um canto e se serviu da bebida do primeiro decantador cheio que achou. — O que vocês pretendem com um jornal?

Ouviu, mesmo sem olhá-las de frente, Lady Anna cochichar com Cat e suspirou fundo por não saber por qual motivo a melhor amiga de Catherine não confiava nele, afinal, já demonstrara sua lealdade e amizade incontáveis vezes.

— Eu disse que era péssima ideia envolvê-lo nisso.

Virou-se com copo de cristal cheio de uísque e esperou que alguma das duas lhe explicasse o motivo pelo qual era tão urgente sua visita.

— Deixe que eu conte tudo, fui um tanto impulsiva no começo. — Cat acalmou Lady Anna, antes de tomar fôlego e encará-lo. — Percebemos que precisamos manter vivo o pensamento feminino e nossas causas.

— E, uma delas, é o direito de todas se qualificarem e terem uma profissão. — Lady Anna complementou. — Dentro do nosso círculo social, é inaceitável uma mulher preferir estudar e ter uma profissão a se casar com qualquer homem que sua família eleja.

Kim concordou, pois sabia como funcionavam as coisas na alta sociedade e do papel meramente decorativo que a mulher tinha, ainda que realizasse trabalhos muito mais complexos do que a maioria de seus pais, irmãos ou maridos.

— Temos grandes exemplos de mulheres que foram bem-sucedidas em seus trabalhos. Florence Nightingale, como enfermeira durante a Guerra da Crimeia.

— Inclusive está ajudando a fundar uma escola de enfermagem aqui em Londres — apontou Lady Anna. — Há também Elizabeth Blackwell, que se formou em medicina na América e exerce a profissão. Sem contar as escritoras, mestras, bailarinas, cantoras. — Kim já não conseguia mais sorver um gole sequer da bebida, espantado diante da ousada ideia de sua amiga. — Queremos difundir a ideia entre as damas.

— Sim, o jornal não é para o público masculino, é apenas para mulheres e será distribuído dentro dos nossos programas tão desinteressantes aos homens. — Catherine riu. — Acho que é chegada a hora de pararmos de falar apenas de casa, filhos e mexericos da sociedade. Se uma mulher pode ser Rainha e estar intimamente ligada às decisões de um país, por que não podemos ser quem quisermos?

— Não sei o que dizer. — Kim foi sincero. — Acho válida a tentativa, mas também tenho consciência de que não será fácil mudar o pensamento, primeiro, das próprias damas que, como vocês duas, foram criadas para pensar em bons casamentos. — Catherine concordou. — E, claro, há os homens. — Ele assoviou e ergueu as sobrancelhas. — Preparem-se para uma luta árdua.

— Não temos medo. — respondeu Anna.

— Tenho fé em vocês e deixo aqui meu apoio para o que precisarem.

Catherine correu até seu amigo e o abraçou apertado, agradecendo-lhe a compreensão e, então, começou a deixá-lo a par de todos os planos que tinham.

— Vamos ter uma reunião aqui em casa para o chá e conversaremos sobre a pauta do jornal e como faremos para colocá-lo em circulação. — Nunca tinha visto Catherine tão animada com uma ideia antes. — Você já esteve em Moncrief House? Soube que a Condessa não está bem desde que retornou da casa do pai.

— Com o atraso, deixei para estar com Hawstone e Helena apenas amanhã. — Kim consultou seu relógio de bolso. — Preciso ir, já fiquei demais e não quero lhe trazer problemas.

Catherine e Anna concordaram, pois sabiam que a Duquesa estava sempre ciente do que acontecia na casa de sua filha.

— Eu queria que Andrew se casasse e seguisse o exemplo de Hawkstone, enviando minha mãe para bem longe — confessou Catherine, já à porta da residência. — Mas meu irmão não suporta a sociedade nem as responsabilidades de seu título. — Deu de ombros. — Foi realmente um pecado ele ter se tornado Duque com tão tenra idade.

Kim concordou, pois não se imaginava naquela posição. O Duque Dunhill, pai de Andrew e Catherine, já era idoso quando se casou com a esfuziante e nada fácil Frances, e seus filhos eram pequenos quando faleceu, deixando-os nas mãos loucas da Duquesa.

Despediu-se de Catherine e Anna e seguiu para sua própria casa, grato por poder passar aquela noite sobre uma cama que não balançasse. Amava o mar, mas sentia mais falta da terra firme à medida que sua idade avançava. Já não era mais um jovem marinheiro, era um homem de 39 anos considerado já um solipso, um solteirão tal como fora o pai de Catherine.

Deus o livrasse de encontrar uma mulher como Frances.

Ainda ria do pensamento quando, já em sua casa, deitou-se finalmente em sua cama, depois de meses afastado dela, e pensou em ir até Moncrief House assim que tomasse o desjejum. Estava preocupado com Helena e, mesmo que não admitisse, ansioso por notícias de uma certa mulher a quem não via há anos.

5

A dor machuca, mas também ensina

Marieta não conseguia parar de tremer, mesmo que dissesse a si mesma que sabia que iria encontrá-lo de novo em algum momento. Estava morando na casa de Hawkstone, afinal, e os dois eram aparentados. Só não imaginava que seria tão cedo. Desde que chegara à Inglaterra Marieta, tentava prever como seria seu reencontro com Joaquim e, em sua imaginação, ela estaria segura, altiva e já adaptada à sua nova vida. Ela pensava que não seria mais tocada pela presença dele.

Ainda se lembrava do dia em que voltou a ver seu primeiro amante depois do abandono silencioso. Estava em Santa Helena, festejando o dia da padroeira da fazenda, dançando alegre entre os seus. Já tinha ouvido falar que o português amigo de Pedro havia voltado ao Brasil e, por isso mesmo, afastara-se do trabalho na casa, restringindo-se a ajudar mãe Maria na cozinha. Não desejava voltar a vê-lo nem mesmo olhá-lo, muito menos falar com aquele traidor de corações. João já era seu marido e soube da presença do português. Mas, como Marieta nunca revelara a ele quem foi o homem que a magoou, ouvia seus comentários sobre as visitas dos estrangeiros à roça e a toda área produtiva da fazenda sem poder se manifestar. O tempo todo Marieta temeu ouvir o nome de uma mulher associado ao dele, mesmo querendo não sentir mais nada, mesmo enraivecida consigo por se importar com aquele assunto.

Então, veio a festa, e a dúvida sobre participar ou não a consumiu durante os dias que antecederam à comemoração. Pediu à mãe Maria que não servisse no baile na casa grande e, achando que não o encontraria na senzala, relaxou e dançou aos sons do atabaque. Avistou Pedro caminhando entre a multidão que se aglomerava em volta da roda e, sem pensar que Joaquim pudesse estar próximo a ele, foi até o amigo de infância e o puxou para perto dos homens que batiam palmas. Sentiu-se gelar quando avistou Joaquim ao lado de um homem estranho, mas fingiu não o ver e arrastou Pedro até o local onde havia música. Não dançou, não pôde, desculpou-se com ele e refugiou-se na senzala, sentindo--se covarde e burra por deixar que Joaquim tragasse sua alegria daquele jeito. Não o viu mais depois daquela noite e novamente imaginou que seguiria com sua vida na fazenda e ele com a dele do outro lado do grande oceano. Até que ela foi morar com Helena, na mesma cidade que ele.

Marieta estava divagando, e, de repente, o avistou na porta do quarto da Condessa. Ela tomou um enorme susto ao vê-lo, e correu para o quarto. Como aconteceu da última vez que o encontrou, surpreendeu-se com seu penteado novo, pois toda vez que pensava nele, lembrava-se de suas longas madeixas sedosas e a sensação delas em suas mãos. Joaquim também estava surpreso de vê-la ali. Ele não sabia que ela havia ido buscar Marieta nem que a moça estava morando com seus primos.

— Por quê? — Chorou ela, sentada sobre sua cama, as mãos na face. — Por que, toda vez que penso que nunca mais vou vê-lo, algo faz com que fiquemos ligados novamente? Helena se casou justamente com o primo de Joaquim!

— Está gostando de Londres? — perguntara, entrando no quarto.

A boca de Marieta parecia cheia de areia, seu coração estava indignado por Joaquim ter ousado lhe dirigir a palavra. Não conseguiu responder e Helena, mais uma vez, foi em seu socorro, contando que, devido à sua saúde debilitada, sua amiga ainda não tinha podido conhecer a cidade.

— Kim, você poderia convidar Marieta para um passeio no Hyde Park. — Marieta quase gritou diante da sugestão da condessa. — Ela vai amar conhecer o local.

Queria dizer que não, não com ele, mas como Helena não soubera do envolvimento dos dois no passado, não pôde falar nada. Então, teve que inventar uma desculpa.

— Não, eu não poderia ir...

— Claro que sim, senhora Marieta — interrompeu Kim, e Marieta não acreditou que ele estava sendo capaz daquilo. — Será um prazer enorme acompanhá-la.

Sentia-se ferver por dentro, queria arrancar os olhos daquele sedutor mentiroso. Mas, antes que tivesse a chance de lhe dizer tudo o que estava engasgado em sua garganta por anos, Hawkstone retornou ao quarto com o médico e ela teve que sair do aposento, acompanhada de Joaquim.

— Você não precisa me levar a nenhum local — resolveu deixar claro assim que fechara a porta.

— Mari, eu...

Ouvir Joaquim chamando-a pelo apelido carinhoso que ele costumava usar despertou nela uma fúria tão grande que a fez deixar de lado a aparente frieza com a qual tentava tratá-lo.

— Nunca mais me chame assim. — frisou cada palavra. Sua voz tremia, a emoção transbordando em cada sílaba. Mágoa, rancor, desprezo. Marieta ergueu o queixo e, controlando a voz, declarou: — Não sou mais uma escrava, senhor Ávila.

Joaquim assentiu.

— Imaginei isso ao ver-te aqui. — Sorriu para ela e isso a enfureceu ainda mais. — Fico muito feliz em saber que estás livre e que vieste para cá recomeçar a vida.

Marieta estava prestes a transbordar de ódio, mas se controlou. Sabia que a mesma dor que a machucou, também a ensinou a ser forte. Manteve sua postura firme, desejando colocar fim àquela interação desnecessária.

— João morreu — disse seca, sem emoção. Joaquim assentiu, provavelmente ciente do fato por Hawkstone. Isso a machucou ainda mais, pois se sabia sobre sua viuvez, também deveria saber dos planos de Helena. — Ele foi um bom marido, aceitou o que nenhum outro em seu lugar aceitaria...

— Mari...

O apelido novamente foi usado como se nada tivesse mudado entre eles, como se os seis anos que se passaram desde suas promessas vazias tivessem sido apenas alguns pares de dias. Marieta achou que era hora de encerrar a conversa e deixar claro a ele que já não era uma jovenzinha iludida.

— Não servi para você como escrava, senhor Ávila. — Usou novamente o termo que sempre a feriu com o propósito de demonstrar a ele a mudança em sua condição. — Continuo não servindo agora que sou livre. Com licença. — Não deu tempo nem de ele se manifestar, pois ela andou rápido pelos corredores e se alojou em seu quarto.

Marieta levantou-se da cama onde as lembranças a assaltavam sem piedade e foi até o toucador para lavar o rosto e ajeitar os cabelos. Não iria mais se esconder como havia feito na fazenda, não iria mais chorar por causa do que aquele homem lhe fizera. Seu coração esteve partido, sim, mas já estava emendado, e ela não deixaria que sofresse nenhuma fissura a mais.

Saiu do quarto, mas não voltou aos aposentos da Condessa. Seguiu até a biblioteca. Lamentava que Lily e a Sra. Maggie estivessem na casa da Viscondessa de Ruddington. Contudo, sabendo que Hawkstone iria querer partilhar a novidade com sua família, imaginava que, em breve, a casa estaria cheia. Encontrou-se com Harriet assim que desceu as escadas.

A criada parecia preocupada com a patroa e, mesmo sem conseguir se expressar com palavras, Marieta a acalmou fazendo sinal de que Helena ficaria bem.

— Acho melhor... — tentou falar devagar, sempre fazendo gestos. — A família do Conde deve ter sido avisada e... — Parou, frustrada, quando percebeu que Harriet não lhe entendia. Tentou de novo. — Avise a cozinheira para fazer chá e... — Bufou impaciente, pensando em como pedir para estarem preparados para as visitas. — Odeio não saber o maldito idioma.

Ouviu uma rouca risada atrás de si e sentiu o corpo arrepiar.

— No começo é difícil, mas daqui a pouco aprendes. — Kim sorria solidário. — Posso traduzir o que precisas dizer à rapariga[3].

Marieta respirou fundo, tentada a mandá-lo sumir de suas vistas, mas decidiu ser prática e aceitar a ajuda de que necessitava.

— Diga a ela para que avise a governanta sobre a possível chegada de visitantes. — Joaquim falou em inglês com a moça, que assentiu e se retirou para cumprir o pedido. — Obrigada.

Kim não disse nada, apenas a olhava como se não a conhecesse, demorando-se em cada detalhe de seu rosto, encarando-a intensamente. Marieta virou-se e foi até a biblioteca, onde tinha intenção de estar desde que havia saído de seu quarto. Bem longe do homem que parecia não se arrepender do que lhe fizera.

Como Marieta havia imaginado, a família do Conde apareceu assim que receberam as cartas sobre a gravidez da esposa. O próprio Hawkstone escreveu a missiva para Lorde Braxton, seu cunhado, além de uma para a Condessa viúva no interior.

— Obrigado por lembrar-se da minha família. Kim falou comigo sobre comunicarmos a eles e eu estava tão feliz que não pensei em fazer isso. — Agradeceu à Marieta, que sorriu constrangida. — Minha irmã e minha tia estarão de volta nesta tarde e Lorde e Lady Braxton comparecerão ao jantar.

---

3 Rapariga é o equivalente feminino a rapaz em português de Portugal, ou seja, moça.

Marieta já estava sabendo, pois Harriet descera do quarto da Condessa com uma carta pedindo que ajudasse na organização do jantar, falando com a governanta. Como Lady Margareth e Lady Lily ainda não haviam chegado, a criada de quarto iria ajudá-la a se comunicar para acertar os pormenores da comemoração. Fazer isso não seria muito difícil, uma vez que Marieta e a senhora Brown conseguiram se entender muito bem para realizar o jantar da véspera e o almoço de Natal. Lembrar-se daquela data a fazia se sentir animada, pois havia sido surpreendida por outra coisa também naquela ocasião, além do bom relacionamento com a governanta: descobriu com prazer que, no dia seguinte ao do feriado, os criados tinham o dia livre para confraternizar, depois de receber pequenos mimos entregues pelos condes.

Era tudo tão diferente do que o que ela estava acostumada.

Marieta recebeu um lindo broche da Condessa em particular, pois Helena a colocou junto à sua família para saudar os criados. Desde o começo, todos sabiam que, embora recebesse um salário, ela era da alta consideração da Condessa, tanto que não dormia no sótão como os demais. No início, Marieta tivera medo de sua condição criar certa rivalidade por causa da preferência, mas, se havia, não era explícita. E, além de Harriet, o mordomo senhor Ottis, a governanta senhora Brown e a criada-chefe senhorita Missy a tratavam muito bem. Os demais a cumprimentavam cordialmente e executavam as tarefas pedidas por ela à governanta em nome de Helena. O único com quem tinha tido apenas um contato mínimo era o senhor Thomas, o valete de Lorde Hawkstone. O homem era idoso e limitava-se a cuidar dos pertences de seu patrão no quarto de vestir do Conde.

Marieta não podia negar que estava gostando daquela realidade tão mais formal do que a que estava acostumada, mas ainda não se empolgara, pois não conhecia a fundo a casa nem as pessoas que a habitavam. Não queria julgar precipitadamente, nem para o bem nem para o mal. Antes, precisava aprender o idioma e tirar suas próprias conclusões acerca daquele estilo de vida tão singular.

"Conhecimento é a melhor ferramenta que uma pessoa tem...", lembrou-se das palavras da professora de sua infância. Embora agora pensasse que o conhecimento não era só uma ferramenta, mas uma arma de defesa. E também de ataque, assim como o era a capoeira dançada pelos seus no Brasil que, ainda que parecendo apenas uma dança, treinava guerreiros para a proteção e ação em uma luta.

Sentia falta de casa, de mãe Maria que, infelizmente, não sabia ler, o que impossibilitava Marieta de se comunicar com ela como gostaria. Mesmo assim, chegou a postar algo: uma linda gravura do Natal inglês, com seus enfeites e seu pinheiro repleto de velas acesas. Esperava passar a mensagem de que nunca a esqueceria e lhe desejava felicidades.

Nunca poderia se esquecer de nenhum deles, por isso todas as noites Marieta pedia a seu Pai Ogum que guardasse aos seus irmãos no Brasil e que terminasse com o cativeiro deles, assim como dera fim ao seu.

Então, com a ajuda de Harriet, conversou com a senhora Brown sobre o jantar festivo daquela noite e percebeu que a governanta já estava a par da condição de Helena, pois Lorde Hawkstone comunicara a Ottis e o mordomo contara aos demais criados.

Mais tarde, após o almoço com a Condessa e o Conde, na sala de refeições, Lady Lily e sua tia chegaram à casa exultantes com a notícia da gravidez de Helena, mas, para a surpresa de Marieta, não chegaram à Moncrief House sozinhas.

— Ah, Mrs. Silveira. — Lady Maggie a chamou, junto à Lady Lily e outra senhora muito distinta.

— Lady Margareth gostaria de lhe apresentar à senhora Beatrix Moreland. — A distinta mulher cumprimentou Marieta com a cabeça. — A senhora Moreland será sua professora de inglês. — Lady Lily sorriu para Marieta. — Ela viveu muitos anos em Portugal e conhece seu idioma.

Marieta sentiu o coração disparar ao pensar que poderia aprender com quem conseguiria não só lhe explicar, mas também compreender suas dúvidas, pelo menos no começo, feitas em sua própria língua.

— É um prazer conhecê-la, senhora Moreland. — Marieta esmerou-se em mostrar que havia sido educada e a professora esboçou um pequeno sorriso.

— Igualmente, senhora Silveira.

Lady Lily explicou que iriam acomodar a professora e que, se estivesse tudo bem, poderiam começar as aulas no dia seguinte.

— Está ótimo. — disse animada para a irmã caçula do Conde. — Eu estava esperando esse dia.

A dama pegou sua mão, sorrindo e deixou claro que, como ela mesma sonhava em ensinar — algo que provavelmente não conseguiria realizar nunca, pois era irmã de um Conde — gostaria muito de seguir de perto a educação de Marieta, assim como sua tia, pois Lady Margareth desejava ensinar-lhe coisas sobre os modos e a boa etiqueta de seu país.

— Embora eu ache que isso seja irrelevante, ainda não podemos deixar essas coisas de lado — confessou Lady Lily baixinho, sua sobrancelha erguida, a face corada. E cochichou: — Aguente firme.

Marieta não conseguiu evitar sorrir diante da pequena rebeldia e entendeu o motivo de Lady Lily ter sido a primeira amiga que Helena fez quando chegou a Londres. As duas se pareciam e, podia apostar, a irmã do Conde devia ter sido tão traquinas quanto a Condessa quando criança.

Gostaria de tê-la conhecido, pensou sorrindo a caminho de seu próprio quarto para descansar e se trocar para o jantar.

— Seus vestidos são lindos. — A Condessa elogiou a primeira remessa de vestimentas que chegaram à Moncrief House, enviada pela modista que, após o Natal, tinha ido até a casa para tomar medidas e saber das escolhas da Lady que teria um novo enxoval.

Marieta suspirou admirada pelos lindos cortes e pontos que formavam cada belo traje, mas ainda não se sentia totalmente à vontade com aquela opulência. A modista a tratara bem e ouvira com alguma relutância seus pedidos sobre alguns detalhes, embora Marieta não soubesse se o fazia porque era educada ou pela Condessa que esteve presente o tempo todo.

Como Marieta era uma viúva, as cores escolhidas foram mais fortes, o que, por si só já era uma diferença e tanto para a jovem mulher acostumada a algodão cru. Os tecidos eram uma questão à parte, pois, ao contrário dos trajes que usava na fazenda, eles ficavam tão ajustados à sua pele que pareciam costurados nela. Além dos acessórios de tortura como corset e crinolina. As únicas coisas as quais, efetivamente, Marieta adorou conhecer foram as roupas brancas. Na parte íntima, as camisas e os calções eram macios, de algodão fino, com delicados detalhes bordados, e, nos acessórios, achou as golas e mangas removíveis feitas com extrema elegância. Ainda faltava muito a ser entregue. Vestidos de baile, roupas de montaria, sapatos, capas, fitas, mais e mais pares de meias e luvas, além do terrível toucado que tinha de usar a todo tempo dentro da casa e que, em sua opinião, a fazia parecer uma boneca gigante com a renda delicada sobre os cabelos.

— Acho que podemos escolher este para esta noite. O que acha, Mari? — Helena interrompeu os pensamentos de Marieta ao lhe mostrar um vestido azul-escuro com mangas largas e encurtadas e um belo corpete bordado.

— Confio plenamente em seu bom gosto, milady. — Helena repreendeu-a com a cabeça, pois não queria que sua amiga se referisse a ela assim quando estivessem sozinhas. Marieta suspirou. — Helena, eu não sei absolutamente nada sobre moda.

A Condessa riu.

— Eu também não sabia muito. — Deu de ombros. — Internatos religiosos não ensinam moda. — Fez sinal para que Harriet a ajudasse a vestir Marieta. — Mas certamente você reconhece algo belo quando vê e, se não reconhecer, mudaremos para outro.

— O vestido é belo, sim, mas é adequado para o jantar? Parece tão opulento para um jantar em família.

Dessa vez Helena riu.

— Nenhum jantar em família é informal em Moncrief House. Esse é o jeito deles, gostam de estar bem arrumados à mesa o tempo todo. — Marieta assentiu, compreendendo. — Não se preocupe com essas coisas por enquanto, Lily e eu vamos ajudá-la a conhecer moda e saber quando se deve usar o quê.

Marieta respirou fundo, mas agradeceu mesmo assim. Aprender sobre a educação e os modos ingleses fazia parte de sua nova vida, mas lhe desgostava deixar parte de si escondida no processo.

— Se eu trançar meus cabelos, como fazia na fazenda, acha que será ruim e...

— Mari — Helena saiu de trás de Marieta, de onde supervisionava Harriet no ajuste do corset e ficou de frente para a amiga —, você é livre para fazer o que quiser com seus cabelos e eu, particularmente, acho lindo seus cachos naturais, assim como suas tranças.

Marieta sorriu, sabendo que Helena dizia a verdade.

— Eu os manterei penteados em coque, como parece ser o adequado aqui, e usarei a terrível touca.

Helena gargalhou.

— Eu as odeio também, mas não serão necessárias durante o jantar.

Marieta suspirou aliviada, arrancando mais alegres risadas da Condessa. O suspiro, no entanto, durou pouco, pois Harriet a espremia com a roupa íntima de tal forma que parecia que a queria dividir em duas.

Céus, arregalou os olhos ao ver sua silhueta no espelho, a cintura, já fina, parecia diminuta e seus quadris arredondados ficaram ainda mais evidentes, bem como seus seios mais empinados. Marieta entendeu por que necessitava de tanto tecido por cima da roupa íntima, afinal, seria um escândalo evidenciar assim suas curvas no meio daquelas pessoas tão pudicas. O traje foi vestido e abotoado e, por último, recebeu as mangas removíveis e o colarinho ricamente bordados. Ela se olhou com atenção e se questionou quem era aquela mulher que a encarava no espelho. Sua pele negra, seus traços, seus cabelos crespos eram todos os mesmos, mas, vestida com aquele traje, não parecia mais a mesma. Era como se estivesse vivendo a vida de outra pessoa, ainda que continuasse sendo a sua.

— Não gostou? — Helena parecia ansiosa com sua pergunta.

— É lindo...

— Mas? — A amiga a interrompeu e Marieta não pôde deixar de rir. — Não é você.

— Não. — Deu de ombros, triste por tê-la entristecido.

— Então, você precisa achar um jeito de ser quem é. — Helena sorriu. — O que você acha?

Respirou fundo, tomando coragem.

— É lindo...

Helena riu alto.

— Já sei disso, me diga do que não gosta.

Marieta gargalhou.

— Eu gosto, mas é muito... — Sentiu-se frustrada por não saber explicar. — Não me representa, entende?

Helena ficou um tempo pensando.

— É lindo, chama a atenção, tem personalidade. — Marieta olhou novamente para o espelho e admitiu que a amiga não estava errada. — Mas você não se identifica com ele por faltar algo.

Marieta arregalou os olhos.

— Não falta algo, tem demais. — ressaltou.

Helena andou pelo quarto e, abrindo o armário de Marieta pegou o pano da costa que mãe Maria lhe dera quando saiu do Brasil.

— Identifica-se com isso? — Marieta assentiu com o coração batendo. — Não trouxe outros, não? — Negou. — Eu tenho uma fazenda nova que combinará perfeitamente com seu vestido. — Olhou para Harriet e a criada de quarto, entendendo o pedido da Condessa mesmo sem ser verbalizado, saiu do recinto, deixando as duas sozinhas. — O jeito que usou o tecido nos cabelos no Natal estava lindo.

Marieta concordou e esperou ansiosa pelo tecido que Helena pediu a Harriet para buscar. Não sabia se iria conseguir fazer qualquer coisa com um corte que, provavelmente, seria luxuoso, mas se daria uma chance de vê-lo, antes de julgar. Voltou a se olhar no espelho, admirando o bom trabalho feito pela modista, ainda que se achasse vestida com algo que não era seu. Talvez fosse ainda algum tipo de sentimento de não pertencimento ou somente por não ter sido acostumada a todo o luxo no qual estava inserida.

Harriet retornou com um pacote bem embrulhado e o colocou sobre a cama de Marieta. Helena abriu o pacote e Marieta reteve o fôlego ao ver o lindo tecido estampado em madras listradas em tons de azul e verde água. Ela se aproximou e confirmou ter a estrutura necessária para envolver todo seu cabelo no alto da cabeça.

— Kim trouxe esse tecido de algum país do oriente, no ano passado. Íamos fazer peças decorativas, mas achei-o tão lindo que não quis usar para esse fim. — A Condessa sorriu ao notar que Marieta também estava admirada com o tecido feito com urdiduras de seda na cor azul e tramas de algodão egípcio formando listras da mesma cor e verde água. — Gostaria de tentar fazer algo com ele?

— É lindo realmente. — Sorriu. — Eu teria de cortá-lo...

Helena deu de ombros.

— Se gostou, é seu. — Ergueu-se, ainda olhando para a amiga que parecia encantada com as cores e o brilho suave do tecido. — Acho que podemos fazer uma visita à Bond Street esta semana. Lá há algumas lojas de acessórios e aviamentos, então poderemos comprar tudo aquilo que a agradar e que faça com que se sinta você mesma.

— Eu não sei, Helena...

Helena estalou a língua.

— Depois resolvemos isso. — Colocou a mão sobre o ventre, ainda tão plano quanto antes. — Vou me arrumar para receber meus familiares e comemorar a bênção que recebemos.

Marieta concordou.

— Nunca a vi tão radiante. Nem parece mais aquele passarinho frágil de dias atrás.

A Condessa a abraçou.

— Antes eu estava apavorada, mas agora só tenho alegria dentro de mim. Obrigada por ser minha amiga e estar aqui comigo, Mari.

Marieta respirou fundo, emocionada e se despediu de Helena. Novamente seus olhos foram atraídos pelo esplendor da peça e ela se recordou de como usava os tecidos de algodão cru na cabeça e se sentiu bem ao pensar que a Condessa não se importava de ela o continuar fazendo, ainda que fosse algo incomum naquela sociedade. Era um alívio saber que não precisaria se esconder e nem negar quem era.

Kim trouxe esse tecido...

Marieta sentiu um arrepio no corpo ao pensar que estaria usando algo que Joaquim pudesse ter escolhido pessoalmente para a esposa de seu primo. Não sabia como poderia ser sua reação a isso, mas, sinceramente, não havia nada que pudesse fazer, porque, independentemente de quem comprou o tecido, o usaria como parte das suas tradições, deixando claro quem era e de onde vinha.

6

Deslumbrante

Kim estava sentado em uma das poltronas do escritório de Hawkstone com um copo de conhaque na mão. Seu primo sempre preferiu essa bebida ao uísque e isso lhe chamava a atenção. Mas não reclamava, a bebida estava deliciosa. Assim que viu o primo descer do quarto da esposa, Joaquim o lembrara de escrever para contar a notícia às suas irmãs. O Conde estava tão eufórico que não estava se lembrando de avisar seus parentes e lhe agradeceu por tê-lo trazido de volta à realidade assim que enviou a missiva para a casa de Braxton.

— Nada mais compreensível. — Kim sorrira. — É para isso que servem os amigos. A Condessa também pediu ajuda à Marieta para organizar o jantar.

Hawstone sorriu e concordou.

— Marieta tem sido de extrema ajuda e importância aqui nesta casa, pena ainda não saber falar nosso idioma.

Kim percebeu, então, que havia uma brecha para conversar sobre Marieta sem parecer estar curioso demais acerca da amiga da Condessa.

— Quando você falou-me sobre alforriá-la, não disse que a trariam para cá.

Hawkstone franziu o cenho.

— Não? Bom, esse era o plano desde o começo, mas, como Helena frisou a todo momento, seria uma decisão de Marieta, porque ela seria livre para escolher fazer o que quisesse de sua vida. — Hawkstone suspirou. — Confesso que temi que não aceitasse vir conosco, porque, muito embora Helena tentasse não criar expectativas sobre ter a amiga aqui consigo, eu percebia que ela desejava profundamente isso.

— Imagino. Ainda lembro-me do quanto ela ficou preocupada com Marieta quando o Barão Silveira descobriu que ela a ajudou a se esconder na senzala. — Hawkstone bufou de raiva ao se lembrar do episódio, pois todos souberam naquela época que Helena tinha ido para a Inglaterra, principalmente porque o Barão havia ameaçado sua amiga. Kim teve ganas de ir ao Brasil e esfolar o homem vivo se tentasse castigar Marieta. — As duas são muito unidas.

— Sim, são mesmo, como irmãs, eu diria. — Hawkstone suspirou. — E eu lembro a noite em que me encontrei com Helena pela primeira vez, lembra? Vimos primeiro a Marieta e nunca imaginei que a moça que conheci fosse a filha do Barão escondida na senzala.

A pergunta feita por Hawkstone era tão retórica que nem ele mesmo esperou por resposta. Se Kim se lembrava daquela noite? Ele nunca poderia esquecer. Há anos não via Marieta, embora conseguisse uma notícia ou outra sobre a moça. Nunca escondera de Pedro, o filho mais novo do Barão e irmão de Helena, sobre sua paixão e seu apreço pela jovem escravizada, muito menos sua vontade de comprar a liberdade dela. Seu amigo o apoiara em tudo ou, pelo menos, tentara, desde a parca comunicação que fazia com Marieta até mesmo na ideia que tivera de ir atrás do passado de sua amada e ajudá-la a encontrar a mulher que a gerou, coisa que continuara a fazer até que as pistas cessassem, mesmo depois de tudo ter dado errado.

Pedro, por muito tempo, lhe mandara notícias sobre Marieta e, a cada carta, Joaquim se sentia como se levasse um murro em seu peito, seguido de um alívio em seu coração. Ela estava bem, o homem com o qual o Barão a casara era bom e isso o deixava mais tranquilo, embora não menos descontente.

Tentou esquecê-la de vez, teve suas aventuras, conhecera mulheres em continentes diferentes, mas cada vez que chegava uma carta em seu correio, abria-a ansioso por saber como Marieta estava. Sabia que, por mais que negasse, não havia se conformado com o acontecido, mas havia tentado se resignar e aceitar os desígnios do destino.

Até que o Barão o chamou ao Brasil para renegociar o acordo que tinham sobre a importação de seu café e ele estremeceu. Já havia voltado às terras brasileiras desde que ela se casara, mas nunca tinha tornado a subir a serra para ir até a fazenda, preferindo ficar na corte do Rio de Janeiro.

Achava melhor não a ver, com esperanças de que isso lhe bastasse para tirá-la de seus pensamentos. Desta forma, quando soubera que iriam para Santa Lúcia temera reencontrá-la, mas acabara ficando aliviado quando percebeu que Marieta ainda residia na Santa Helena. Não tinha intenção alguma de ir até a outra fazenda, mas sentia-se tentado todos os dias a atravessar o rio e passar um tempo às margens da cachoeira que fora a única testemunha da paixão que compartilharam.

Ela está casada. Kim martelava essa frase em sua cabeça, tentando se convencer a não procurá-la. E conseguiu. Pelo menos até saber da festa da padroeira da fazenda menor e da possibilidade encontrar-se com Marieta depois de tantos anos.

— Kim? — chamou Hawkstone, e ele percebeu que estava divagando, perdido em pensamentos. — Tudo bem?

Ele bebeu o restante do líquido em seu copo e colocou-se de pé.

— Tudo, mas preciso ir.

Hawkstone não disfarçou a curiosidade, mas, embora estivesse evidente em seu semblante, não disse uma palavra sequer ao primo que a demonstrasse.

— Virá jantar conosco, não?

Kim sorriu, coração disparado, ao pensar em rever Marieta mais uma vez.

— Certamente.

Hawkstone o acompanhou até a saída e ambos se despediram apenas quando o cabriolé de Kim apareceu, vindo da cocheira nos fundos da propriedade, conduzido por um dos cocheiros da casa. Estava frio, era um péssimo transporte para aquela época do ano, e mais uma vez Kim se questionou porque não havia comprado um coche. Embora fosse um homem solteiro e apreciasse conduzir seu próprio veículo, pelo menos não precisaria lidar com ventos gelados.

Acomodou-se sob a capota removível do cabriolé e guiou para casa, sem conseguir tirar a imagem de Marieta no quarto de Helena em um só metro do trajeto. Ela estava em Londres, livre e viúva, mas era evidente também que, se ele não a esqueceu, ela, sim, o fez.

E o fez muito bem.

Pouco antes das oito da noite, Kim já estava de volta à mansão do Conde de Hawkstone para o jantar. Vestido elegantemente como se esperava para uma ocasião como aquela, ele desceu do coche de aluguel — recriminando-se mais uma vez por não ter comprado uma carruagem fechada para si ainda — e encontrou-se com Braxton e Lady Elise também desembarcando.

— Boa noite, milady. — Kim cumprimentou a irmã mais velha de Hawkstone, sua prima Elise, Viscondessa de Braxton. — Está linda esta noite.

Elise sorriu, agradecendo-lhe, enquanto esperava o marido tirar o pequeno Charlie da carruagem, seguido por sua babá.

— Ah, teremos um cavalheiro a mais no jantar.

Charlie logo o reconheceu e pulou de alegria, pois não via Kim havia meses.

— Não o agite, por favor. — repreendeu Elise, mas sem evitar sorrir diante da evidente adoração do seu menino a Kim.

Braxton entregou a criança para a esposa e cumprimentou Kim com um terno abraço. Apesar de manter certa formalidade, o Visconde morara alguns anos na França e trabalhara como um burguês durante seu primeiro casamento, então, assim como Joaquim, ele não seguia tão rigidamente as normas sociais.

— Como foi de viagem? — indagou Braxton assim que tocaram o sino da porta de entrada da Moncrief House.

— Muito bem. Pude ver minha família e fechar uns bons acordos no continente.

— Podiam, ao menos, ter escolhido datas diferentes para viajar. — comentou Elise, e Kim a princípio não entendeu direito o que ela queria dizer. — Imagine só, meu irmão e você saíram do país ao mesmo tempo em que Lily foi com tia Maggie para Wiltshire visitar mamãe.

Braxton tentou não rir.

— Minha esposa está querendo dizer que Londres perdeu a graça sem nossos familiares e amigos por perto. — Aproximou-se mais de Kim e cochichou: — E que quase morreu de tédio tendo que se contentar apenas comigo.

Kim segurou o riso e Braxton só foi poupado de uma resposta da esposa porque Ottis apareceu à porta, cumprimentando os convidados, enquanto o primeiro e segundo lacaios tomavam os casacos e as luvas de cada um.

— Espero não estarmos atrasados, Ottis. — Braxton cumprimentou o mordomo de Hawk.

— Certamente não estão, milorde — respondeu enquanto os acompanhava até a sala de visitas. — O Visconde, a Viscondessa de Braxton e Lorde Charles Ruddington II. — Anunciou, como mandava a etiqueta. Primeiro, os com título mais graduado, enquanto Kim aguardava seu próprio anúncio para poder entrar no recinto já tão conhecido e cheio de familiares. — O senhor. Joaquim de Ávila.

— Obrigado, Ottis.

O mordomo ficava desconcertado toda vez que recebia um agradecimento, mas era assim que Kim tratava Potts em sua residência.

A primeira pessoa que viu foi sua prima Lily, considerando que ela foi correndo em sua direção para cumprimentá-lo. Kim a abraçou, ciente de que estavam apenas entre família, e sorriu para a linda e inteligentíssima jovem que o encantava com seu jeito tão autêntico de ser, mesmo em uma sociedade que não aprovava em nada a genuinidade em uma mulher.

— Fiquei decepcionada por não tê-lo encontrado aqui hoje mais cedo. — Enganchou seu braço no dele. — Não o vejo há meses.

— Também senti saudade, pequena arteira. — Ela riu com o apelido carinhoso, afinal, Lily tinha idade para ser sua filha. — Feliz com a novidade de ser tia novamente?

Os olhos dela brilharam.

— Muito. Eu sei o quanto Helena e Hawk desejavam essa criança e como foi difícil para ela quando perdeu o bebê ano passado. — Suspirou. — Agora tudo vai dar certo.

— Tenho certeza.

Caminharam juntos até o grupo que conversava entre si e, sem conseguir se conter, os olhos de Kim buscaram Marieta na sala. Quando a encontraram, ele errou um passo, o que rendeu à Lily algumas risadas baixas.

— Ela é linda, não é? — sussurrou a jovem Lady, e Kim percebeu que ela sabia muito bem a quem ele olhava.

— Deslumbrante. — confessou. — Quem é a mulher que conversa com ela?

— A senhora Beatrix Moreland, professora de Marieta. — Kim franziu o cenho, pois não era muito comum ter uma professora em um jantar formal com a família. — A Condessa a convidou à mesa para auxiliar sua amiga. Você já a conheceu?

Kim desviou os olhos para Lily.

— A professora? — Lily girou os olhos e negou com a cabeça. — Marieta? Sim, a conheço do Brasil.

— Hum, muito interessante.

Kim riu, mas não comentou nada sobre o sorriso malicioso de Lily à sua resposta. Ainda se sentia impactado com a beleza de Marieta, que parecia resplandecer ainda mais naquela noite. Adorava seus cabelos, tanto que guardava um bom pedaço deles consigo havia anos, mas teve que admitir que lhe desgostou vê-los cobertos com o toucado de renda que usava mais cedo, o que já não acontecia com o lindo turbante que ela exibia naquela noite. Ninguém usaria algo assim, tão peculiar para as terras inglesas, com tamanha elegância quanto Marieta.

O acessório tornava seus traços, sua pele, seu porte de rainha ainda mais contundentes, ressaltando para quem pudesse — ou quisesse entender — que, embora vestida como uma europeia, ela não era uma delas e que tinha muito orgulho de ser quem era. Essa percepção da segurança que Marieta exalava o deixou excitado, atraído ainda mais por ela, não apenas por sua beleza, como também por sua atitude.

Kim sempre a achara muito inteligente e de raciocínio rápido. Lembrava-se de cada conversa que tiveram durante os dias em que passaram juntos na fazenda. O jeito doce e sonhador que não diminuía em nada sua força de vontade o deixara de quatro havia anos e estava fazendo o mesmo naquele momento.

— Boa noite, milady. — Cumprimentou Helena com uma mesura. — Hawkstone.

— Que bom que veio, Kim. — Helena estava irradiando felicidade. — Recorda-se de Lady Margareth, não?

— Certamente. — Cumprimentou a senhora sentada ao lado da Condessa. — É um prazer revê-la, milady.

— Igualmente, senhor Ávila. — Tia Maggie olhou para Lily. — Sente-se aqui comigo e tente não monopolizar o convidado.

Kim teve que segurar o riso quando Lady Lily bufou audivelmente ao seu lado e obedeceu à velha dama que a chamava para seu lado. Hawkstone começou a falar sobre negócios dos quais era investidor e Helena levantou-se do sofá e foi em direção à Viscondessa de Braxton.

— Eu disse ao Hawk que também quero investir. — Braxton entrou na conversa e Kim viu, pelo canto dos olhos, que Helena e Elise se juntaram à Marieta para conversarem. — Acho que seria interessante marcarmos uma reunião para discutirmos alguns pontos, mas eu já estou quase convencido a...

O Visconde parou de falar, mas Kim não percebeu isso, pois não lhe dava a atenção. Estava com a garganta embargada e os olhos fixos nas quatro mulheres que conversavam, enquanto Marieta segurava o pequeno Charlie nos braços e sorria para o menino com tamanha doçura que o fez derreter.

A criança parecia tão encantada como o próprio Kim, tocando o rosto de Marieta com suas mãozinhas gorduchas, os olhos fixos nas cores lindas e chamativas do turbante que ela usava.

De onde conheço esse padrão de cores? Kim se questionava, cada vez mais certo de que já tinha visto aquela mescla de azul com verde em algum lugar.

— Kim... — Hawkstone o chamou, tocando em seus ombros. — Não é nada elegante ficar encarando uma mulher dessa forma.

Braxton riu.

— Como se ninguém se lembrasse de como Hawkstone quase devorava a Condessa com os olhos quando ela chegou aqui.

Hawk xingou baixo e Kim desviou os olhos de Marieta, rindo da expressão perplexa do Conde por Braxton ter jogado em sua cara seu comportamento do passado.

— Acalmem-se, por favor. — Tentou apaziguar os lordes. — Perdoem-me.

— Não o culpo. — Braxton sorriu. — Assim que entrei na sala, meus olhos foram atraídos para a moça como se tivesse ímã. — Kim ficou sério. — Não da forma como você a olhava, claro, mas por nunca ter visto ninguém com... um traje tão peculiar.

— Sim, devo admitir que realmente chama a atenção — concordou Hawkstone. — Helena disse que ela precisa manter sua identidade e acho certo. — Deu de ombros. — Quem liga para a opinião da sociedade?

— Nenhum de nós, certamente. — Braxton levantou seu copo em um brinde. — Mas penso que a dama de companhia da Condessa irá causar certo furor na temporada deste ano.

Hawkstone respirou fundo.

— Eu ainda me lembro do furor causado por Helena quando chegou aqui. — Ficou sério. — Nosso amigo Tremaine já a conheceu e ficou tão encantado quanto nosso amigo Kim aqui.

Kim encarou Hawkstone com uma expressão séria, mas que não chegava aos pés de como se sentia ao saber que Lorde Sebastian Allen, Marquês de Tremaine, um reconhecido libertino, conhecera Marieta e se interessara por ela. Ele se lembrava muito bem de como o Marquês fora uma pedra no sapato de Hawk por algum tempo.

— Tremaine não é... — começou a falar, mas Hawk o interrompeu.

— Eu sei, não se preocupe, mas ter a admiração e o apoio dele é algo muito bom para Marieta. — Kim teve que admitir que seu amigo estava certo. — Como dama de companhia ela irá frequentar todos os lugares elegantes da cidade, enquanto Helena ainda puder sair, antes de se resguardar para o final da gravidez. — Respirou fundo mais vez. — Sabemos como poderá ser complicado para Marieta, então, quanto mais amigos ela fizer, melhor.

— Acho que não devemos nos preocupar com isso. — pontuou Braxton. — Amigas não irão faltar, pois Elise já está começando uma verdadeira campanha para apresentá-la a todas as suas conhecidas assim que ela estiver mais familiarizada com o idioma.

Kim novamente olhava para Marieta segurando o pequeno Charlie e conversando com as outras mulheres, que se reuniram todas em volta dela com a criança. Ela era forte e iria enfrentar de cabeça erguida todos os obstáculos que encontrasse em seu caminho. Marieta era uma guerreira, passou por uma situação inimaginável a qualquer um ali dentro daquela sala, mas estava de pé, forte, sorrindo para uma criança que lhe acariciava o rosto e reconstruindo sua vida.

Era impossível a Kim sentir-se inume a ela, ao que ela lhe despertava em lembranças e sentimentos. Não pudera no passado e não poderia naquele momento.

7

O Soneto

Brasil, abril de 1852

Aquela mulher não lhe saía da cabeça. Kim estava olhando para o teto do quarto onde estava hospedado na fazenda Santa Helena, sem conseguir dormir ou mesmo relaxar. Havia passado a noite inteira naquele mesmo estado lastimável, remoendo as lembranças da mulher que vira dançar e que o repreendera por ter invadido uma comemoração privada. Não sabia seu nome, mas não conseguia esquecer seu rosto nem todo o magnetismo que atraíra sua atenção enquanto ela dançava, junto a outras mulheres, no meio da roda com tambores tocando.

Já visitara muitos lugares do mundo, conhecera muitas culturas diferentes e, claro, mulheres em cada uma delas. Nunca se considerou um libertino, mesmo porque quase não tinha tempo para se dedicar à arte da sedução, pois havia começado a trabalhar duramente desde muito cedo com sua família. Começara de baixo, partindo em viagens curtas, atuando como marinheiro e estivador nos barcos de seu falecido pai. Antonio de Ávila acreditava piamente que o trabalho enobrecia o homem e que a melhor maneira de fazer seus filhos saberem de onde vinha o dinheiro que lhes dava tanto conforto era fazendo-os entender como era duro ganhá-lo. Kim aprendera, crescera, absorvera tanto conhecimento nessas expedições de aprendizado quanto nas salas de aula de Coimbra, onde se graduara advogado. O conhecimento das leis, da filosofia, o ajudou a tratar da documentação da empresa de navegação comercial de seu pai, mas foram os momentos com a tripulação que o tornaram o que amava ser: capitão.

Além do diploma, Coimbra lhe trouxe outro grande privilégio: a amizade. Lá conhecera Antônio da Silveira e, por causa daquela amizade, formada a princípio pelos corredores da velha universidade, era que estava prestes a fechar um dos maiores negócios de que já tivera notícias: transportar para a Europa uma das maiores safras de café de todos os tempos. Ano após ano, o Brasil vinha batendo recordes de safra, e o café dessas terras acabou caindo no gosto do velho continente e se tornou tão popular que até mesmo os ingleses com seus chás se rendiam ao forte café brasileiro. Era por esse motivo que, em vez de ter ficado com os amigos apenas na casa deles na Corte ou mesmo ter ido à fazenda principal para cavalgar uns dias, estava em Santa Helena confabulando, com esses mesmos amigos e o irmão mais velho deles, um jeito de convencer o Barão a fazer um contrato de exclusividade com ele.

A velha raposa era esperta, tinha enviado dois de seus três filhos varões para Portugal a fim de se formarem doutores para poder ter influência não só na produção do ouro verde brasileiro, como também na negociação, compra e venda do café, por meio de uma casa comissária gerida por Antônio e, como não bastasse, estava preparando Pedro para assumir um lugar entre os políticos dentro da Corte do imperador.

A família Silveira tinha pretensão de se tornar dominante dentro do principal produto comercializado pelo seu país, e Kim estava contente por terem se lembrado dele e lhe dado oportunidade de ingressar nessa nova fase do comércio de café. Restava apenas convencer o Barão de que valeria a pena, ao seu bolso, trabalhar apenas com sua transportadora e esse era um assunto que o deixava tenso, porque, embora não o conhecesse bem, tinha ciência de que João Augusto da Silveira, o Barão de Santa Lúcia, era um homem de difícil trato.

Kim revolveu-se novamente sobre os lençóis, o brilho do sol já inundando o quarto, atravessando as frestas das venezianas das janelas. Não entendia o motivo de estar tão agitado. O negócio se concretizaria, tinha os três filhos do Barão ao seu lado e uma gama de investidores portugueses que seu sócio e ele levantaram. *Então, por que não consigo dormir?*, pensou irritado, sentando-se na cama, desistindo de tentar ficar lutando com o sono.

Foi até o canto do cômodo onde ficava a ânfora e a bacia para seu asseio matinal. Despejou a água fresca , jogou-a sobre o rosto e se encarou no espelho. Riu de si mesmo ao contemplar os cabelos compridos revoltos por conta da noite mal dormida e lembrou-se de seus irmãos dizendo-lhe que, além de fora da moda, ele estava com a aparência de um pirata do século passado. Kim não se importava, gostava de suas madeixas longas daquela maneira, e ligava pouco para a opinião alheia sobre sua aparência. Pegou uma fita e prendeu os cabelos em respeito ao Barão, que o olhou com desconfiança quando chegara com os fios soltos.

Jantaram juntos na noite passada, conversaram e, quando estava pronto para se deitar, ouviu os sons que vinham das senzalas. Aproveitou que queria fumar — e não faria isso dentro da casa —, caminhou pelo terreiro de secagem, pela horta e, quando se deu conta, havia seguido a música que flutuava na noite, tornando-a alegre. Estava muito calor, um fato que foi pontuado pelo Barão mais cedo no jantar, pois já era outono no Brasil e os ventos ainda sopravam quentes à noite. Parou distante da festa, mas não se moveu, ficou lá espiando sem nenhuma educação, como a bela moça tinha feito questão de frisar

Kim sabia que ela tinha razão. Embora muitos outros brancos pudessem achar que os escravizados não tinham direito algum, muito menos à privacidade, ele não concordava. Eram pessoas e tinham o direito a ter seus momentos particulares, a cultuar da forma que achassem melhor sem a interferência de ninguém. Por isso também ele não se aproximou, por entender que não era uma festa qualquer e, sim, algo muito especial que estava acontecendo por lá. Deveria ter ido embora, mas simplesmente não conseguiu desviar os olhos da linda moça que se movia.

Kim tinha sido tomado por um total deslumbramento e conseguia sentir, através dos movimentos dela, uma energia nova se alojando em seu corpo. Quando ela se aproximou, não teve nenhuma intenção de se revelar, mas surpreendeu-se quando ela, mesmo sem conseguir vê-lo, soube que havia alguém escondido nas sombras.

Esquece a moça, Kim.

Secou o rosto irritado por ficar rememorando cada detalhe da noite, arrumou-se para o desjejum e saiu do quarto. Encontrou-se com Pedro no corredor e teve que suportar o sorriso debochado do amigo ao ver seus cabelos presos.

— Não se deixe ser intimidado — aconselhou o filho mais novo do Barão. — Se meu pai perceber que pode te fazer dançar a música dele, não irá parar de tocar. — Kim concordou e desfez o rabo de cavalo, deixando seus cabelos soltos na altura do ombro. — Dormiu bem aqui na Santa Helena?

— Não, mal consegui fechar os olhos — confessou.

— O calor estava horrível, não estranho. Vamos ver se esse vento quente se dissipa um pouco, porque até é normal termos sol de dia, mas à noite sempre tínhamos uma brisa gostosa. — Suspirou desanimado. — Mas, caso não melhore, sempre há a cachoeira.

Kim o olhou surpreso, pois não sabia que perto da fazenda havia uma queda d'água na qual pudesse refrescar-se do intenso calor do dia.

— Fica perto da casa? — inquiriu curioso.

Ambos atravessaram o grande salão da casa da fazenda de onde era possível ver a mesa sendo posta na sala de jantar para o desjejum.

— Não muito, mas tem um bom acesso para ir a cavalo. — Entraram na sala de refeições. — Bom dia, Antero.

O lacaio negro, bem-vestido e descalço, o saudou com um sorriso.

— Dia, sinhozinho. — E em seguida cumprimentou Kim com a cabeça.

— Ninguém mais acordou ainda? — Pedro questionou-o ao se sentar.

— O Barão saiu cedo com o capataz para cavalgar, mas ainda num tomô café.

Pedro continuou a conversar com o homem, mas Kim não conseguiu mais prestar atenção ao que falavam, pois, o motivo de seus pensamentos mais insistentes se projetou na sala, carregando uma broa feita de milho.

Ele ficou paralisado olhando para a moça que se movia com os olhos baixos, colocando a cheirosa iguaria sobre a mesa coberta com uma toalha de linho branco limpíssima. Embora não estivesse com seus fartos cabelos soltos, nem mesmo com o belo vestido branco com detalhes azuis, ele a reconheceu assim que cruzou a porta que separava a sala da cozinha. Não sabia dizer como, pois mesmo antes de focar em seu rosto para ter certeza, sentiu que algo o despertou e atraiu seu olhar para ela.

Os cabelos estavam todos recolhidos dentro de uma amarração na cabeça que o fazia se lembrar de turbantes como os que tinha visto na Índia e no oriente, no caso usados por homens, e não por mulheres, em todos os locais que visitara. A vestimenta era simples e igual a de todas as outras moças escravizadas, de modo a não destacar nenhuma, mesmo assim, ela lhe chamou a atenção. Quando a encarou teve certeza de que era a mesma mulher que estivera vendo dançar, aquela que o repreendeu e que povoou todos os sonhos acordados durante a noite insone que passou. O rosto perfeito, a pele natural sem a maquiagem que se usava na corte, os cílios longos e curvados para cima e os lábios cheios que o faziam pensar em beijos macios e molhados de...

Cacete, Joaquim, repreendeu-se a si mesmo, freando a direção de seus pensamentos.

Desviou os olhos, tentando voltar a se concentrar em seu amigo, contudo sem conseguir, consciente de cada movimento que era feito na sala, enquanto outro escravizado servia-os com o café da manhã.

— Estive pensando em irmos até a vila hoje, o que acha?

Kim respirou fundo, esperou que o rapaz enchesse sua xícara, agradeceu-lhe e encarou Pedro.

— Seria interessante. Qual o propósito?

Seu amigo sorria.

— Você fará o pessoal daqui admirar tanto você quanto os da nossa casa na corte. — Fez sinal em direção ao menino que o serviu antes. — Ainda te incomoda muito essa situação toda, não?

Kim deu de ombros.

— Já conversamos sobre isso. — Pedro concordou. — Sei que é comum por aqui, mas não acredito que um homem possa ser dono de outro, nem acho certo.

— Nem eu, querido amigo. — Bebeu um gole de café. — Os anos na Europa me mostraram que nossa prática é errada e me renderam muitas brigas com o Barão, acredite. Mas ele está amparado pelas leis do nosso país.

— E pelos meus compatriotas. Não sou omisso em relação a isso, sei bem que a maioria dos traficantes ainda atuantes mesmo depois da proibição da entrada de africanos no país é de Portugal.

— Pois é, de vez em quando o governo faz apreensões de navios negreiros, mas sabemos que isso não deve representar nem mesmo uma mínima parte dos que conseguem entrar. Mas o tráfico interno se intensificou ainda mais e o preço disparou de tal forma que, em vez de a proibição tê-los afetado negativamente, os tornou os principais especuladores. Há fazendeiros com dívidas infinitas com os mercadores de escravos. Uma situação lamentável.

— Deveras muito triste — concordou Kim.

— Ah, Marieta, por favor. — Pedro chamou uma das moças que estavam no serviço e, por mais que Kim tentasse resistir, acabou prestando atenção a quem iria se manifestar ao chamado. — Peça à Maria que nos prepare ovos mexidos. — Quando a jovem assentiu, ele voltou a olhar para Kim sem perceber, a princípio, que seu amigo estava paralisado. — Nossa cozinheira aqui faz os melhores... Tudo bem?

Kim sorriu sem jeito para Pedro e assentiu, pegando sua xícara e bebendo um longo e quente gole de café.

Marieta. Nome incomum, um diminutivo de Maria, de origem francesa.

Ele gostava de como soava o nome dela e, embora fosse estranho explicar, sentia que combinava de alguma forma com seu jeito de ser, principalmente se levasse em conta a maneira como o encarou e o colocou em seu lugar na noite passada. Quando se moveu para atender ao pedido de Pedro, seus olhos encontram-se rapidamente com os de Kim. Foi como se a mesma energia que sentiu ao vê-la dançar voltasse ao seu corpo com apenas a troca de olhares entre ambos. Não demorou mais do que alguns segundos, mas foi suficiente para desnortear Kim a ponto de ele não conseguir desviar os olhos dela, acompanhando-a até estar perto da porta de comunicação entre os cômodos, fazendo-o parecer estranho ao amigo Pedro.

— Quando Antônio acordar...

— Ouvi meu nome. — O filho do meio do Barão entrou na sala sorridente. — Bom dia. — Sentou-se ao lado de Kim. — O cheiro do café recém-torrado e moído quase me fez vir flutuando até aqui. — Esperou que o mesmo rapaz que serviu a Kim o servisse. — Sobre o que estavam falando?

— Convidei o Kim para irmos até a vila hoje. — Antônio fez uma careta. — O que houve?

— Calor dos infernos. — Riu e olhou em volta. — Onde está o Barão?

— Saiu para cavalgar. — informou Pedro, pegando o jornal sobre uma bandeja de prata. — Anime-se um pouco e vamos à vila.

Kim percebeu, pelo canto dos olhos, quando Marieta voltou com uma travessa contendo os ovos mexidos. O cheiro do alimento encheu a sala, mas ele não a olhou diretamente e, sim, pegou a parte do impresso que Pedro deixara para trás.

— Marieta, Marieta, parece que você leu minha mente. — Antônio riu. — Talvez depois de comer eu mude de ideia, Pedro, mas sinceramente eu preferia não me arriscar nesse sol escaldante hoje. — O som de pratos chamou a atenção de Kim, mas ele continuou com os olhos fixos nas notícias. — Já que estamos em Santa Helena, podíamos ir até a cachoeira. O que acha, Kim?

Sendo impossível ficar escondido atrás das grandes folhas do jornal, Kim baixou o periódico para responder a Antônio no mesmo momento em que Marieta, a seu lado, oferecia-lhe os ovos mexidos.

— Não, obrigado — respondeu encarando as íris esverdeadas mais incríveis que já vira em sua vida.

Esperou que ela se afastasse para voltar a respirar normalmente, impactado por tê-la tão perto de si. Estranhava a si mesmo, a todas essas reações que estava tendo como se fosse um menino em época escolar encantado com as garotas. Não conseguia entender, ou mesmo racionalizar, todo o fascínio que a moça negra exercia sobre ele. Seus olhos eram diferentes e marcantes, e ele já tinha visto muitos. Em sua família mesmo existia um homem com olhos que chamavam a atenção. Seu primo inglês, Stephen Moncrief, Conde de Hawkstone, possuía um olho de cada cor, e Helena, a irmã caçula dos irmãos Silveira que conhecera na Europa, tinha olhos amarelados, quase dourados.

Não deveria se espantar com o fato de a moça escravizada possuir olhos claros, contudo, sabia que não era comum e isso o fazia pensar na sua origem. Tinha conhecimento de que alguns Barões gostavam de forçar relações sexuais com as moças negras e pensar que Silveira pudesse ser adepto a essa prática lhe revirava o estômago. Mas, diante da sutil característica que vira em Marieta, já não lhe era impossível supor que havia mistura em seu sangue.

— ... Ele não dormiu direito, por isso está tão distraído deste jeito.

— O quê? — balançou a cabeça para tirar Marieta de seus pensamentos. — Peço perdão, acho que essa noite insone está cobrando seu preço.

— Foi o que eu disse ao Antônio. — Pedro riu. — Bom, acho que nem vamos à vila nem à cachoeira hoje, porque certamente Kim preferirá ficar em casa e descansar.

Ele concordou com o amigo, embora a última coisa que lhe passasse pela cabeça fosse dormir. Kim olhou para o canto onde o serviço estava em fila, aguardando seus senhores tomarem café e bufou irritado por não estar conseguindo se controlar.

Uma batida suave à porta o fez parar de ler.

— Pode entrar.

Marieta segurava uma pilha com lençóis e, sem olhar para Kim, anunciou:

— Desculpe-me pelo incômodo, mas preciso trocar a roupa de cama.

Kim colocou o livro na mesinha de cabeceira e se levantou rapidamente, afastando-se da cama para dar passagem à moça. Não imaginava que iria vê-la novamente naquele dia, afinal, entocara-se em seu quarto com a desculpa de que precisava analisar uns papéis e deixara Pedro e Antônio irem para a vila sem ele.

— Se quiser deixar os lençóis aqui, eu mesmo posso trocar — ofereceu à Marieta.

— Não, obrigada, mãe Maria me pediu para vir, pois Pedro não avisou da vossa chegada.

Kim riu imaginando a surpresa que causara de manhã, quando aparecera para o desjejum com seu amigo.

— Peças desculpas a ela pelo incômodo, por favor.

Marieta parou de retirar os lençóis da cama, olhou-o brevemente e assentiu.

— Seu... — Marieta interrompeu-se e voltou a fazer seu trabalho.

— O que ias dizer? — perguntou Kim curioso, mas a moça apenas deu de ombros. — Por favor, diz.

— Seu jeito de falar... — Kim riu e ela lhe encarou. — Perdoe-me, eu não...

— Tudo bem. — Sentou-se em uma cadeira perto do toucador do quarto. — Seu nome é Marieta, não? — Ela confirmou com a cabeça. — O meu é Joaquim e sou de Portugal, um país que fica na...

— Europa. — Marieta completou, mas depois fechou os olhos como se se recriminasse. — Per...

— Não precisas pedir desculpas, estás certa. — Ele se inclinou para frente, sentindo-se cada vez mais intrigado. — Seu jeito de falar também não é comum às pessoas de seu povo. — Ela o encarou e Kim sentiu que estava tensa. — Tiveste algum estudo?

A princípio pensou que Marieta não iria lhe responder, já que tinha ficado parada e quieta.

— Sim. Estudei com a sinhazinha aqui na fazenda.

Kim sorriu ao lembrar-se da jovem filha do Barão, Helena Augusta.

— Conheci a Srta. Silveira na Europa há alguns anos. — Comentou para continuar conversando com ela. — Eram amigas?

Marieta terminou de esticar o lençol limpo e começou a tirar a fronha do travesseiro.

— Sim — respondeu seca.

Notou que ela não iria continuar a conversar e ficou olhando-a trocar as fronhas dos travesseiros, cobrir a cama com a colcha e recolher toda a roupa de cama que havia retirado em seus braços. Ele suspirou e alcançou um dos livros que havia trazido na viagem, abrindo o volume em uma das páginas mais gastas da publicação.

— Se o senhor tiver alguma roupa para lavar... — Marieta voltou a falar, mas ele logo a interrompeu:

— Gostas de ler? — Não olhou para ela, mas sentiu que havia interrompido seus passos com a pergunta.

— Não há livros na senzala, senhor.

Ele a encarou, o coração disparado.

— Mas gostas? — Marieta deu de ombros. — Este aqui é um livro de poemas, se quiser...

— Não posso. — O tom de voz voltou a soar duro como o que ela usou na noite passada ao repreendê-lo. — Se não precisa de mais nada, com licença.

Kim respirou fundo e, sem pensar, começou a ler:

Como quando do mar tempestuoso
o marinheiro, lasso e trabalhado,
d'um naufrágio cruel já salvo a nado,
só ouvir falar nele o faz medroso;

Ele parou a leitura do Soneto 43 por um momento, mas sem tirar os olhos do livro de Camões, apenas para escutar se ela ainda estava no quarto ou se tinha ido embora. O silêncio e a porta que continuava fechada foram as respostas de que precisava para continuar:

E jura que em que veja bonançoso
o violento mar, e sossegado
não entre nele mais, mas vai, forçado
pelo muito interesse cobiçoso;
Assi, Senhora, eu que da tormenta
de vossa vista fujo, por salvar me,
jurando de não mais em outra ver me;
Minh'alma que de vós nunca se ausenta,
dá me por preço ver vos, faz tornar me
donde fugi tão perto de perder me.

Buscou ar antes de olhá-la e estremeceu ao ver seus olhos brilhando, rasos d'água. Sem pensar muito em suas atitudes, aproximou-se dela.

— Tudo bem?

Marieta baixou os olhos, fitando a roupa de cama que estava apoiada em seus braços.— O que foi isso que você leu?

Kim sorriu e lhe estendeu o livro.

— É um livro de Camões. — Marieta ajeitou a trouxa de roupa debaixo de um só braço e pegou a publicação com cuidado, o que fez com que Kim sorrisse. — Um poeta muito famoso do meu país. Gostaste?

Ela assentiu, ainda sem falar, roçando a capa de couro do livro com o polegar. Kim fechou os olhos por sentir-se invejoso de um livro, forçando-se a não imaginar aquelas mãos, aquela carícia, sobre sua pele.

— Foi lindo. — Devolveu-lhe o livro. — Eu preciso ir.

Ele abriu a porta para que Marieta saísse, porém, antes de a moça deixá-lo sozinho, virou-se para ele e agradeceu.

— Pelo quê? — Encostou-se no batente. — Sou eu quem deveria agradecer. — Apontou para a roupa de cama que ela segurava.

Marieta sorriu e ele sentiu todo o corpo estremecer, da cabeça aos pés.

— Por ter lido para mim.

Kim ficou mais tempo do que o necessário parado à porta do quarto, mesmo depois que de ela ter desaparecido na esquina do corredor, incapaz de regressar ao interior do cômodo, completamente tomado pelo magnetismo do sorriso de Marieta.

Por que aquela moça mexe tanto comigo?

8

Novas descobertas

Marieta sentia-se deslumbrada com a belíssima paisagem do Hyde Park enquanto passeava ao lado de Helena e Lady Lily dentro do coche. Adoraria estar ao ar livre, pois sentia saudade de poder caminhar, mesmo que fosse com cuidado em uma grama úmida e com os ventos frios do inverno londrino. A temperatura já não estava tão baixa quanto no começo do mês, mas ainda demandava uma quantidade de roupa a qual Marieta não tinha se acostumado a ter que usar para sair de casa por alguns minutos. Não tinha visto a neve, nem mesmo no Natal, e sua professora explicou, assim que as duas começaram as aulas, que não era comum nevar em Londres e que, quando acontecia, tudo virava um lamaçal.

Estava adorando as aulas com a senhora Moreland. Suspirou ao lembrar-se dos elogios por sua facilidade em assimilar o idioma e já conseguir ter uma pequena conversa em inglês. Pequena, muito pequena. Contudo, mesmo com seus avanços comedidos, Marieta dizia a si mesma para não se afobar. Estava tendo as lições havia apenas algumas semanas e ninguém podia dominar um idioma tão diferente do seu em tão pouco tempo. É verdade que estar com Beatrix Moreland a todo momento ao seu lado, treinando-a, corrigindo-a, apontando coisas e dizendo os nomes, a ajudava muito. Ela não tinha lições em sala de aula como uma criança, mas andavam pela casa, faziam coisas rotineiras e conversavam o dia inteiro. O método empregado pela sua professora era o mesmo que, segundo ela, os bebês usavam para aprender a falar: audição e repetição.

Até mesmo Helena, instruída pela educadora, passara a se comunicar mais em inglês com Marieta. E Lady Lily, a quem ela já considerava como uma amiga querida, lhe ajudava durante as refeições, falando o nome dos pratos e dos utensílios.

— Você precisa estar pronta para quando o parlamento abrir e as famílias começarem a aparecer em Londres — explicou a professora. — Falar é essencial no seu caso, depois disso vou me preocupar em alfabetizá-la na nossa língua. Mas vamos ainda seguir a sapiência da mãe natureza...

Marieta riu e repetiu as palavras da professora.

— Falar primeiro, escrever depois, assim como uma criança faz.

— Exatamente. — A jovem senhora aplaudiu animada. — Lady Margareth está ansiosa para lhe dar lições de etiqueta, porém pedi a ela que aguardasse mais algumas semanas para que consiga entendê-la sem ajuda de uma tradutora.

Essas lições com a tia Maggie, certamente, eram o que Marieta mais temia. Não tinha sido educada nem mesmo para ser uma sinhazinha, quanto mais uma dama. Claro que tentava demonstrar educação e imitar os demais quando estava à mesa, mas era só. Não entendia de regras e de convenções. Na verdade, as desprezava porque eram uma forma de lhe tirarem novamente a liberdade e isso a preocupava. Sabia, contudo, que teria de aprender porque isso fazia parte de seu trabalho. Iria acompanhar a Condessa a muitos eventos, além de compras, chás, reuniões beneficentes e, em todas elas, mesmo não participando ativamente, estaria ali representando a casa dos Condes de Hawkstone e não queria decepcionar.

Nos dias em que esteve andando pela enorme mansão, percebeu que os criados se sentiam privilegiados e orgulhosos por serem parte do serviço de uma família tão antiga e tão nobre. Havia até certa competição entre eles e os empregados de outras famílias que incluía quais tinham a melhor libré, os melhores salários e, principalmente, qual casa era mais respeitável.

No começo Marieta achou tudo isso estranho e sem sentido, até entender, depois de uma conversa com Beatrix, que isso não era somente uma questão de status e orgulho, mas que interferia diretamente na vida de cada criado da casa, já que boas referências lhes concediam vantagem na busca de um novo emprego caso houvesse necessidade.

Marieta estava aprendendo a ver com os olhos daquela nova sociedade e a fazer parte dela, ainda que não compreendesse tudo. Nunca chegaria a se portar como uma inglesa, mas esperava ao menos poder entender como tudo funcionava naquela intrincada e intrigante sociedade para poder desempenhar suas funções de forma satisfatória.

O fato mais importante é que não tinha pretensão de viver para sempre naquele país. Cultivava o desejo de conseguir juntar dinheiro suficiente para ajudar mãe Maria e para voltar ao Brasil e lutar pelos seus semelhantes.

— Ah, olha quem está se aproximando. — anunciou Lady Lily animada, chamando a atenção de Marieta para os dois cavaleiros que avançavam na direção do coche. — Parece que não somos as únicas loucas que saem para um passeio no parque em um dia frio.

Marieta sentiu a boca ficar seca e seu coração disparou ao reconhecer um dos cavaleiros que se aproximavam. Kim estava usando chapéu e uma capa grossa, ainda assim ela o reconheceu. Lembrava-se bem do jeito como ele cavalgava, de sua postura sobre o cavalo e o modo suave com que conduzia sua montaria. Era esse um dos assuntos principais entre os garotos que cuidavam dos estábulos na fazenda Santa Helena à época em que ele esteve lá, o jeito como o estrangeiro falava com os cavalos.

Ela mesma havia sido testemunha do zelo de Kim com sua montaria. Toda vez que se encontravam na cachoeira, ele amarrava o animal perto da relva mais verde, acariciava seu pescoço e, algumas vezes, ofertava-lhe uma maçã ou cenoura.

Mari balançou a cabeça levemente, tentando afastar as memórias que insistiam em voltar cada vez que Kim se aproximava dela ou mesmo quando era citado. Sentia que esse era o seu verdadeiro desafio em sua nova vida, manter-se longe de Joaquim de Ávila, coisa que estava sendo cada vez mais complicada de ser feita, visto que Hawkstone e ele eram primos e sócios.

— Boa tarde, miladies. — Lorde Tremaine, o outro cavaleiro que acompanhava Kim, saudou as mulheres no coche através do vidro abaixado da porta. — Sra. Silveira.

Marieta fez uma mesura com a cabeça, cumprimentando o Marquês, sem olhar para o homem ao seu lado.

— Milady. — Kim cumprimentou Helena. — Lady Lily, senhora Silveira, como vão?

— Tentando sair de casa um pouco, já que essas semanas têm sido monótonas por conta das chuvas — respondeu a Condessa. — O que o traz ao parque num dia frio?

Tremaine sorriu.

— Kim. — respondeu tentando conter o riso, embora tivesse as sobrancelhas erguidas. — Este louco me mandou um cartão para que viéssemos cavalgar hoje, a esta hora e neste parque, coisa que todos sabem que eu abomino como a morte.

Helena e Lily riram, Kim bufou audivelmente, chamando a atenção de Marieta para seu desconforto com a conversa.

— E por que veio, então? — Lady Lily o questionou.

Tremaine fez uma expressão blasé e confessou:

— Tenho pena de homens desesperados.

Kim xingou em português, o que fez Helena arregalar os olhos e Marieta a tentar segurar um riso. Mas nem Tremaine nem Lily entenderam o que o homem quis dizer.

— Não querem descer um pouco e dar uma volta?

Helena sorriu e consentiu a Kim.

— Não está frio lá fora? — Marieta tentou evitar o passeio.

— Não, isso não é nem perto do frio a que estamos acostumadas. — explicou Lady Lily animada, colocando as luvas. — Anime-se, Mari, você irá gostar.

A frase foi dita em inglês e Marieta assentiu resignada, pegando seu casaco grosso e a capa da Condessa. Os cavaleiros apearam e o cavalariço, que estava na boleia junto ao cocheiro, segurou as rédeas de seus cavalos, enquanto eles ajudavam as mulheres a descerem da carruagem. Kim ajudou a Condessa e Lady Lily a descerem. Mas, quando chegou a vez de Marieta, ele estava auxiliando Helena com algo que havia se agarrado na barra de sua capa e Lorde Tremaine foi quem estendeu a mão para que ela descesse pelas escadinhas do veículo.

— É um prazer revê-la — cumprimentou-a.

Marieta sorriu e assentiu, ainda sem querer arriscar as poucas palavras que conseguia dizer em inglês.

— Soube que esteve viajando, não sabia que havia retornado. — A Condessa de Hawkstone aproximou-se do Marquês. — Precisamos marcar um jantar para comemorar sua volta à cidade.

O Lorde abriu um sorriso e ofereceu seu braço à Helena.

— Será um prazer.

Estendeu o outro braço à Marieta, mas, antes que ela pudesse aceitar, Lady Lily apareceu apressada e o tomou.

— Estou louca para ouvir suas histórias, milorde. — Disse ao Marquês antes de olhar para Marieta e Kim. — Você poderia acompanhar Marieta, Kim?

A dama de companhia segurou o fôlego, aguardando a resposta dele.

— Certamente. — Andou devagar até ela e ofereceu seu braço para que atravessassem a pista de terra molhada até a grama. — senhora Silveira.

Marieta tentou sorrir, mas, pela expressão divertida de Kim, temeu não ter tido êxito em sua tentativa.

— Obrigada. — Agradeceu ao tocar seu braço levemente, esforçando-se para não tomar consciência dos músculos duros por baixo do casaco e, muito menos lembrar-se da pele quente que os cobria. — Não sei se foi uma boa ideia...

— Foi uma excelente ideia. — interrompeu-a Kim. — Como a Condessa mesmo salientou, a senhora ainda não conheceu bem lugar onde estás morando e nada melhor do que um passeio no Hyde Park para começar a se acostumar com as paisagens bonitas da cidade.

Ela deu um longo suspiro.

— Posso perfeitamente ver o parque da janela superior da Moncrief House — comentou, mas logo se arrependeu, pois não queria ficar conversando com ele e muito menos dar-lhe a impressão de estar de mau humor por causa do encontro inesperado. — Mas tomar ar pode ajudar Helena.

— Pode sim. — Ele sorriu. — Como ela tem passado esses dias? Fiquei tão ocupado com os negócios que quase não tive oportunidade de ir até a casa do Conde desde o jantar de comemoração.

Sim, era verdade e, mesmo não querendo, Marieta esteve na expectativa de vê-lo todos os dias em que não aparecera. Ao final das horas, dizia-se aliviada por não ter de suportar a presença de Kim no mesmo local que ela, mas, no fundo, sabia que sentia curiosidade sobre a vida dele em Londres.

Por anos imaginou que ele havia encontrado uma moça branca de boa família e se casado e que nem se lembrava de sua existência. Teceu imagens de supostos filhos, viagens em família e natais na tal quinta de que ele tanto lhe falava enquanto estiveram juntos. Condenava a si mesma por deixar que a mente ainda mantivesse sua memória, mesmo depois do que ele lhe fez, mesmo depois de anos terem se passado. E sentia-se culpada por pensar em como Kim estaria mesmo casada com João.

— Helena está bem — respondeu sua indagação. — O mal-estar foi causado apenas pela adaptação de seu corpo ao novo ser nele, mas passou.

Kim aquiesceu, olhando para a Condessa, que conversava com Tremaine e Lady Lily, enquanto os aguardavam chegar.

— Não tive oportunidade de dizer na noite do jantar, mas queria deixar registrado que estavas linda. — Marieta arregalou os olhos e finalmente o olhou, mas Kim ainda continuava a olhar para o trio que os esperava. — Gostei do que fizeste com seus cabelos, usando aquele turbante. — Por fim, levantou o olhar para ela. — Assim como gosto de como estão agora.

Marieta desviou os olhos e engoliu em seco.

— Por favor, não acho que essa conversa seja conveniente.

— Por que não? Eu sempre disse o quanto amava seus cabelos.

Ela fechou os olhos, lembrando-se da sensação dos seus dedos enrolados nas mechas, fazendo caracóis de fios, enquanto permanecia deitada sobre seu peito.

— Aquela época já passou, assim como tudo o que foi dito e feito. — Soltou seu braço assim que pisou na relva. — Obrigada pelo apoio, senhor Ávila.

Afastou-se dele para ir ao encontro de Helena, Lady Lily e Lorde Tremaine, parecendo uma mulher segura e inabalável, mesmo que seu coração estivesse comprimido no peito pelas lembranças e pelo o que Kim havia acabado de lhe dizer.

— Marieta, vamos até a margem do Serpentine. — Helena a chamou animada. — É uma pena que não esteja congelado, porque quando acontece muitas pessoas o usam para praticar esportes. — Enrugou levemente a testa ao encará-la de perto. — Algum problema?

— Não. — Marieta fez uma careta, apertando bem seus dentes. — Estou me acostumando ao frio.

— Não está frio, faz quase 10 graus. — Helena riu e pegou seu braço. — Muito em breve você nem se lembrará mais do calor escaldante do Brasil, principalmente no verão daqui, que é tão agradável. — Arregalou os olhos e balançou a cabeça. — Quer dizer, quando o ar não está impregnado de fuligem. — Riu. — Acho melhor irmos para o campo no verão.

— Mesmo porque o Conde irá querer que seu filho nasça na propriedade, não? — Ponderou ao lembrar-se do que Hawkstone havia dito sobre isso no jantar de comemoração e que sua professora traduziu.

Helena suspirou.

— Sim. Não que eu não goste de Wilshire, mas prefiro Londres, amo essa cidade com seus museus, galerias, bibliotecas e, apesar de também amar a vida no campo, aqui é diferente de casa.

— Você sente falta do seu país?

Helena assentiu.

— Sinto. Aqui, mesmo no campo, as coisas são rígidas demais. E ser uma estrangeira é mais fácil na cidade grande do que num pequeno condado. — Deu de ombros. — Os habitantes de lá não viram com bons olhos o fato de seu futuro Conde ser só metade inglês.

— Aposto que o Conde atual não se preocupa nem um pouco com isso. — Marieta tentou animá-la.

— Sim, mas você não conhece minha sogra. — Estremeceu teatralmente e Marieta riu. — Ela nunca me deixará esquecer que sou uma espécie exótica no meio dos cisnes.

Marieta estava ciente de que a Condessa viúva de Hawkstone não aceitou bem o fato de o filho ter se casado com uma estrangeira e, por conta disso, ter sido banida de Londres e, desde então, residir em um luxuoso chalé perto de Hawkstone Abbey. Se o bebê de Helena tivesse que nascer lá, provavelmente não teriam como se livrar da presença da mãe de Hawkstone, e Marieta já se preocupava em como isso poderia repercutir não só na recuperação de sua amiga, bem como nos primeiros dias de vida da criança.

— Não achou uma coincidência enorme termos nos encontrado com Kim e Lorde Tremaine hoje aqui? — perguntou Condessa à Marieta, olhando para a plácidas e geladas águas do rio. — Isso nunca havia ocorrido antes.

Marieta desviou os olhos na direção de Kim e o ouviu rindo de algo que sua prima, Lady Lily, dizia.

— Coincidências acontecem. — Deu de ombros, tentando não imaginar que Kim havia arranjado a "coincidência".

Ele não teria motivos para fazer isso, pensou ao refutar a ideia.

— Não sei. — Suspirou. — Temo que Tremaine possa estar por trás deste encontro. — Marieta voltou a olhar a amiga, mas percebeu que ela também observava o outro grupo. — Temo que ele possa estar interessado em Lily.

Marieta enrugou a testa confusa.

— Isso seria ruim?

Helena deu de ombros.

— Lily não quer se casar, pretende ter sua vida, uma profissão e, caso Tremaine realmente se interesse, acho que será complicado para Hawkstone atender aos desejos de independência de sua irmã. — A voz de Helena transmitia preocupação. — Ela debutou junto a mim, mas nunca se interessou por nenhum pretendente e, como nenhum deles era bom demais na concepção de Hawk, ele respeitou a decisão dela. Mas minha cunhada já está quase sendo considerada uma solteirona aos 21 anos e isso pode exercer certa pressão ao Conde.

Marieta concordou.

— Lily nunca se apaixonou?

Helena negou.

— Não, nem mesmo um flerte ou uma paixão fogo de palha. — Sorriu triste. — Eu a amo demais para pensar em vê-la se unir com quem não ama. — Helena olhou em seus olhos. — Fiquei aliviada quando vi que você era feliz com João, mesmo sabendo que meu pai foi quem o escolheu como marido.

Marieta sentiu o coração bater forte.

— Ele era um bom homem — admitiu.

— Eu percebi. Além disso, a respeitava muito, por isso consentiu em ajudá-la a me esconder. Mas não havia paixão entre vocês, havia?

Marieta sorriu resignada.

— Não tínhamos muita escolha nesse quesito, não é? — Helena assentiu, seus olhos brilhando com lágrimas represadas. — A senzala não era como um salão de baile onde esperávamos ser conquistadas, cortejadas e escolher o melhor.

— Perdoe-me por lembrá-la disso, Mari. — Pegou suas mãos. — Assim como amo Lily, eu a amo também e gostaria muito que pudesse se apaixonar e viver um amor de verdade. — Marieta engoliu em seco e desviou os olhos para o chão. — Acho que aqui, com sua nova vida, tendo novas descobertas, você também terá a chance de ter seu coração livre para amar quem quiser e...

— Isso não irá acontecer, Helena. — Interrompeu-a, mas notou que Helena ia continuar a argumentar em favor de sua ideia. — Eu já me apaixonei uma vez, meu coração já foi livre para amar quem queria no passado.

Helena arregalou os olhos.

— E o que aconteceu?

Marieta segurou a emoção por falar disso pela primeira vez com sua amiga de infância, ainda mais tendo o homem a quem amou uma vez a poucos passos de si.

— Meu coração voou com a ilusão do amor, mas quando ela se desfez, caiu e se partiu em tantos pedaços que seria quase impossível emendá-lo.

A Condessa não conseguiu palavras para dizer antes que Marieta soltasse suas mãos da dela e se afastasse, andando sozinha na margem do rio cujas águas geladas corriam em ritmo lento, tão diferente das batidas de seu coração.

9

Coração livre

Kim observava de longe a conversa entre Marieta e Helena, ainda que tentasse prestar atenção à sua prima Lily e ao Lorde Tremaine, seu amigo. Percebia, pela postura das duas mulheres, que conversavam um assunto delicado e se questionou se Marieta contou à Condessa sobre o que eles viveram no passado. Certamente ele nunca ousou desabafar com outra pessoa senão Pedro, mas não por sentir vergonha dela ou algo parecido, apenas porque doía-lhe tocar no assunto.

Não foi uma época de sua vida que gostava de ter em mente, ainda mais por todos os eventos que aconteceram. Kim simplesmente achou melhor seguir em frente, guardar os preciosos momentos em seu coração e, embora nunca tivesse se afastado totalmente da vida de Marieta, restringiu-se a ser mero observador e receber informações por meio da correspondência trocada com Pedro.

— ... do Kim.

A voz de Lily falando seu nome o tirou dos devaneios e ele sorriu sem jeito, encarando a bela jovem que tinha diante de si.

— Desculpem-me, acabei me perdendo em pensamentos. Do que falavam?

Tremaine sorriu malicioso, olhando-o com curiosidade.

— De como você praticamente invadiu minha casa e me obrigou a vir nesse passeio — disparou o Lorde, cruzando os braços à espera de sua reação.

— O clube de boxe ainda não está aberto e eu necessito de exercício depois de tanto tempo viajando. — Usou a mesma justificativa que deu ao amigo na ocasião do convite. — O clima está começando a melhorar e já não está tão frio para ficarmos em casa.

Tremaine ergueu as sobrancelhas.

— Eu não estava me importando de ficar preso em casa, principalmente por ter passado toda a noite fora dela.

Lily deu uma risada baixa, com o rosto corado, e Kim respirou fundo, irritado por causa da falta de noção do Marquês ao dar a entender suas atividades noturnas a uma dama.

— Por isso está com essa cor desbotada. — retrucou. — Alguém já lhe disse que o estilo de Lorde Byron já saiu de moda há algum tempo?

Tremaine fez uma cara de ofendido, mas Kim sabia perfeitamente que o homem não se ofendia facilmente por não se importar a mínima com a opinião alheia.

— Concorda com ele, Lady Lily?

A jovem dama arregalou os olhos.

— Prefiro ser a parte que se mantém neutra nesse assunto, embora concorde com meu primo sobre passear ao ar livre ser bom para a saúde e discorde sobre Lorde Byron. — Kim conseguia ver o riso, mesmo contido, em seu rosto. — Embora ache um tanto exagerado seus escritos, ninguém pode acusar o homem de não ter feito sucesso.

— Touché. — Tremaine apontou para o coração de Kim. — Nosso caro amigo nunca poderia entender sobre o estilo do Barão, já que não tem o coração livre para apreciá-lo adequadamente. — Kim olhou-o alarmado com essa afirmação. — Um homem do mar raramente consegue amar outra coisa.

A princípio, a afirmação de Tremaine sobre a paixão de Kim pelo mar o aliviou, afinal, era algo comum um marinheiro não possuir uma mulher permanente, aventurando-se com várias em cada local que parava. Contudo, assim que o Marquês falou a frase, percebeu que seus olhos foram imediatamente na direção de Marieta. O Lorde não era nem um pouco bobo, Kim sabia, e provavelmente percebeu seu verdadeiro interesse ao tirá-lo de casa para um passeio. Se Hawk não tivesse com Charles discutindo um investimento com seu banqueiro, certamente seria mais fácil ter encontrado as damas sem ter necessidade de tirar seu sagaz amigo de casa. Porém, assim que o Conde lhe contou sobre a intenção das três mulheres de passear no Hyde Park, Kim não pensou direito e foi em busca de alguém que pudesse disfarçar o real motivo de estar no mesmo local que elas. E o único disponível era Tremaine.

— Acho essa ideia preconceituosa, Lorde Tremaine — aduziu Lily. — Não gosto de rotular ninguém por generalidades como profissão, nível social ou qualquer coisa que não os atos da própria pessoa. — Para marcar seu ponto, ela apoiou-se no braço de Kim. — Não é porque meu primo é um capitão que ele tenha paixão apenas pelo mar.

— Certamente está correta, milady, em não julgar precipitadamente as pessoas. Tem meu respeito nisso, mas neste caso, especificamente, lamento informá-la de seu erro. — Kim percebia o quanto o Marquês estava se divertindo com a conversa. — Afinal, o senhor Ávila aqui já não é nenhum rapazote e, desde quando nos conhecemos, nunca o vi amar nada que não o mar.

Lily olhou para Kim desolada e suspirou.

— Eu tentei, primo, mas infelizmente terei de concordar com Lorde Tremaine. — Deu de ombros. — Ainda não entendi por que Lady Catherine não foi pedida em casamento.

Kim ficou tenso e o Marquês não disfarçou uma gargalhada, provavelmente ciente do motivo. Pouca coisa naquela maldita sociedade escapava aos olhos de Lorde Tremaine.

— Lady Catherine é apenas uma amiga, Lily.

Sua prima novamente balançou os ombros, não totalmente convencida do que Kim lhe disse.

— Não o culpo, embora lamente. Só de pensar em entrar para a família de Lady Dunhill. — Estremeceu teatralmente.

— Certamente este é um ponto relevante, embora eu duvide que seja a questão. — Tremaine encarou Kim.

— Questão de quê? — questionou a Condessa, juntando-se ao grupo com sua amiga.

— Falávamos sobre...

— Meu solitário coração de marujo. — Kim interrompeu o Marquês. — Lady Lily e Tremaine acham que tenho paixão pelo mar e tão somente por ele.

Marieta baixou os olhos e Helena riu.

— Besteira. As peripécias de Kim e meu irmão Antônio durante os anos em Coimbra são famosas, até eu sei. — A Condessa enganchou o braço no do amigo. — O que falta a ele é o mesmo que lhe falta, Lorde Tremaine: conhecer aquela que o fará não querer mais nenhuma outra.

Os olhos de Kim buscaram os de Marieta, contudo ela continuava com o olhar baixo. Disfarçou o movimento, mas quando encarou Tremaine, percebeu que o Lorde havia notado o que fizera.

— Bom, acho que já retivemos as damas por muito tempo no frio. — Kim determinou. — Vamos escoltá-las de volta ao coche.

— Tem razão, obrigada pela oportunidade de caminhar um pouco. — Helena lhe agradeceu. — Espero dentro em breve poder voltar ao parque para que Marieta o aprecie como se deve.

— Ficarei feliz em fazer com que isso aconteça, apenas deixe-me saber quando gostariam de vir que lhe farei companhia. — Tremaine se prontificou e aproximou-se de Marieta. — Permita-me acompanhá-la de volta?

Kim reteve o fôlego e aguardou a resposta de Marieta ao Lorde reconhecidamente galanteador.

— Obrigada. — Ela agradeceu com um sorriso e apoiou sua mão no braço do Marquês.

— Kim, tudo bem? — Ele olhou para Lady Lily e assentiu. — Senti-o estremecer, deve ser por conta do frio.

— É melhor irmos. Não vamos retê-lo mais, os ventos realmente estão soprando mais forte agora do que quando viemos — comentou a Condessa, preocupada.

Kim começou a andar em direção ao coche, desejando ter esperado o Lorde passar à sua dianteira com Marieta para que pudesse olhá-los. Sentia-se enciumado com a atenção do Marquês à dama de companhia de Helena. Conhecia bem a fama dele, e Marieta era linda o suficiente para virar a cabeça de um libertino como Sebastian Allen, o Marquês de Tremaine.

———•———

— Soube que acompanhou as damas ao Hyde Park — comentou Hawkstone, atento aos documentos em sua mão, mas Kim sabia que o comentário foi direcionado a ele.

— Sim, Tremaine e eu estávamos cavalgando e as encontramos.

O Visconde de Braxton riu alto.

— Tremaine no Hyde Park cavalgando em pleno inverno? — Kim assentiu, mas sem demonstrar o constrangimento que sentia, porque sabia que sua intenção não iria passar em branco aos seus amigos. — O que você fez para levá-lo nessa incursão descabida?

Kim deu de ombros.

— Invadi a casa dele e ameacei suspender a entrega de bebida, uma vez que ele compra diretamente o que eu importo. — Sorriu. — Ele cooperou com resignação.

Hawkstone gargalhou.

— E isso para quê? — Ficou sério ao fazer a pergunta.

Kim suspirou.

— Eu queria fazer exercícios.

Braxton riu.

— Geralmente vamos ao clube de boxe, não a encontros furtivos com damas no parque.

Kim arregalou os olhos.

— Não fui a nenhum encontro furtivo.

Hawkstone olhou-o sério e cruzou os braços, deixando os documentos que estava lendo de lado.

— Então, não foi proposital você aparecer no mesmo lugar que eu disse que elas estariam? — Kim ouviu Braxton pigarrear e, pelo canto dos olhos, percebeu quando o Visconde se levantou para se servir de conhaque. — Eu não me importo de vocês terem as acompanhado, pelo contrário. O que me deixou curioso foi apenas o motivo que o levou a fazer isso.

— Eu...

Uma batida à porta impediu Kim de tentar se explicar e ele se sentiu aliviado pela interrupção. Não seria fácil falar sem expor sua história com Marieta, ainda que pudesse apenas dizer que estava curioso. Todos sabiam que eles já se conheciam e não faria sentido que tivesse ido em busca da moça apenas por mera curiosidade.

Hawkstone autorizou a entrada da pessoa que batia à porta.

— Desculpe-me interromper, milorde. — Ottis apareceu com sua postura respeitável de mordomo. — A Condessa pediu que lhes informasse que o chá foi servido na sala de visitas, caso desejem se reunir.

— Obrigado, Ottis. — Hawk se levantou da cadeira. — Vamos?

Kim não conseguiu disfarçar seu alívio por ter escapado dos questionamentos de seu primo, mas, pelo olhar que ele lhe deu ao se encaminharem até a sala de visitas, sabia que o Conde não havia esquecido o assunto.

— Ele pode ser muito protetor quando quer ser. — Braxton comentou baixinho. — Como sabemos que Lily nunca o interessou como mulher, talvez ele esteja preocupado com a amiga de Helena.

Kim fechou os olhos ao constatar que nenhuma justificativa seria suficiente para convencê-los de que não estava atrás de Marieta. Era óbvio demais. Quando havia se tornado tão previsível?

— Ainda que eu esteja curioso sobre suas intenções, não vou me meter em seus assuntos — continuou Braxton. — Hawk pode ser teimoso em algumas situações como bem sabemos, então, caso necessite, pode contar com minha ajuda. — Kim olhou para seu amigo pela primeira vez. — Não posso criticá-lo por querer alguém, mesmo achando que não deveria.

Kim assentiu, pois conhecia bem a história de Braxton e Lady Elise que, antes de se casarem, viveram alguns momentos furtivos pelas costas de Hawkstone.

— Não pretendo ter um romance clandestino, Braxton, mas obrigado por seu apoio.

O Visconde deu de ombros, além de um sorriso disfarçado — que Kim conseguiu perceber -, e continuou a seguir quieto atrás de Hawkstone até a sala de visitas onde as damas tomavam o chá e conversavam.

— Ah, Hawk que bom que chegou. — A Condessa sorriu largamente, seus olhos brilhando de alegria por ver o marido. — Estávamos falando sobre levar Marieta aos museus e galerias para que possa exercitar mais a língua e conhecer a arte e a cultura do país.

Kim pôde ver Marieta sentada em uma das poltronas da sala, entre Helena e Lady Elise.

— É uma ótima ideia — concordou o Conde, beijando a cabeça da esposa delicadamente. — Quem sabe nosso querido Kim não pode acompanhá-la? Ele me disse há pouco no escritório que necessita exercitar-se e caminhar pelos corredores dos museus e galerias de arte será ótimo para ele.

Braxton não conseguiu conter o riso, recebendo um olhar curioso de sua esposa, e Kim sentiu seu corpo ficar tenso, ciente de que era alvo da curiosidade de todos os presentes na sala.

— Será um prazer acompanhá-las a qualquer lugar que queiram ir. — Ele respondeu como se realmente fosse uma boa ideia e não uma provocação por parte de Hawkstone.

— Ah, Kim, isso é ótimo. — Lady Lily bateu palmas, animada. — Vamos fazer um roteiro para podermos ver tudo o que é possível antes que a temporada comece.

— A perspectiva de ir a tantos locais assim não a assusta? — Kim perguntou à Marieta. — Conhecendo minha prima, temo que ela irá nos arrastar por todos os museus, bibliotecas, galerias e onde mais ela achar relevante.

Marieta respirou fundo, o movimento suave de subida e descida de seu peito não passou despercebido por Kim.

— Eu gosto de aprender coisas novas e, levando-se em conta o pouco que conheço do país onde vim morar, acho que vou aproveitar bem os passeios. — Kim concordou. — Não é necessário nos acompanhar, vamos em grupo e...

— Será um prazer, como eu disse. — Sorriu para ela, porém não teve nenhuma retribuição.

Ele tomou assento em um sofá no canto oposto ao lugar onde Marieta estava, lamentando por não ter espaço vago perto dela para poderem conversar mais. Kim sentia falta de ouvir a sua voz, queria poder reviver os momentos em que as conversas entre os dois fluíam com facilidade e naturalidade. Contudo, sabia que necessitavam de tempo.

Tempo...

Palavra aparentemente tão simples, mas que já lhe custou muito. Sempre esteve lutando contra seu caminhar ininterrupto, perdendo ou ganhando ao longo de todas as batalhas. O tempo muitas vezes foi seu inimigo e amigo, em uma dicotomia completamente insana.

10

Encontrando seu caminho

Marieta não entendia por que não podia tirar os olhos de Joaquim de Ávila. Por mais que ela tentasse prestar atenção a qualquer outra coisa naquela sala ricamente ornamentada, a todo momento seus olhos eram direcionados para o português e avaliavam a forma como ele falava com os primos e amigos, a entonação de sua voz que ficava levemente diferente por estar falando outro idioma e, claro, o quanto ele mudou desde quando se separaram.

Marieta precisava admitir que, embora achasse as suaves madeixas longas lindas, o corte curto o deixou mais elegante e charmoso. Os olhos de Kim ainda se repuxavam levemente quando sorria, e a boca... Ela fechou os olhos para não focar justamente naquele ponto do rosto do homem. Mesmo sem vê-los, ainda podia sentir na pele a maciez daqueles lábios nos seus e a quentura daquela língua na sua.

Não esperava o encontro que tiveram no Hyde Park na tarde do dia anterior e surpreendeu-se quando ele a tocou, percebendo que, embora tivessem se passado muitos anos, o tempo não havia sido capaz de tirar de seu corpo a lembrança do dele. Trocaram poucas palavras, mas todas elas a deixaram confusa. Imaginou que Joaquim não iria dar-lhe atenção quando se encontrassem, afinal ele a enganara com suas falsas promessas e a deixara para trás. Mas ele não parecia nem um pouco constrangido com o que lhe havia feito, pelo contrário, era como se nada tivesse se passado entre os dois.

Era difícil admitir, mas sentia uma pontada de dor por imaginar ter sido tão insignificante na vida dele. E se tinha alguma dúvida sobre Kim nunca ter tido intenção de honrar suas promessas ela se desfez. Infelizmente, ainda sentia a mesma atração que sentiu no primeiro olhar trocado entre eles. Não superou seu primeiro amor como havia pensado, ele apenas ficou escondido entre entulhos de mágoa e raiva.

— Está animada para irmos amanhã até a casa de Lady Catherine? — perguntou Lily, baixinho, apenas para Marieta ouvir.

— Não sei se estou pronta para conhecer mais uma Lady, mas se vocês dizem que é o momento, eu confio — segredou Marieta, apreensiva.

— Não se preocupe, Lady Catherine é excepcional, você irá adorá-la.

Marieta sorriu, embora não tivesse certeza de que aquela era uma boa ideia. Ainda não dominava o idioma, mesmo que tivesse feito avanços consideráveis durante as semanas que estava estudando com a senhora Moreland. A conversa sobre Lady Catherine surgiu quando estavam apenas as mulheres na sala de visitas tomando chá. A cunhada de Helena, Lady Elise, comentou sobre algo que estavam programando fazer a partir daquela semana e, pelo que Marieta entendeu, tinha a ver com um jornal e o direito das mulheres. É claro que Lady Lily logo se interessou pelo assunto, assim como Helena, e a Viscondessa de Braxton se apressou em compartilhar detalhes do que estavam planejando.

— Eu irei até a casa de Lady Catherine amanhã e, se vocês quiserem ir comigo para apresentar seu apoio, seria muito especial.

O convite era tudo que Lady Lily precisava para se empolgar e marcar uma verdadeira caravana até a casa da Viscondessa viúva em Kensington. Marieta não entendia o motivo pelo qual teria de participar, uma vez que era um projeto concebido e executado por damas da sociedade inglesa, e ela não fazia parte desse grupo.

— Como eu devo me portar em uma ocasião assim? — questionou à Helena, enquanto as duas irmãs Moncrief conversavam com Lady Margareth sobre a visita que fariam à Lady Catherine. — Sou sua dama de companhia, então suponho que deva ir contigo, mas e quando chegarmos lá?

Helena riu.

— Irá comigo, sentará comigo e tomará chá conosco. Acho que será importante ter sua presença na conversa de amanhã, afinal de contas ninguém mais aqui entende tanto o valor da liberdade quanto você. — Marieta reteve o fôlego ao ouvir as palavras da amiga. — Claro que se trata de outro tipo de cerceamento, aquele baseado não na origem ou cor da pele, mas no sexo. As mulheres não têm direito a ter voz, a escolher, a decidir seu futuro sem que haja a necessidade de um homem avalizando tudo.

— Acha que vão me ouvir? — Marieta não tinha tanta certeza de que a veriam como igual.

— Se forem inteligentes, vão escutá-la com atenção. — Pegou sua mão e deu uma batidinha. — Mas você não tem que falar ou se expor se não quiser, apenas vá, participe e escute se quiser, depois pondere tudo e veja se quer se envolver conosco.

— Vou fazer isso — suspirou. — Sinto que preciso fazer algo com minha vida, além de apenas vivê-la. Recebi minha liberdade de volta, mas quantos mais ainda estão sem poder tê-la? — Helena concordou. — Não posso simplesmente virar as costas e seguir como se meu passado não existisse.

— Concordo e sei que você não vai, Mari. Nós vamos convencer o Barão a vender os filhos de mãe Maria e...

— Mas e os outros, Helena? — sussurrou, porque sabia em que sua pergunta implicaria. — Ninguém deve ter o poder de possuir outra pessoa. Somos todos iguais.

— Concordo e, assim como eu, Pedro e Kim também concordam. — O coração de Marieta se acelerou ao ouvir o nome de Joaquim sendo mencionado naquele tipo de conversa. — O número de pessoas que veem que a escravidão é algo inadmissível vem aumentando e tenho certeza de que, com o tipo certo de ação, a prática não durará muito mais.

Marieta não retrucou. Ainda achava que a escravidão garantia a pessoas como o Barão da Silveira muito mais do que apenas mão de obra em suas lavouras. Era sinônimo de riqueza e posição social possuir muitos escravizados e ela não via o fim daquele tipo de estilo de vida em um curto espaço de tempo. Os escravocratas iriam se resguardar de todos os lados para não perderem tudo o que haviam conquistado.

Helena levantou-se de repente, chamando a atenção de Marieta e tirando-a de suas lembranças de antes de os cavalheiros terem se reunido com elas para o chá.

— Estou me sentindo um pouco cansada. — Mal manifestou seu ânimo e Hawkstone já estava segurando-a pela cintura. — Estou bem... — tentou disfarçar um bocejo — ... só ando muito sonolenta.

Marieta foi até a amiga.

— Acho melhor subirmos para que possa descansar um pouco.

— Tudo bem, Marieta. — Hawkstone falou em inglês, porém bem devagar para que ela entendesse. — Eu levo Helena para o quarto.

Ela assentiu, enquanto o Conde comunicava a todos sua retirada com a Condessa.

— Nós já vamos também. — Elise puxou o marido pela manga do paletó. — Braxton e eu temos que levar Charlie para ver uns cãezinhos que nasceram. — O Visconde concordou, sorrindo. — Espero que se sinta melhor, mas é absolutamente normal ter mais sono nessa fase.

Helena agradeceu à cunhada e se despediu de todos, retirando-se para seus aposentos com o marido.

— Posso ir com vocês? — Lily perguntou à Elise antes que saísse da sala. — Adoraria ver a reação do pequeno Charlie.

— Claro. — Virou-se, então, para tia Margareth. — A senhora gostaria de nos acompanhar também?

— Oh, sem dúvidas. — Levantou-se, apoiada em sua sobrinha mais nova.

— Marieta? — Elise a olhou, esperando saber se também gostaria de ir.

— Vou ficar por causa de Helena. — Tentou falar o melhor que pôde e sorriu quando percebeu que fora entendida pela Viscondessa. — Obrigada.

As damas deixaram a sala de visitas e Marieta resolveu juntar a louça deixada por elas e colocá-las na bandeja.

— Virá um lacaio para fazer o serviço, não precisas se preocupar.

Marieta quase derrubou a xícara ao ouvir a voz de Kim, pois havia se esquecido completamente de que ele ainda se encontrava na sala.

— Achei que tinha ido com os outros.

Negou, rindo.

— Braxton me pediu ajuda com o olhar, mas fingi que não entendi. — Cruzou os braços e se encostou na poltrona. — Não sou a favor de se comprar animal de estimação, mas sim de adotar os que perambulam pelas ruas. Uma vez visitei um canil para adquirir um cão de caça e o que eu vi me fez perceber que eu não deveria alimentar aquele sistema.

A lembrança de Duque, o cachorro vira-lata que vivia solto na fazenda, fez com que Marieta sorrisse. O cãozinho era tão meigo, embora atrapalhado e guloso, que conquistara desde os senhores aos escravizados da Santa Helena.

— Os de rua são os melhores — concordou. — São tão carentes de amor que fazem tudo para agradar a quem lhes cuida bem.

— Sim. — Kim se levantou, mas não se aproximou dela. — Eu tenho alguns na quinta, bem como outros de raça que foram adquiridos por meus irmãos. Eu gosto de cachorro, embora lamente não poder ter um aqui.

Ela se sentiu balançar entre a curiosidade de saber mais sobre a vida dele e a necessidade de se manter distante daquele homem perigoso que ainda mexia com os sentimentos dela. A razão, claro, saiu perdedora da batalha.

— Por que não pode?

— Viajo bastante e não tenho o exército de criados que Moncrief House tem. Vivo confortável, mas prefiro ter privacidade a várias pessoas me servindo.

— Entendo, embora não compreenda como uma casa grande se mantém com poucos servos.

Marieta sentia que havia guerra dentro de si: de um lado sua cabeça mandando-a sair da sala e se afastar de Joaquim e do outro seu coração e a curiosidade de saber quem era o homem à sua frente de verdade.

— Ah, não são tão poucos assim. — Sorriu do jeito que ela se lembrava, quando seus olhos ficavam puxados e o rosto parecia se iluminar. — Tenho um mordomo que organiza a casa e faz o serviço de valete quando eu necessito de ajuda; um cocheiro; uma governanta responsável por contratar as criadas, pois eu não as mantenho fixas na casa; e uma cozinheira que é casada com meu imediato que também mora na casa, mas não faz nenhuma tarefa nela.

Marieta concordou que havia realmente pouco efetivo trabalhando na casa de Kim. Não sabia o tamanho da residência, mas certamente não era muito menor do que a do Conde, pois, ainda que ele não fosse um aristocrata, era um homem rico.

— Parece realmente pouco para uma mansão...

— Perdoem-me, não sabia que havia alguém na sala.

Um lacaio vestindo a libré azul e cinza dos Moncrief entrou de repente no ambiente já se desculpando, mas Kim o acalmou e fez sinal para que continuasse:

— Nós estamos de saída, pode recolher a bandeja. — Aproximou-se de Marieta. — Poderia convidar-te para dar uma volta no jardim?

O coração dela disparou.

— Para quê?

Kim sorriu de novo do jeito irresistível de que ela se lembrava bem.

— Para continuarmos a conversar, mas entenderei caso não possas... ou não queiras.

Ela desviou os olhos na direção do lacaio que, embora parecesse desinteressado no assunto, deveria estar atento, ainda mais por eles estarem falando em português.

— Pensei em voltar a estudar.

— Posso ajudar-te nisso, falo as duas línguas e a prática é sempre melhor do que a teoria. — Ele estendeu o braço em sua direção. — Uma volta pelo jardim, é só o que peço.

Marieta aceitou o convite com um aceno de cabeça e teve que respirar fundo antes de encostar sua mão na curva do braço de Joaquim. Mesmo assim, novamente, sentiu-se afetada pelo magnetismo que pairava entre os dois e uma onda de energia fez com que todos os pelos de seu corpo se arrepiassem sob a roupa.

— Tudo bem? — Kim inquiriu, olhando-a intensamente.

Marieta forçou um sorriso, constrangida por ter feito algum tipo de movimento que chamasse a atenção dele para o que lhe acontecia.

— Sim. — Sua voz saiu sussurrante, ofegante, e ela questionou sua sanidade ao aceitar permanecer ao lado daquele homem por mais tempo.

— É forte, não é?

— Como? — Olhou-o no rosto pela primeira vez desde que saíram da sala.

Kim sorriu, mas continuou a andar sem encará-la.

— A energia que nos envolve quando estamos perto um do outro. — Marieta quase tropeçou, desequilibrando-se ao ouvir a explicação. Joaquim parou e segurou-a mais firme. — Eu a sinto também, Marieta, a senti desde que fui pego espiando a festa na senzala.

Ela tentou se desvencilhar dele, mas Kim segurava sua mão sobre seu braço.

— Não quero falar disso.

Ele assentiu.

— Eu sei, mas, ainda que ignoremos, está aqui. — Continuou a andar na direção da porta lateral que levava aos jardins.

— Pensei melhor e acho que vou estudar na biblioteca. — Ela parou abruptamente e, sem que ele pudesse reagir, afastou-se. — Agradeço-lhe pelo convite e pela companhia até aqui, mas acho melhor...

Kim apenas assentiu, seu rosto transparecendo o quanto lamentava a decisão dela, mesmo que não dissesse nada. Marieta virou-se a fim de fugir para o mais longe possível dele, mas, antes que desse dois passos, sentiu como se estivesse com algo atravessado em sua garganta, impedindo-a de respirar. A mente fervilhava, o coração parecia tremer e, contradizendo o que havia acabado de expressar sobre o passado, fechou os olhos, tomou fôlego e disparou:

— Por quê, Joaquim?

Não se virou para olhá-lo, mas sabia que ele ainda estava presente, no mesmo lugar que o havia deixado, olhando-a. Podia sentir fagulhas quentes em suas costas, o corpo estava tenso da mesma maneira como ficava quando ia encontrá-lo furtivamente na fazenda.

— Não sei, apenas é assim, sempre foi.

Marieta balançou a cabeça em sinal negativo.

— Não isso. — Suspirou. — Eu sei que o que sentimos não tem explicação e eu nunca busquei entender. — Colocou-se de frente para ele, olhos nos olhos, pronta para fazer a pergunta que há anos vinha se fazendo sem respostas: — Por que me enganou? — Ele franziu a testa e não respondeu, causando um turbilhão de emoções em Marieta. — Por que brincou comigo e me fez acreditar que se importava?

Kim parecia desnorteado como se houvesse levado um murro certeiro no rosto.

— Do que estás...

— Ah, Kim, ainda bem que não foi embora. — Hawkstone parou no corredor, olhando de um para o outro, parecendo perceber o clima entre eles. — Algum problema?

Marieta fechou os olhos e liberou o ar que havia aprisionado dentro de si, à espera da resposta de Joaquim. Ouviu que ele bufava como se estivesse contrariado com a interrupção da conversa ou, talvez, irritado por ela tê-lo questionado.

— Não, nenhum. — Sua voz demonstrava seu desagrado, rouca e baixa, ainda mais ameaçadora em inglês do que em seu idioma nativo. — Eu ia acompanhar Marieta até o jardim, mas ela lembrou-se de que iria estudar.

— Entendi. — Embora tenha dito isso, Marieta tinha certeza de que o Conde não estava entendendo nada. — Poderíamos ir até o escritório para que eu lhe mostre algo que esqueci ou ainda pretende ir ao jardim?

Marieta retomou o controle sobre suas emoções, fez uma mesura ao Conde e se despediu, deixando os dois homens a sós, enquanto seguia para um local onde estaria segura e poderia se acalmar: a biblioteca da casa.

— Você está quieta desde ontem. — Helena falou assim que o coche parou em frente à casa de Lady Catherine. — Aconteceu alguma coisa?

Marieta tentou não deixar transparecer seu estado de ânimo para a amiga, mas estava falhando miseravelmente a cada tentativa.

— Indisposição mensal, eu acho. — Deu a primeira desculpa que lhe veio à cabeça.

Helena sorriu triste.

— Vou pedir a Harriet que lhe ajude com uma bolsa quente quando chegarmos. Eu também sofria todos os meses e descobri que a dor parava quando me esquentava. — De repente seu sorriso se tornou maior. — Ainda bem que não terei mais que passar por isso por algum tempo.

Pôs a mão sobre o ventre, irradiando tamanha felicidade que, pela primeira vez, desde a famigerada tentativa de conversa com Joaquim, Marieta sorriu.

— É uma das coisas boas de se estar grávida.

A Condessa concordou.

— Poderia ter ficado em casa descansando, por que não me disse nada? — Ajeitou seu vestido, enquanto esperava Lily e Elise descerem do coche. — Não quero que se sinta desconfortável e com dor numa casa desconhecida.

— Estou melhor, só um pouco quieta. — Sorriu. — Não se preocupe comigo, vamos ouvir os planos das damas para mudar o mundo.

Helena sorriu, assentindo, e logo Lady Elise e Lily se juntaram às duas em frente à mansão da Viscondessa. O mordomo já estava a postos esperando e as encaminhou até a sala de visitas onde outras damas estavam reunidas.

Marieta estava apreensiva, não sabia como seria a reação das mulheres nobres à sua presença na sala, e o sentimento não era nada bom. Por ter vivido toda sua existência sendo vista como algo aquém de uma pessoa, tratada com frieza, desprezo e, principalmente invisibilidade, ela não esperava ser recepcionada com nada além do que olhares assustados e espanto. Durante o tempo em que estava na Inglaterra, ainda não tinha visto sequer um negro circulando pelas chiques ruas de Mayfair ou mesmo caminhando na Bond Street, onde fez compras com Helena. Sabia, no entanto, que havia muitos na cidade, contudo, não muito diferente de seu próprio país, estavam relegados a becos e vielas de Londres.

Não encontraria nenhum naquela sala chique, seria a única e enfrentaria sozinha — mas de queixo erguido — qualquer hostilidade que dispensassem contra sua cor de pele.

— A Condessa de Hawkstone e a Sra. Silveira. — O mordomo as anunciou e Marieta respirou fundo, concentrando-se nos ornamentos da sala, sem conseguir olhar diretamente para qualquer uma que ali estava.

Da porta ouvia o vibrante som das conversas, mas, ao passar pelo mordomo, tudo o que ouviu foi o escandaloso silêncio. Sua mente registrou quando a Viscondessa de Braxton e Lady Lily foram anunciadas, contudo só pôde se concentrar no silêncio sepulcral da sala.

Você é mais forte do que olhares maldosos, dizia a si mesma a todo momento. Já enfrentou coisa muito pior do que a rejeição de uma sociedade que não significa nada para você.

Marieta ergueu os olhos, encarou, uma a uma, as cinco mulheres sentadas elegantemente em sofás e percebeu que uma delas arregalou os olhos quando se entreolharam.

— Lady Hawkstone. — Uma mulher pareceu acordar da letargia na qual todo o grupo se encontrava e foi até Helena. — É um prazer recebê-la em minha casa.

Helena sorriu, agradecendo.

— O prazer é meu, obrigada por nos receber. — Aproximou-se mais de Marieta. — Essa é minha melhor amiga e dama de companhia, Marieta da Silveira.

Lembrou-se de fazer uma mesura, tal como Helena havia lhe mostrado, e sorriu de volta, cumprimentando a dona da casa em inglês. A mulher de beleza clássica, olhos azuis celestes e cabelos da cor de avelã encarou Marieta com um sorriso afetuoso.

— Lady Catherine. — Lily sorria amplamente ao cumprimentá-la e isso acalmou Marieta, afinal, a jovem Lady era clara como um cristal com relação aos seus sentimentos e a maneira com que cumprimentou a Viscondessa, falou muito sobre o caráter da dama. — Estava ansiosa por vir, ainda bem que, desta vez, minha irmã percebeu que eu posso ser de alguma ajuda.

— Lily. — A Viscondessa de Braxton a repreendeu. — Cat, que bom vê-la novamente.

— É um prazer receber a todas vocês e uma honra poder contar com seu apoio. — Acompanhou-as até o sofá onde apresentou as outras mulheres sentadas à espera. — Lady Pearl. — Apontou a baixinha ruiva que arregalou os olhos para Marieta. — Lady Anna, minha dama de companhia. — A moça esguia e loira sorriu. — Lady Julia e sua irmã, Lady Mary.

Marieta sentou-se em um confortável sofá entre Helena e Lily, de frente para a dama de companhia da Viscondessa, Lady Anna. Aprumou seu corpo para manter a posição ereta como a etiqueta mandava e que Lady Margareth fazia questão de frisar, como se fosse possível outra forma de sentar-se usando o maldito corset que lhe apertava até a alma. Deixaram os casacos nas mãos de lacaios assim que entraram, então, Marieta não tinha um bolso para pôr as mãos frias, mesmo estando ainda calçada com suas luvas.

— Bom, já que todas se encontram aqui, podemos discutir o assunto dos periódicos que iremos organizar, imprimir e distribuir assim que o parlamento abrir. — Um lacaio colocou a bandeja de chá em uma pequena mesa baixa entre as poltronas e sofás. — Pode deixar que nos servimos. — Olhou para cada uma em busca de alguma desaprovação e continuou: — Vamos aproveitar as trocas de visitas antes de começar a temporada para colocar o impresso em circulação.

Lady Anna, a dama de companhia da Viscondessa viúva, aproximou-se da mesinha para começar a servir o chá e Marieta, como tinha o mesmo tipo de trabalho da outra, decidiu que deveria ajudá-la.

— Posso? — apontou para as xícaras na bandeja, enquanto Anna verificava a infusão do chá.

— Muito obrigada.

A Lady lhe passou uma espécie de peneira feita de prata, um utensílio que Marieta já havia aprendido a manipular enquanto tomava chá durante as aulas de Lady Margareth. Apoiou-o sobre a primeira xícara e estendeu-a para que Anna despejasse o líquido ainda com as ervas, vendo-o ser filtrado pelo decorado aparato. Lady Anna estendeu a xícara para a anfitriã e Marieta logo pegou o pequeno bule ao lado do de chá.

— Deseja creme, milady?

Lady Catherine aceitou, acenando com a cabeça, enquanto ouvia o discurso de Pearl. Lily juntou-se à Marieta, ajudando-a a distribuir os pratos com doces e biscoitos.

— Milady? — Marieta ofereceu chá à Lady Pearl, que negou com a cabeça sem ao menos olhá-la.

Respirou fundo e ficou com a xícara para si mesma, ainda que não fosse muito apreciadora da bebida. Percebeu que Lily franziu a testa, principalmente quando, menos de dois minutos depois de ter recusado o chá que Marieta tentara lhe entregar, Lady Pearl pedira à Anna que lhe servisse uma xícara. Marieta ergueu ainda mais a cabeça, ciente de que, se demonstrasse que fora atingida pela atitude da dama, nunca mais poderia olhá-la nos olhos como igual. Estava decidida a não mais fazer esse papel e, ainda que a insegurança e o medo assolassem sua autoconfiança em virtude de todos os anos que passara ouvindo que não era alguém, estava disposta a renovar sua vida por completo e não era sendo subserviente e medrosa que conseguiria lograr êxito.

— Ah, querida Lily, poderia me passar um torrão de açúcar? — Pearl pediu com um sorriso doce.

Marieta olhou para o açucareiro na bandeja, exatamente à sua frente e, antes que Lily se esticasse para alcançá-lo, ela mesma tomou o pegador, tirou um torrão e o ofereceu à Lady.

— Apenas um? — perguntou Marieta, encarando-a.

A sala ficou em silêncio, a mulher não se movia, a xícara suspensa, longe do pires, parada a meio caminho de seus lábios.

— Eu também vou querer. — Catherine quebrou o silêncio. — Poderia, por favor, me passar um depois que servir Pearl, senhora Silveira?

Marieta sorriu entendendo que a Viscondessa, como boa anfitriã que era, percebera a tensão entre as duas mulheres. Pearl aproximou sua xícara para que fosse colocado o torrão e logo depois foi a vez de Catherine.

— Pode me chamar de Marieta.

O sorriso da Lady se alargou.

— É um belo nome, obrigada por permitir-me usá-lo.

— Será um prazer, milady.

Ela deu uma risada.

— Você deve me chamar de Catherine ou Cat, como minhas amigas o fazem.

Depois desse incidente, Marieta conseguiu relaxar de vez e acompanhar atentamente com alguma ajuda de Lily, a conversa e os planos para que o jornal chegasse ao maior número de mulheres possível. A ideia era simples: a cada visita para o chá ou mesmo uma soirée, as damas fariam o periódico chegar às mãos certas e conversariam sobre as reuniões com aquelas que já sabiam que apoiariam a causa. Durante a conversa, Lady Catherine expôs um dos grandes problemas enfrentados por mulheres britânicas que trabalhavam nas fábricas: a insegurança de seus filhos.

— A mortalidade vem crescendo exponencialmente e não só provocada por doenças infantis ou falta de salubridade, mas também por abandono. Conversamos com algumas operárias que tiveram de regressar ao trabalho assim que tiveram seus filhos e os deixaram aos cuidados de parentes, vizinhos e até mesmo de outras crianças.

Helena apertou a mão de Marieta ao ouvir o relato de Lady Catherine.

— Os bebês não recebem leite materno e muitas vezes passam o dia sem nenhum tipo de alimentação. São negligenciados e chegam a morrer por falta de cuidados.

Lady Anna tinha os olhos rasos de lágrimas.

— Essas mulheres enfrentam o dilema da fome e do desemprego caso não retornem ao trabalho e grande parte delas alimenta seus filhos sozinha e têm pessoas que dependem de seus ganhos. Então, além de trabalhar nas fábricas, manter a casa e lidar com os filhos, elas ganham bem menos do que os homens, ainda que desempenhem as mesmas tarefas.

Lily bufou indignada ao lado de Marieta.

— É o preço que se paga por querer fazer papel de homem, não? — Lady Pearl se manifestou. — Trabalhar em fábrica não é uma atividade feminina.

— Pense assim com a barriga doendo de fome, filhos subnutridos e um marido bêbado. — Elise tinha a voz tensa e cortante, deixando claro que estava ultrajada com o que acabara de ouvir de uma mulher que estava ali para apoiar a outras. — Além disso, o propósito do grupo é quebrar exatamente esse tipo de pensamento.

— Sim, nós podemos fazer o que quisermos. — Lily apoiou a irmã.

— Talvez eu não tenha sabido explicar direito à Lady Pearl. — Catherine a olhou. — Não pretendemos fazer papel de homem, apenas ser livres para escolher fazer o que tivermos vontade e sermos reconhecidas por nossos feitos.

Marieta concordou, sentindo um profundo respeito pela mulher que a recebera em sua casa. Ela havia sofrido muito por ser negra em uma sociedade em que sua cor era sinônimo de tudo o que era ruim, inexistente ou descartável, mas também sentiu o peso de ser mulher e via que isso era algo que todas passavam, independentemente da cor de pele. Sabia que uma mulher podia trabalhar tanto quanto qualquer outro homem na lavoura, no serviço doméstico ou em qualquer outro lugar, mas que não eram valorizadas de acordo com o serviço feito, mas sim desvalorizadas por causa de seu sexo.

Ouviu a discussão sobre o assunto sem se manifestar, embora quisesse. Mas, como seu inglês ainda não estava bom o suficiente para que conseguisse expor suas ideias, manteve-se quieta, apenas ouvindo e analisando cada palavra. As batalhas daquelas mulheres tinham diferenças das suas, contudo, Marieta podia entender cada uma delas e percebia que não havia como fazer juízo de valor, porque mesmo diferentes, visavam o mesmo objetivo: direitos iguais para todos.

O chá terminou sem mais nenhum tipo de conturbação causado pela Lady convidada pela Viscondessa viúva. Lady Anna e

Catherine foram extremamente gentis com Marieta, enquanto as outras duas se mantiveram quietas em todos os sentidos e Lady Pearl a evitou — até mesmo na despedida — como se tivesse a peste.

Sinto muito por ela.

— Lady Catherine é um amor, não é, Marieta? — Ela concordou com Elise, assentindo. — Eu não entendo por que Kim não a pediu em casamento ainda. Eles fazem um belo casal e têm uma história...

— Elise... — Helena a interrompeu. — Não sabemos ao certo o que os dois têm ou tiveram, é melhor não comentarmos isso.

— Sim, tem razão, mas, ainda assim, Cat é viúva e Kim nunca se casou e os dois vivem sendo vistos juntos. O que os impede?

Marieta sentia como se não pudesse respirar ao ouvir a conversa. *Joaquim e Lady Catherine?* Ela se lembrou do sorriso doce da dama, da maneira como pediu que a chamasse, e também não entendeu o motivo pelo qual Joaquim ainda não a desposara, já que seria uma esposa perfeita. Sentiu um bolo se formar em sua garganta e, contra todas as resoluções que havia feito sobre sua nova vida, voltou a se sentir pequena e invisível.

11

Frágil

As aulas com a senhora Moreland, bem como as lições sobre etiqueta com Lady Margareth não eram tão aguardadas por Marieta quanto às de piano com Lily. Sempre amara música e tivera uma conexão especial com as melodias, mas nunca havia aprendido a tocar nenhum instrumento. A ideia de ter aulas com Lily partiu da própria Lady, e Marieta ficou feliz por ter esse momento de descontração dentro da pesada rotina de aprendizado. Helena pediu à Marieta para se concentrar nos estudos da língua e de comportamento, pois faltavam poucas semanas para que os nobres voltassem à cidade para a reabertura do parlamento e o começo da temporada.

— Mas eu vim para trabalhar — questionou ela à Condessa.

— Este é o trabalho que eu desejo que você faça. — Helena estava sentada à penteadeira, enquanto Harriet a penteava. Elas se entreolharem pelo reflexo do espelho. — Achei que gostasse de estudar.

— Eu gosto — Marieta apressou-se a justificar. — Mas sinto como se não estivesse fazendo o suficiente para merecer um salário.

Helena riu.

— Claro que você faz. Acompanhou-me todas as vezes que saí para fazer compras, foi comigo à casa de Lady Catherine, está presente em todos os momentos que preciso e até me ajudou a bordar uma manta.

Marieta concordou, mas algo a incomodava por ficar tanto tempo estudando, era como se estivesse negligenciando suas funções. Helena, parecendo entender o que lhe passava pela cabeça, suspirou.

— As coisas são diferentes agora, Mari, ninguém espera que você trabalhe até a exaustão aqui. — Marieta tentou sorrir, mas sentiu um aperto no peito, lembrando-se das noites em que se deitara na cama dolorida e exausta, principalmente depois de o Barão descobrir que ela havia ajudado Helena a se esconder na senzala e a colocou para trabalhar na roça. — Seu trabalho consiste em ir me fazer companhia — riu divertida, sabendo que Marieta não via isso como obrigação —, maquinarmos travessuras juntas.

Marieta riu da ideia de Helena voltar a se comportar como quando era criança.

— Por favor, não. — Riu com tanto gosto que, mesmo sem entender o que falavam, Harriet também sorriu. — Eu morria de medo de suas ideias malucas.

Helena ficou séria.

— Eu sei e não tinha noção de que colocá-las em prática poderia te prejudicar.

— Você era uma criança...

— Sim, eu sei, mas eu deveria compreender seu medo. E quando voltei deveria ter pensado melhor antes de te envolver na minha fuga. — Seus olhos brilharam com lágrimas. — Eu sinto muito por tudo o que aconteceu depois.

— Já passou. — Marieta, que permanecia sentada na cama de Helena enquanto as duas conversavam, levantou-se para voltar às aulas intermináveis com Lady Margareth.

— Lily dará aulas hoje? — Helena quis saber assim que percebeu que sua amiga iria sair do quarto.

— Sim, daqui a pouco. — Sorriu animada, antes de fazer uma careta. — Só tenho que vencer o tédio que é decorar todos os títulos e formas de me dirigir a eles.

Helena riu.

— Tia Maggie não dá descanso. — Suspirou. — Quero que você faça o que te faz feliz, Mari, porque eu estou muito feliz de tê-la ao meu lado.

Marieta assentiu e despediu-se da Condessa com uma mesura — para não perder o costume — o que arrancou risadas e elogios de Helena. Então, seguiu resoluta até a sala onde Lady Margareth a aguardava, junto da senhora Beatrix Moreland, e sentou-se à mesa de chá para estudar mais regras.

— Onde paramos? — perguntou a Lady, abrindo um livro grande e enfadonho. — Ah, sim, como escrever cartas. — Marieta bufou impaciente, pensando para quem as escreveria já que conhecia tão poucas pessoas fora do círculo familiar dos Moncrief. — A escolha do papel de carta é quase tão importante quanto escrever da forma correta. É através dele que a primeira mensagem é passada ao destinatário e...

Marieta tentou se concentrar na leitura que Lady Margareth fazia e na tradução de palavras mais complexas, mas não conseguiu impedir sua mente de voar para longe daquela sala fechada. Não via Joaquim desde o dia do chá, quando ela tomou coragem de fazer a pergunta que há anos martelava em sua mente, ainda que não tivesse conseguido uma resposta. A princípio, gostou de saber que ele tinha se afastado, que não mais teria que suportar sua presença. Contudo, teve que admitir posteriormente que sentia curiosidade sobre o que o estava mantendo longe de Moncrief House.

Lembrou-se do que Elise havia dito sobre Lady Catherine e ele e, embora não admitisse nem mesmo para si própria, sentia uma pontada de ciúme ao imaginar os dois juntos. Não era nada surpreendente descobrir que Kim estava envolvido com outra mulher, afinal ele era rico, bem-sucedido e solteiro, a definição perfeita de um bom partido.

Era um fidalgo português em seu país, cuja família fazia negócios internacionais e tinha uma empresa de navegação e, mesmo sem um título, poderia perfeitamente se relacionar com a nobreza britânica. Era difícil aceitar, mas por algum momento imaginou que Kim estivesse sozinho esse tempo todo porque não amou ninguém depois dela. No entanto, Marieta conseguia ver quão pretensioso era aquele pensamento. Ela nunca teve importância de verdade para ele.

A aula terminou e ela suspirou aliviada quando pôde sair da sala e ir encontrar-se com Lily no salão de música. Teve ímpetos de correr a cada passo do caminho para chegar mais rápido, tamanha ansiedade por passar um tempo ouvindo música e conversando com a jovem dama.

— Ah, finalmente. — Lily riu quando ela chegou.

— Achei que aquela aula não iria terminar nunca. — Marieta sentou-se ao seu lado no banco do piano. — Sua tia é um amor, mas aquelas regras... — fez uma careta — acho que vou levar muito tempo para me acostumar a todas elas.

— Eu nunca me acostumei. — Lily deu de ombros. — Mas eu sou estranha, não é? — Riu de si mesma. — Lady de gelo.

— Gelo? — Marieta não entendeu o que o apelido representava.

— Sim, porque os cavalheiros me acham gelada, sem sentimentos, fria e insossa.

Marieta arregalou os olhos, pois nunca tinha conhecido alguém tão cheia de sentimentos quanto Lily. O que esses homens pensam?, refletiu sobre o apelido lamentável que a Lady recebera apenas por ser incompreendida.

— Por que eles falam isso de você?

— Porque não me interessei por nenhum deles. — Sorriu, como se nada disso lhe importasse realmente. — Não quero me casar, então apenas cumpro o protocolo até ser considerada velha demais para ter esperança e ser deixada em paz.

As duas ficaram em silêncio por algum tempo, nem mesmo as teclas do piano emitiam som algum, enquanto processavam as palavras ditas e todos os sentimentos por trás delas.

— Nunca se apaixonou, Lily? — Marieta tomou coragem para perguntar.

— Não. — A resposta soava extremamente sincera, Marieta percebeu, mas não disse nada, esperando pacientemente que Lily continuasse a falar, pois sentia que não tinha dito tudo. — Nunca consegui sentir nada parecido ao que Elise sente por Charles ou ao que Hawk sente por Helena. — Olhou para a amiga. — E não quero me contentar com menos do que isso.

— Mas não acha que isso só significa que ainda não encontrou a pessoa certa e não que não tem capacidade de sentir?

— Já conheci muitos cavalheiros, estou indo para minha terceira temporada e nada. Não que eu esteja ansiosa para viver uma paixão, eu queria apenas ter respostas. Se percebesse ao menos uma fagulha, talvez me convencesse de que pudesse sentir. Acho que meu destino é ir atrás do que sonho e não me casar e formar família.

Marieta franziu o cenho.

— Uma coisa exclui a outra?

Lily riu nervosa.

— Na maioria das vezes, sim. — Dedilhou lentamente as teclas do piano, fazendo soar uma melodia triste. — Você sentiu essa paixão em seu casamento? — Marieta suspirou e baixou a cabeça. — Perdoe-me pela pergunta invasiva, não quis constrangê-la.

— Não me constrangeu, apenas me fez pensar. — Sorriu para Lily. — Meu casamento foi arranjado, assim como os que acontecem por aqui. Histórias como as dos Viscondes de Braxton ou mesmo do Conde e Helena, não são a regra, não é? — Lily negou. — O Barão decidiu que deveria me casar, escolheu um homem forte, saudável e nos casou. Uma união feita por interesse daquele que se achava no direito de nos possuir e possuir nossa vida.

— Sinto muito, Mari. — Lily pôs a mão sobre a sua como uma forma de conforto.

— Eu também, porque João era um bom homem, me respeitava, era leal e companheiro. Lamento não ter podido amá-lo como merecia.

— Por que não pôde?

Marieta respirou fundo.

— Porque as coisas não são assim e por mais que minha razão entendesse o quão maravilhoso ele era, meu coração não se entregou. — Sentiu um aperto no peito. — Ele estava partido, quebrado na verdade, e eu não pude remendá-lo a tempo.

Lily fungou, chamando a atenção de Marieta, que viu seus olhos azuis cheios de lágrimas.

— Você amava outra pessoa, não é? — Marieta assentiu. — Por que não puderam ficar juntos?

— Há certas coisas que nem quando se tem liberdade, o que eu já não tinha, são possíveis de ser controladas. Amar alguém não faz com que essa pessoa a ame de volta.

Lily balançou a cabeça afirmativamente, entendendo o que Marieta lhe disse sem contar toda sua história. Ela teve seu coração partido por um amor não correspondido.

— Por isso, na maior parte do tempo, sinto-me privilegiada por nunca ter sentido nada por nenhum cavalheiro.

Marieta riu.

— Ainda. No meu país, há uma mulher que eu respeito muito e amo como mãe, seu nome é Maria e ela diz que quanto mais ansiamos por uma coisa, mais atrasamos sua chegada. Talvez, você ainda não tenha se apaixonado pelo simples fato de estar preocupada com isso. — Marieta cruzou suas mãos e estalou os dedos, pronta para começar as lições e encerrar aquele assunto tão delicado. — Viva sua vida sem se preocupar com o que o amanhã trará, pois, aquilo que já é seu, ninguém poderá tirar.

Lily não parecia tão certa das palavras de Marieta, mas resolveu encerrar o assunto também, pegando as partituras de músicas simples que selecionara e começando a explicação sobre notas, acordes e tempo.

Marieta acordou bem cedo como de costume e sorriu ao ver o sol brilhando em um céu profundamente azul, sem as pesadas nuvens e a contínua névoa que parecia ser o único cenário possível daquela cidade. Levantou-se, escolheu um vestido simples para passar a parte da manhã estudando e prendeu seus cabelos em um coque baixo, como vira Harriet fazer em Helena. Gostava do fato de não ter de usar modeladores para fazer cachos, pois os tinha naturalmente, embora não fossem tão soltos e abertos quanto a moda inglesa pedia. Não obstante, gostava de seus cabelos do jeito que eram, sempre foram seu orgulho, e tinha extremo cuidado com suas madeixas. Levara anos para que eles atingissem o tamanho ideal para si, gastara muito tempo trançando-os, usando babosa e todo tipo de ervas para lhes dar força e saúde. Lamentava não poder usá-los soltos, assim como detestava usar o toucado de renda para escondê-los.

Contou, ansiosa, os dias que faltavam para receberem a encomenda que Helena e ela fizeram à modista. A princípio, a mulher francesa ficou confusa sobre o que estavam pedindo que confeccionasse, mas, depois de Marieta mostrar-lhe o pano enrolado em sua cabeça, a mulher compreendeu e pareceu animada por criar algo tão original.

Marieta riu diante do espelho, enquanto colocava a horrorosa touca de renda que parecia ter orelhas grandes como as de um cachorro perdigueiro, lembrando-se de como a francesa se esmerou para não ofender a Condessa ao procurar uma palavra para o pedido que a dama lhe havia feito. É bem verdade que Marieta duvidava que ela fosse fazer o turbante caso tivesse sido qualquer pessoa menos socialmente relevante quanto à Condessa de Hawkstone. Quando saiu de seu quarto, bateu levemente à porta de Helena e entrou assim que ouviu sua voz.

— Ah, Marieta. — A Condessa estava corada e com um sorriso enorme. — Acabei de receber um cartão anônimo.

A dama de companhia ergueu uma sobrancelha, sem saber por que Helena estava tão feliz por ter recebido algo de alguém que não havia se identificado.

— Isso é bom?

Helena gargalhou e lhe entregou o cartão. Sua risada se propagou no ambiente quando Marieta arregalou os olhos diante do que estava escrito.

— O Conde vai...

— Foi ele quem escreveu, Mari. — Helena a interrompeu antes que tivesse a impressão errada das palavras lascivas no cartão. — Hoje é dia de São Valentim.

Ela tentou se lembrar que santo era esse, mas não conseguiu ligá-lo a nada que já tivesse tido conhecimento. Helena, percebendo sua expressão confusa, resolveu explicar:

— Dia dos apaixonados, de expressar amor a quem se ama como amigos, família... — Sua voz estava exultante. — É normal o casal trocar cartões anônimos, mesmo que saibam quem os mandou.

— É uma tradição curiosa, mas bonita.

— Sim, é mesmo.

— Precisa de ajuda com alguma coisa? — Helena negou, relendo as palavras de Hawkstone. — Então, vou descer para tomar o desjejum.

— Sim, faça isso. Quem sabe o Cupido tenha deixado algo para você.

Marieta riu.

— Não creio ter tão boas graças com ele.

Despediu-se e desceu as escadas que a levava até o piso principal da casa, onde tomava seu desjejum com Lily, Lady Margareth e Beatrix Moreland.

— Bom dia a todas. — Cumprimentou a Lily e a Beatrix, pois tia Maggie ainda não havia descido. — Que dia lindo está hoje.

— Sim, mas não se empolgue muito. — Lily riu. — Estamos em Londres, podemos começar o dia com tempo claro e sol e terminar debaixo de nevoeiro ou tempestade.

Marieta riu concordando, pois já presenciara a mudança repentina do clima na cidade.

— Pronta para a aula de hoje? Pensei em lermos algumas peças de Shakespeare.

— Ah, também quero participar. — Lily respondeu à professora. — Podemos ler Hamlet ou Otelo.

— Eu tinha pensado em algo como Romeu e Julieta... — Beatrix Moreland riu. — Mas, talvez possamos ir para algo mais visceral.

Marieta negou, pois já tinha ouvido falar sobre o casal trágico do dramaturgo.

— O que pode ser mais visceral do que o amor?

— A vingança, o ciúme... — Lily parecia excitada ao dizer essas palavras. — O ódio.

— Face diferente de uma mesma moeda. — Sentenciou Marieta. — Amor e ódio são sentimentos tão intensos frutos da mesma raiz que se ramificou para o lado bom e o ruim.

— Nunca pensei por esse ângulo — confessou Lily. — Mas temo que esteja certa, afinal, na maioria das vezes, por trás de um grande ódio há certo tipo de adoração também.

Beatrix Moreland deu uma risada nervosa.

— Dia estranho para ficarmos falando sobre ódio, não acham? — Lily ficou corada e Marieta concordou. — E, em Romeu e Julieta, veremos o estrago que o ódio pode causar no amor.

Lily balançou os ombros.

— Não sei se foi o ódio, para mim foi mais a falta de comunicação entre o casal que culminou na tragédia. — Bebeu um pouco de chá antes de continuar: — Se não fossem tão afoitos, o plano poderia ter dado certo.

— Mas então não haveria um enredo de sucesso, não acha?

Lily riu e concordou com a professora. Marieta divertia-se com a mente perspicaz de Lily e sua forma de ver a vida sem levar em consideração as nuances que ela apresentava. Nem tudo era certo ou racional, havia elementos a serem considerados em todas as escolhas e, claro, cada uma delas levava a um desfecho diferente.

— Com licença. — O mordomo entrou na sala de refeições e entregou cartões às três mulheres que tomavam o desjejum.

Marieta ficou estática com o cartão na mão, as batidas do seu coração se intensificaram e ela se sentiu estremecer na expectativa de que aquela correspondência pudesse ter sido enviada por Kim. Abriu o envelope devagar, admirou a pintura de pássaros e flores, e leu a mensagem interna com um misto de decepção e ternura.

— É da Condessa. — Beatrix Moreland parecia surpresa. -- Que lindo gesto nos enviar cartões de São Valentim.

— Lady Hawkstone é uma pessoa linda. — enfatizou Lily. — Eu havia me esquecido da data, senão teria enviado outro para correspondê-la.

— Fiquei sabendo dessa tradição hoje — confessou Marieta. — Mas não me esquecerei mais.

Marieta releu as palavras carinhosas de sua amiga que refletiam sua felicidade ao vê-la reconstruindo sua vida e ressaltando o quanto a achava forte e corajosa. Helena terminou a mensagem declarando seu amor e, como era tradicional, não assinou seu nome, embora sua letra a denunciasse. Elas terminaram o desjejum e, enquanto Lady Lily recebia mais cartões anônimos — Marieta achava que daquela vez eram realmente de admiradores secretos —, professora e aluna seguiram para a pequena biblioteca de Moncrief House onde estabeleceram seu local de aprendizagem.

— Senhora Silveira. — Um lacaio abordou Marieta antes que ela entrasse na sala de aula. — Entrega para a senhora.

Marieta virou-se para o rapaz que estava tenso e suava.

— O que é isso? — perguntou-lhe, apontando a caixa de presente que segurava.

— Não sei, senhora, só me pediram para entregar e que tomasse muito cuidado, pois é extremamente frágil.

Marieta pegou a caixa com cuidado e agradeceu ao rapaz, que saiu de perto visivelmente aliviado por não ser mais o guardião da caixa com o objeto frágil.

— Vou esperá-la lá dentro. — Beatrix Moreland tinha um sorriso contido.

— Obrigada, não irei demorar.

Marieta subiu para seu quarto e colocou a caixa sobre a escrivaninha. Olhou-a por um longo período tentando adivinhar o que era e quem poderia ter mandado. A única opção possível era ser um presente de Helena que, não contente com o cartão, resolveu lhe mandar algo. Sorriu, achando aquilo bem típico de sua amiga, desfazendo o laço de cima da caixa. Abriu devagar, notando que as laterais estavam soltas, pois eram mantidas fechadas pela tampa. Emitiu um som de surpresa ao ver o conteúdo e precisou se sentar, pois suas pernas começaram a tremer tanto que não mais a sustentariam. Seus olhos começaram a arder e, sem conter um soluço, chorou ao tocar a redoma de vidro que dentro guardava um grande tesouro: um dente-de-leão.

12

Dente-de-leão

Brasil, maio de 1852

Ele estava por perto de novo, podia sentir, e isso era tão curioso quanto aterrador. Marieta tentou ignorar o que seu corpo já sabia e demonstrava pelo leve eriçar de sua pele e o arrepio prazeroso que descia por sua coluna. Talvez fosse uma reação ao delicioso aroma da colônia que ele usava e que ficava marcado nos lençóis que tirava toda vez que lhe arrumava a cama.

Ela nunca havia se sentido tão curiosa sobre uma pessoa quanto estava desde que Joaquim apareceu na fazenda. Levantou algumas informações sobre ele de forma sutil, ouvindo um pouco entre os homens que trabalhavam com o café, os meninos dos estábulos e, claro, as outras moças que serviam na casa. A visita do português era o assunto mais falado na Santa Helena desde que tiveram a notícia sobre o enlace do filho mais velho do Barão de Santa Lúcia com a filha do Barão de Rubi, a quem todos atribuíam sua paternidade.

Marieta ainda não conseguia saber o que sentia quando falavam da sinhazinha que iria morar naquela casa como sua senhora. A mera possibilidade de que compartilhassem o mesmo sangue lhe causava sentimentos conflitantes que não sabia descrever. Mesmo que fosse verdade, nunca poderia imaginar o tal Barão como pai. Ele fora apenas um homem que se aproveitara de uma mulher que estava sob seu domínio e a engravidara. Contudo, sobre a mulher que desposaria Augusto, Marieta tentava não criar expectativas, nem boas nem más. O burburinho do enlace iminente cessara ao começar outro e, Marieta precisava admitir a si mesma, preferia ter falação sobre Joaquim do que sobre uma possível consanguínea sua.

— Ele tem um navio. — comentou Antero certa noite, enquanto todos estavam jantando depois do dia na lavoura.

— Para carregar negros? — Uma das senhoras mais velhas perguntou com lábios trêmulos.

— Não, café. — Antero apressou-se em desfazer os temores da idosa. — Pelo menos é disso que eles falam enquanto andam pelo cafezal. Parece que o tal fidalgo quer levar sozinho todo o café do Barão para um lugar chamado Europa.

— É um continente. — Marieta explicou. — Há vários países lá, inclusive Portugal.

Antero fechou a cara ao ouvir o nome do lugar de onde saíra a maioria dos navios negreiros que transportaram seu povo, arrancando-o de sua terra, fazendo-o sofrer dentro de um porão por meses, desde muito tempo. Embora ele tivesse nascido no Brasil, seus pais foram sequestrados na Angola e trazidos para a colônia ainda muito jovens e lhes contaram todas as provações que passaram na viagem.

— O visitante é português, mas não se parece em nada com um mercador — pontuou outro homem.

Marieta concordou. Vira de relance alguns mercadores havia muitos anos, quando fora ajudar mãe Maria na casa do Barão na corte. Ficara paralisada na ocasião, tremendo, com medo de ser capturada e levada para longe como ouvira nas histórias contadas pelos anciões. Claro, isso não aconteceu, mas a lembrança a marcou para sempre. Dias depois, ouviu duas moças conversando na cozinha e ambas ressaltavam a beleza do visitante, principalmente dos cabelos compridos que ele usava.

— Ele é amigo de Antônio e Pedro, estudaram no mesmo lugar. — Riu envergonhada. — Será que participava das escapadas dos sinhorzinhos? Lembra que o Barão berrava de raiva pela casa quando recebia cartas que...

— Meninas. — Mãe Maria as repreendeu e as duas pararam de falar sobre Joaquim.

Marieta ficou por muito tempo sentindo-se curiosa acerca do homem que havia lido para ela. Pegava-se fechando os olhos, enquanto fazia alguma tarefa, e relembrando dos versos declamados, o jeito engraçado que tinha de falar, a suavidade com que havia dito cada palavra, como se entoasse um cântico. Acabou não resistindo à sua curiosidade e, em uma tarde em que sabia que Joaquim tinha saído com Pedro, foi arrumar seu quarto e leu as lombadas dos livros que tinha, passou a mão sobre uma folha escrita com uma caligrafia firme e masculina. Mas, ainda que tivesse tentado, não conseguiu ler nada, pois não reconhecia as palavras gravadas no papel.

Espiou dentro do armário de roupas, coisa que nunca fizera antes, tocou no tecido macio de suas camisas e sentiu mais intensamente o cheiro da colônia que usava. Marieta respirou fundo como se pudesse prender o aroma dentro de si. Terminou a arrumação e voltou ao trabalho, mas ficou tensa quando percebeu o olhar de mãe Maria em sua direção. Baixou os olhos, pois era como se ela pudesse ver dentro de si e, ali, naquele momento, sua consciência a acusou de ter feito uma coisa muito errada.

Desde então não havia voltado ao quarto de Joaquim, apressando-se em fazer outros serviços para permanecer longe com sua curiosidade e afastar a tentação de saber mais e mais sobre o visitante.

Marieta afastou os pensamentos e pegou a bandeja pesada, com toda a prataria do café da tarde sobre ela. Não olhou na direção que seu corpo acusava estar o homem que havia se mudado permanentemente para sua cabeça, apenas girou os calcanhares para seguir até a cozinha. Mal deu dois passos, no entanto, e tropeçou em algo. Acabou derrubando os bules pesados de prata e abaixara-se rapidamente para pegá-los.

— Tudo bem? — Marieta arregalou os olhos quando Joaquim agachou-se perto dela. —Te machucaste?

— Não — respondeu rapidamente.

Joaquim sorriu.

— Não para a primeira ou para a última pergunta? — Marieta não resistiu ao sorriso dele e sentiu seus lábios se curvarem.

— Eu estou bem, não me machuquei. — Recolheu os itens que caíram e, quando foi se levantar, sentiu a mão de Joaquim em seu cotovelo, apoiando-a. — Obrigada.

Afastou-se assustada quando ele estendeu as duas mãos em sua direção e segurou a bandeja.

— Não está pesada? Parece que sim. — Tirou-a das mãos de Marieta. — Posso levá-la até a cozinha...

— Não! — Ela tentou pegar de volta. — O senhor é um convidado na casa, não deve fazer serviço doméstico.

Ele riu novamente.

— Levar a bandeja com os utensílios do café que acabei de tomar não é serviço doméstico. — Começou a andar na direção da cozinha e Marieta apressou em segui-lo, ainda preocupada com a reação de mãe Maria ao vê-lo. — Além disso, é regra na minha casa: usou, lavou, guardou.

Marieta surpreendeu-se, pois nenhum dos seus patrões frequentava a cozinha.

— Mesmo?

Joaquim olhou-a intensamente.

— Mesmo. Minha mãe faleceu quando éramos muito jovens ainda, meus irmãos e eu, e numa casa cheia de homens, cada um teve que aprender a fazer de tudo um pouco para que tivéssemos o mínimo de organização.

Ela franziu a testa.

— Não tinham servos?

— Sim, havia uma moça que morava perto da quinta e ia alguns dias da semana até nossa casa. Meu pai não gostava de ter sua privacidade diminuída por criados residentes, então toda vez que precisávamos, alguém era chamado e nós mantínhamos tudo organizado.

Marieta sorriu, achando aquele estilo de vida tão diferente do que ela conhecia até então. A família do Barão nunca se incomodou por ter escravizados transitando pela casa, mas ela reconhecia também que muitas vezes se sentia completamente invisível, como se não existisse ou como se fosse apenas mais um objeto do lugar. Entraram na cozinha e ela respirou aliviada ao encontrar o cômodo vazio. Joaquim colocou a bandeja sobre a grande mesa de madeira e Marieta levou, item por item, até a grande pia para serem lavados.

— Obrigada pela ajuda — agradeceu-lhe, sentindo-se constrangida. — Se eu puder ajudá-lo em algo...

— Pedro me disse que há uma cachoeira com um poço onde é possível nadar. — Joaquim começou a falar e Marieta sentiu seu coração disparar, pois a cachoeira era seu lugar preferido e nunca encontrara os senhores por lá. — Eu gostaria de saber qual caminho seguir para chegar até ela. — Novamente sorriu do jeito que fez Marieta vibrar. — Hoje está fazendo muito calor e...

— Siga pela lateral do curral e, quando encontrar uma pequena bifurcação, pegue o caminho da direita.

Ela o interrompeu antes que dissesse que pretendia se refrescar nas águas frias da cachoeira, incapaz de parar, no entanto, as fantasias que criava sobre Joaquim sem roupas, nadando livremente no lago esverdeado. Ele lhe agradeceu pelas coordenadas e a deixou sozinha na cozinha, devastada pelos pensamentos que nunca tivera antes acerca de um homem.

Já vira vários corpos masculinos em trajes mínimos, não havia muita privacidade na senzala e, quando os escravizados chegavam da lavoura depois de um dia quente, geralmente se levavam com água do poço, jogando-a sobre suas cabeças com baldes. Já teve sua fase curiosa, onde percebeu que homens e mulheres eram fisicamente diferentes, além disso, era uma moça da fazenda, via animais se reproduzindo e sabia, por observar, que havia um encaixe entre o macho e a fêmea. Marieta sacudiu a cabeça e fechou os olhos, pedindo proteção contra os pensamentos impuros.

— Algum problema? — Mãe Maria quase a fez pular de susto.

— Não. — Marieta tentou lavar o bule, mas suas mãos trêmulas a impediam de ensaboar todos os detalhes e ornamentos do utensílio. — Porcaria.

Mãe Maria riu.

— Por que não deixa isso comigo e vai dar uma volta? — Tirou o bule das mãos de Marieta. — Está trabalhando desde a alvorada e não parou nem mesmo para comer que eu notei. Vá andar um pouco, enquanto ainda há tempo para começarmos a preparar o jantar.

— Eu prefiro ficar aqui e... — Esbarrou no açucareiro que caiu dentro da bacia da pia com um som seco. Suspirou derrotada, assumindo que estava muito nervosa e que isso iria despertar a curiosidade de mãe Maria. — Não me demoro.

Marieta seguiu na direção contrária à que indicara para Joaquim. O trajeto até a cachoeira não era longo, embora fosse muito melhor percorrido a cavalo, mas, como ela não sabia montar, estava acostumada a andar pela trilha rapidamente. Parou na horta para verificar as hortaliças e confirmar que as pragas estavam se mantendo longe das folhas. Seus olhos teimosos não conseguiram achar uma lagarta sequer, pois a todo momento iam na direção do curral. Ela não sabia se Joaquim ia a cavalo ou a pé, mas, ainda assim, calculou o tempo dos dois meios para adivinhar se ele já havia chegado à queda d'água. Parou em seco quando percebeu que havia se movido e que seus passos a conduziam para onde não deveria ir.

O que você está fazendo, recitava a pergunta mentalmente a cada novo passo dado, até que desistiu de lutar e correu pela trilha até a bifurcação. Parou, respirou fundo e fechou os olhos tentando se acalmar, sem saber o que tinha ido fazer lá. Nunca pensara em espiar ninguém e só de pensar que o homem pudesse estar despido, sentia seu rosto arder.

Volta, Marieta, ordenava a si mesma, mas não se movia. Saiu da trilha e entrou no mato alto, andando devagar, evitando qualquer barulho que pudesse denunciá-la. Sentia o coração bater tão forte que temia que fosse possível ele ter subido para sua garganta e isso também explicava a dificuldade que tinha ao engolir saliva. Quando finalmente alcançou a cachoeira, deu de cara com um cavalo amarrado em uma árvore e quase gritou quando o garanhão resfolegou, denunciando sua presença.

— Olá? — Ouviu a voz de Joaquim. — Quem está aí?

Marieta sentiu vontade sair correndo, mas não conseguia coordenar as pernas que tremiam. Joaquim, então, entrou em seu campo de visão vestindo apenas a calça. O peito estava desnudo e os pés, descalços. A surpresa causada pela presença da moça ficou evidente em sua expressão.

— Marieta?

Ela engoliu em seco, queria que a terra a tragasse por ter sido pega em flagrante e tentou achar uma justificativa plausível para sua presença naquele lugar.

— Eu... eu queria só... confirmar se... — Respirou fundo — o senhor conseguiu achar a...

Apontou para a queda, mas não conseguia lembrar-se da palavra.

— Cachoeira?

Assentiu exageradamente, balançando a cabeça sem parar, o que fez Kim sorrir.

— Seu direcionamento foi preciso, além do mais, não é tão longe a ponto de alguém se perder.

— É que... — Marieta lembrou-se de algo importante. — Faz divisa com outra propriedade e, bem, o dono não gosta muito de intrusos. Esqueci-me de lhe avisar.

Joaquim franziu as sobrancelhas.

— Obrigado pelo aviso. — Virou-se de costas para Marieta e andou até a beirada do lago. — A água é tão fria quanto uma geleira.

Ela mordeu os lábios, sem saber se devia ir ou ficar.

— Só é fria assim porque seu corpo está quente da... — interrompeu-se e ele a olhou intensamente. — Quando se entra, acostuma-se fácil.

Joaquim sorriu.

— Costumas nadar aqui? — Ele olhou em volta. — Não é perigoso?

Ela negou.

— Nado bem.

— Não me referia a isso. — Ela não conseguiu deixar de notar quando o peito másculo dele se encheu de ar, expandindo-se ainda mais. — Aqui é um local ermo e alguém poderia tentar... abusar de ti.

Marieta se sentiu estremecer diante da possibilidade.

— Ninguém mais vem aqui.

— Pedro e Augusto frequentam a cachoeira. — Marieta ficou surpresa ao saber disso. — E deve haver outros.

— Nada aconteceu. — Marieta justificou-se.

— Sim, mas tome cuidado. — Joaquim voltou a olhar para as águas. — És uma mulher lindíssima e há homens que não se importariam em tomar-te à força.

Marieta compreendeu as palavras dele com o coração apertado ao pensar na violência da qual ele a estava alertando.

— Você não é um deles, é? — inquiriu temerosa.

Kim riu, mas não se virou para ela.

— Não. Não gosto de intimidade não correspondida, por isso não contrato prostitutas, muito menos teria prazer em violar uma mulher. — Marieta arregalou os olhos diante da palavra que ele usou. Nunca alguém foi tão direto com ela sobre esses temas mundanos. — Mas isso não quer dizer que não represento perigo.

Ela ficou tensa, sentindo algo diferente naquele lugar que sempre foi seu canto preferido, onde encontrava paz e conforto quando precisava e que, naquele momento, não transmitia nem uma coisa nem outra. O ar parecia carregado com uma energia, como a que ela sentia antes de cair uma tempestade. Marieta precisou reunir coragem para fazer a pergunta que parecia estar presa à sua garganta:

— Por que diz isso?

Ouviu quando ele bufou, como se estivesse preso no mesmo caleidoscópio de sensações que ela. Podia ver os músculos definidos de suas costas se contraírem, os cabelos balançando soltos carregados pela brisa molhada que vinha da queda d'água.

— Porque me sinto atraído por ti. — Joaquim disse baixinho, sua voz se mesclando com os sons da natureza ao redor. Ainda assim, Marieta ouviu cada palavra e sentiu uma contração em seu ventre. — Porque eu gostaria de poder tocar-te, beijar-te e tomar-te aqui mesmo, nessas águas tão límpidas que não esconderiam nada de mim. Ou de ti.

Se Marieta achava que seu coração estava disparado antes por ter sido pega espiando, percebeu que aquela não era a velocidade máxima que ele poderia atingir. Sentia tudo mais pungentemente em seu corpo, desde cada pedaço de sua pele que era beijada pelo sol ou acariciada pelo vento, até o latejar estranho entre suas coxas.

Não entendia o que estava acontecendo, ao mesmo tempo que tinha certeza de que Joaquim sentia o mesmo e que havia sido isso que ele acabara de lhe confessar. Entregar-se a ele era algo que vinha sonhando, mas que pensou se tratar apenas disso: um sonho, assim como fazia quando pensava em ter sua liberdade e não ser mais tratada como algo servil. Suas fantasias com o português de madeixas longas, olhos escuros e sorriso sedutor não passavam de curiosidade pueril, até perceber que, na verdade, eram também o reflexo da sua vontade como mulher.

— Não devemos fazer...

— Eu sei. — Kim interrompeu-a rispidamente. — Não venha mais aqui, Marieta, não quando eu estiver. — Ela sentiu um vazio dentro de si diante do pedido dele, mas concordou. — Prometo que continuarei tratando-a com respeito, ainda que meus desejos carnais tentem me convencer de conquistar-te. Não precisas temer a mim.

— Eu não temo — respondeu com sinceridade. — Eu temo a mim mesma.

Joaquim então se virou para olhá-la e Marieta teve a certeza de que ele conseguia ver a mesma vontade que sentia nos olhos dela. Deu um passo, mas parou, negando a si mesmo — aos dois — um toque, uma carícia. Foi ela quem fez o primeiro movimento, quem andou segura mesmo quando se sentia trêmula, quem tocou-o sobre a pele, sentindo os músculos rijos de seu peito.

— Marieta... — Joaquim gemeu e fechou os olhos diante do contato singelo. — Não se aproxime mais...

— Por quê? — perguntou encarando-o, mas sabendo e desejando a resposta.

Primeiro, sentiu a mão dele atrás de sua nuca, depois foi levada até ele. Seus corpos se colidiram e Marieta sentiu-se voar, como todas as sementes de dente-de-leão que flutuavam em volta deles, criando o cenário perfeito com o sol que brilhava, a cachoeira e o casal abraçado que se olhava apaixonadamente. O hálito quente de Joaquim foi como uma carícia lânguida por todo seu ser. Os lábios macios em contraste com a barba áspera fizeram com que Marieta abrisse a boca para receber toda a intimidade de seu primeiro beijo. Ela nunca saberia explicar o que sentiu quando ele a beijou profundamente, colando e esfregando lábios nos lábios, enfiando sua língua em sua boca à procura de carícias mais íntimas.

Marieta se agarrou a Joaquim como se fosse ao chão a qualquer momento. Estava sendo sacudida por tantas emoções, sensações inéditas que nunca nem ouvira dizer que poderiam existir. Beijá-lo e ser beijada por ele era como desbravar um mundo novo, cheio de possibilidades, aventuras e descobertas. Queria mais, sentia a necessidade de algo tão forte e que ao mesmo tempo não podia nominar.

Ouviu os gemidos abafados de Joaquim, sentiu o corpo dele queimando contra o seu, os músculos do peitoral contraídos, além de uma protuberância grossa que se colava em seu ventre e parecia se contorcer. Estava zonza como em transe, envolvida, inebriada, completamente rendida ao desejo que sentia pelo homem que a segurava com firmeza e ternura, parecendo querer se fundir a ela e tomar posse de seu corpo e sua alma.

Quando Joaquim se afastou, Marieta sentiu frio, e uma vontade enorme de agarrá-lo e trazê-lo para si de novo. Contudo, não teve oportunidade porque, sem nem ao menos retirar as calças, ele pulou nas águas geladas da cachoeira, nadando para longe. Aquele foi o primeiro beijo de Marieta e ela sabia que nunca mais sentiria nada igual.

13

A *soirée*

Inglaterra fevereiro de 1859

— Precisa de mais alguma coisa, senhor Ávila? — perguntou Potts, assim que terminou de passar a escova na parte de trás do seu paletó e auxiliá-lo a se vestir.

— Não, obrigado, Potts. — Kim ajeitou a gravata do fraque, conferindo sua aparência no espelho. — Samerson já se acostumou ao novo coche?

— Naturalmente, senhor. Está animado para fazer seu primeiro trajeto com o veículo novo. Com licença.

Kim pegou seu relógio de bolso, pendurou-o no botão do colete e, em seguida, guardou-o no bolso da peça. Passou mais uma vez o pente de tartaruga sobre as madeixas controladas com pomada e respirou fundo. Veria Marieta depois dos vários dias que passou fora, em Portsmouth, e não tinha a mínima ideia de como ela o trataria por ter enviado um presente de dia de São Valentim. Desejava que ela tivesse se lembrado e entendido por que, em vez de rosas brancas, lhe presenteou com uma única flor de dente-de-leão.

A verdade é que nunca mais pôde desassociar a planta com Marieta. A cada vez que a via pelos caminhos, ou mesmo identificava algumas de suas sementes suspensas pelo ar, as lembranças sobre ela e seus beijos tomavam sua mente. Não sabia se tinha feito uma boa escolha, esperava que sim, contudo, como não teve nenhuma resposta escrita, ficou apreensivo. Era impossível que ela não soubesse quem havia lhe enviado a flor, mesmo com assinatura anônima. A não ser que aqueles momentos não tenham sido inesquecíveis para ela como o foram para ele.

Desceu as escadas para sair de casa e tomar o coche que finalmente tinha adquirido, quando viu Gil surgir no hall, provavelmente vindo da cozinha.

— Quem o vê assim pensa até se tratar de um nobre inglês.

— Deus que me livre dessa maldição — debochou. — Vou a uma reunião em Moncrief House. Decidiram fazer uma soirée antes que a aristocracia invada Londres e eles tenham que convidar todos a participarem.

— Lamento por isso. — Gil fez uma careta. — A noite toda ouvindo cantorias e declamações de poemas.

Kim gargalhou.

— Lily e Elise cantam maravilhosamente bem, além disso, a Condessa tem uma voz espetacular e faz com que os poemas ganhem vida. — Gil ergueu as sobrancelhas. — O problema certamente será Charles e seus jogos de mímica.

Os dois riram, pois conheciam bem o Visconde de Braxton.

— Boa noitada, patrão.

— Aproveite a sua também, marujo.

Gil o xingou por tê-lo chamado assim, mas depois resmungou algo sobre saber aproveitar a noite melhor do que Kim.

Samerson, seu cocheiro, o aguardava para abrir a porta do coche, o que fez com que Kim risse.

— Agora temos uma porta.

— Temos sim, senhor. — O cocheiro tentou não rir, pois Potts estava posicionado na entrada da casa, esperando seu patrão sair.

O primeiro trajeto da nova carruagem de Kim foi breve até a primeira parada, ainda em Kensington. Lady Catherine e sua dama de companhia, Lady Anna, estavam à sua espera e, assim que o mordomo o viu descer da carruagem, avisou às ladies.

— Que belo veículo, Kim. — elogiou Cat, enquanto Kim a auxiliava a subir. — Muito melhor que um cabriolé, com certeza.

— Um pouco mais lento, temo, mas, sim, mais confortável. — Ele concordou ao ajudar Lady Anna.

— Não se pode ter tudo — alfinetou a dama de companhia.

Kim assentiu, achando graça, e sentou-se no banco sozinho, à frente das duas. A carruagem, sim, era elegante, confortável e espaçosa. O último modelo lançado que custou uma pequena fortuna, porém evitava que pegasse chuva ou ventos frios naquela cidade de clima instável.

— Estou tão feliz por sermos convidadas de Lady Hawkstone. — Cat voltou a puxar assunto, enquanto se dirigiam à Moncrief House. — Ainda bem que Lorde Hawkstone não guardou rancor de minha pessoa e...

— Ele não teria por que fazer isso, milady. — Kim a interrompeu. — Todos sabemos que o que aconteceu naquele baile foi obra única e exclusiva da Duquesa para humilhá-lo. E nós também sabemos o porquê.

Lady Catherine assentiu, com um sorriso nervoso.

— Ainda bem que, no final, tudo deu certo e Hawk conseguiu se reerguer.

— Mais certo impossível. — Kim concordou com a amiga e ambos sorriram.

— Conhecemos a dama de companhia de milady na nossa última reunião. — Lady Anna mudou o assunto. — Uma senhora muito distinta e de caráter forte, gosto de pessoas assim.

— Sim. — Cat suspirou. — A postura de Lady Pearl foi execrável.

Kim ficou imediatamente tenso.

— O que Lady Pearl fez?

— Recusou ser servida pela senhora Silveira. — Kim fechou os punhos, sentindo a revolta pelo comportamento da dama tomar todo seu corpo. — E depois solicitou açúcar à Lady Lily, sendo que o açucareiro estava em frente à Marieta.

Kim fez um esforço enorme para não xingar perto das damas, mas, como precisava extravasar a raiva, decidiu fazê-lo em sua língua natal.

— Caralho.

As duas damas, mesmo sem compreender o que ele disse, pareceram entender que havia praguejado e ficaram imediatamente rubras.

— Mas ela se saiu bem, Kim. — Cat tentou acalmá-lo. — Não deixou que Lady Lily servisse Lady Pearl e ela mesma lhe entregou o torrão, de cabeça erguida e com olhos brilhando, desafiadores. Pearl não teve outra saída que não aceitar e agradecer. Foi lindo de se ver, não, Anna?

— Totalmente, milady.

Kim voltou a respirar e deu-se conta de que Marieta não era tão vulnerável quanto imaginara. Sabia desde o começo, quando a viu em Londres, que seria difícil para ela se integrar à nobreza. Não aos Moncrief, nem às damas que lutavam pelos direitos dos menos favorecidos, mas por alguns aristocratas que a iriam julgar não tão somente pela nacionalidade, como fizeram com Helena, como também por sua cor de pele.

Era reconfortante ouvir que ela sabia se defender desse tipo de pessoa e que ações preconceituosas não a atingiriam a ponto de fazê-la se encolher. Isso não seria nada bom. Kim, sendo um lusitano em terra britânica, convivendo com nobres de tradição antiga, mesmo os mais pobres, aprendera a lidar com eles de igual para igual.

Claro que, além de ser homem, era europeu e branco, o que facilitava mais as coisas. Contudo, esperava sinceramente que a força que sempre vira em Marieta, desde o momento em que ela o enfrentara quando estivera espionando a festa dos escravizados, os mantivesse controlados.

— Você já a conhecia do Brasil? — Cat interrompeu a reflexão de Kim.

O coração dele disparou.

— Sim.

Ela o olhou intensamente, como se tivesse ouvido mais do que a curta resposta.

— Ah, chegamos. — anunciou Lady Anna, animada. — Será que irão me permitir tocar uma peça?

— Claro que sim, minha querida. Todos sabem a exímia pianista que és.

Kim deixou as duas conversarem, enquanto o cocheiro abria a porta para que descesse, mas sem prestar-lhe muita atenção. Estava totalmente focado na mulher que os aguardava dentro da mansão e que ele não via há muitos dias.

Auxiliou as damas a descerem da carruagem e as acompanhou até a entrada da Moncrief House, onde o mordomo, já à espera, os acompanhou até a sala de música, local das apresentações antes do jantar.

— A Viscondessa viúva de Talbot e Lady Anna Spencer. — Ottis anunciou as damas, antes de anunciar o homem sem título. — O senhor Ávila.

Kim entrou na sala de música e a primeira pessoa que viu — talvez por já estar pretendendo enxergar só a ela — foi Marieta. Ela estava magnífica em um vestido de cor acobreada e, diferente do último jantar formal que participaram, não levava turbante na cabeça, porém seus cabelos estavam trançados e as pequenas tranças presas em um elaborado coque baixo com joias.

Estava magnífica.

Ela sorriu e isso acabou por lhe chamar atenção, uma vez que o sorriso não foi direcionado a ele, mas sim, ao homem ao seu lado: Lorde Tremaine.

— Ah, Sebastian também está aqui. — comentou Lady Catherine com sua dama de companhia, e Kim bufou, irritado com a presença do Marquês que estava sempre gravitando em torno de Marieta. — Não sabia que eles haviam restaurado a amizade. Meu irmão iria ficar feliz se soubesse.

— Vossa graça se afastou da nobreza, devemos respeitá-lo — argumentou Lady Anna.

— Eu sei, mas não queria que Drew tivesse se afastado de mim também.

A conversa entre as duas cessou quando a Condessa foi até elas para cumprimentá-las, seguida de Hawkstone, sua tia Margareth e Lady Lily.

Além do Marquês, Kim notou a presença de Lorde e Lady Braxton, dessa vez sem o pequeno Charlie, e da professora de Marieta, a Lady Beatrix Moreland ou, como ela passou a se chamar depois que casou-se e ficou viúva de um homem sem título, senhora Moreland.

— Kim, que bom que pôde vir. — Helena o saudou assim que cumprimentou as damas, que já se integravam aos outros convidados na sala de música.

— Cheguei a tempo, milady. — Fez uma reverência a ela, ouvindo ainda a risada de Helena. Ela nunca se acostumaria a vê-lo se curvar, principalmente por tê-la conhecido tão jovem e arteira na época da escola em Portugal. — Hawk.

— Seja bem-vindo. — Seu primo o cumprimentou. — Ainda bem que não serei o único a sofrer nesta noite. — Sussurrou para que sua esposa não o ouvisse. — Tia Maggie irá se apresentar.

Kim fez uma careta.

— Tão ruim é?

Hawk riu e serviu-se de dois copos de uísque da bandeja de um lacaio e entregou um deles a Kim, antes de declarar:

— Ruim não chega nem perto.

Kim controlou-se para não gargalhar alto, mas o som de sua risada insistiu em se propagar pela sala e fez com que, finalmente, Marieta o notasse. Seus olhos verdes se encontraram com os dele e os dois permaneceram se olhando por algum tempo, como se hipnotizados, incapazes de quebrar o contato. Ele sentiu seu coração disparar, seu corpo consciente da presença dela e sendo impactado pelo mesmo tipo de tensão que ela sempre lhe despertara.

— Boa noite a todos. — Helena falou de repente, e Marieta olhou na direção da amiga, deixando de encarar Kim. — Agora que todos já estamos presentes, vamos iniciar as apresentações. Para isso convido-os a tomarem assento.

Hawk, ainda ao lado de Kim, suspirou longamente, enquanto Charles, o Visconde de Braxton, e Sebastian, Marquês de Tremaine, se juntavam a eles.

— Não vão acompanhar suas esposas? — Kim questionou os dois homens casados.

— Não, como não temos paridade entre homens e mulheres, Helena abriu mão da formalidade de casais para que algumas damas não ficassem sozinhas. — Sentou-se na última fileira de cadeiras, junto aos demais. — Além disso, ela quer que todos nos apresentemos de alguma forma e me mandou organizar com vocês.

Kim não se conteve mais, gargalhou diante da cara de espanto de Tremaine que parecia ter recebido a notícia de que estava com alguma ferida purulenta. O homem ficou pálido, provavelmente sintomas de fobia a qualquer tipo de exposição.

— Deus, Tremaine, você um dia irá falar no parlamento. — debochou Braxton, também sem conter as risadas.

De repente, toda a troça perdeu o sentido, pois Marieta virou-se para trás com o semblante bem contrariado e exigiu:

— Contenham-se, a vez de vocês já irá chegar.

Tremaine gemeu e um coro de risadas masculinas encheu o lugar.

— Amo saraus, mas, sinceramente, esse quase me matou. — Helena estava sentada no sofá, levemente apoiada por Hawkstone. — Ainda bem que deu tudo certo.

— Sim, até as canções indecentes dos cavalheiros. — Lady Lily não escondia a risada ao lembrar-se da canção prematuramente interrompida por Hawkstone.

— Eu não me lembrava daquela parte — justificou-se ele, massageando os ombros da esposa.

— Foi linda a declamação de Marieta — elogiou Lady Anna. — Como é mesmo o nome do autor?

Marieta olhou rapidamente para Kim; talvez os outros não tivessem se dado conta desse movimento, contudo, ele notou e gostou.

— Luís de Camões — respondeu ela. — Um poeta português.

— Ah, da terra de Kim. — frisou Lady Catherine. — O idioma de vocês é tão romântico, soa com tanta intensidade aos ouvidos.

— Sim, o português é intenso. — Helena foi quem respondeu. — Sabia que a palavra "saudade" existe apenas em nossa língua? Nenhum outro idioma conseguiu exprimir o sentimento, além de nós. E, pasmem, ouvi-la promove um aperto tão forte no coração que nos leva às lágrimas todas as vezes.

Kim e Marieta concordaram com a afirmação da Condessa, ele talvez sentindo exatamente o que ela descrevera, ao pensar no quanto aquela palavra tão singela, porém tão potente, o fez sofrer durante anos a fio.

— Entendo agora por que meu irmão se apaixonou perdidamente por você lá no Brasil. — Lady Lily suspirou. — É um idioma bem passional.

Helena ficou vermelha, pois que, embora na sala houvesse praticamente pessoas da família, Lady Catherine e Lady Anna ainda estavam presentes porque haviam ido com Kim e voltariam com ele.

— Se não se importar, milady, gostaríamos de ouvir sua história — pediu Lady Anna. — Histórias de amor são as minhas favoritas.

— Bem, não há muito a dizer — começou Helena, olhando para o marido. — Hawkstone e eu nos conhecemos rapidamente na fazenda de meu pai e...

— Ela estava escondida na senzala — revelou Hawk, sorrindo cheio de afeto. — E eu não tive como saber que era filha do Barão.

Kim viu quando Marieta sorriu abertamente. Ele sabia que ela ajudara a jovem rebelde Helena Augusta a se manter incógnita por um tempo.

— Ah, mas isso é mais do que romântico. — Lady Catherine pôs a mão no coração. — Apaixonou-se por ela sem nem saber quem era.

Hawkstone que não escondia de ninguém o quanto adorava a esposa, beijou-lhe o topo da cabeça com carinho.

— Cheguei a ponto de pensar em comprar sua liberdade, caso fosse realmente uma escravizada, mas o irmão dela me disse o quanto isso seria difícil.

Kim sentiu como se houvesse engasgado com um osso da perdiz que comera no jantar, tamanha a dificuldade em tragar saliva. Olhou de relance para Marieta que estava atenta ao que Hawkstone dizia.

— Parece que houve uma história de amor assim antes, mas que não acabou bem.

— Como assim? — Lady Lily chegou a se sentar na ponta do sofá para se aproximar do irmão, tamanha sua curiosidade sobre o que ele estava falando.

— Pedro não me deu detalhes, mas quando falei em comprar a liberdade da moça que conheci, ele me disse que houve um homem que tentara o mesmo antes, porém o Barão fez de sua missão algo impossível, exigindo grande quantia em dinheiro, muito além do que o homem em questão podia pagar.

Kim não tinha coragem de olhar para Marieta, porque tinha certeza de que ela havia ligado as histórias e percebido que Pedro contara a Hawkstone o que havia acontecido aos dois. Ele sentia-se envergonhado por não ter podido cumprir sua promessa, ainda que ela não o tivesse esperado e tivesse se casado com outro.

— Mari, tudo bem?

Kim só levantou os olhos quando ouviu a voz preocupada de Helena e percebeu que Marieta havia se colocado de pé para retirar-se.

— Sim, apenas cansada. Se milady permitir, eu...

— Pode ir descansar. — Helena sorriu triste.

Marieta se despediu dos que ficavam na sala e saiu do cômodo.

— Acho que falar sobre esse tempo ainda mexe com ela, não? — disse Lily ao se colocar de pé. — Vou me retirar também, tenham uma boa noite.

— Nós também vamos, não é, Kim? — Lady Catherine ergueu-se, acompanhada por Lady Anna. — Foi um prazer ter estado com vocês. — Fez uma mesura aos Condes. — Boa noite.

Kim despediu-se afetuosamente de Hawkstone e Helena e acompanhou as damas para fora da Moncrief House.

— Sinto muito ter causado desconforto.

— Não, Anna, não foi por sua culpa. — Cat sorriu para a amiga ao entrar no coche de Kim. — Porém, há assuntos que ainda machucam a senhora Silveira e lembrar-se de sua antiga condição e de tudo o que viveu deve ser um deles.

— Com razão, não?

Lady Catherine concordou com um longo suspiro.

Depois disso, as duas permaneceram caladas até chegarem à casa, onde se despediram e agradeceram a Kim pela companhia.

— Para casa, senhor? — Samerson perguntou assim que ele voltou ao interior do coche.

— Não, Samerson, vamos dar uma volta por algum tempo.

Ele precisava pensar e não queria fazer isso entre as quatro paredes de seu quarto. Fixou, então, seus olhos nas paisagens escuras do bairro, e deixou a mente vagar sobre o que ouviu naquela noite. Havia falhado miseravelmente com Marieta e a entendia por ter tomado a atitude de escolher um marido entre o seu povo. Havia feito de tudo, passara os piores momentos de sua vida, contudo, ainda assim, falhara.

Somente depois de quase uma hora rodando por Kensington é que Kim resolveu ir para casa. Despediu-se de Samerson, que foi guardar o coche na parte de trás da residência para cuidar dos cavalos, e subiu os poucos degraus que separavam a entrada de seu lar da calçada. Mal tocou na porta e ela foi aberta por Potts.

— Boa noite. — saudou o mordomo, achando estranho que estivesse a postos esperando-o na entrada. — Ocorreu algo?

— Sim, senhor. — O mordomo parecia constrangido. — Há uma senhora à sua espera no escritório. Tentei despachá-la, mas foi impossível.

O coração de Kim disparou e ele não ouviu mais nenhuma palavra de Potts, pois saiu correndo para o escritório, a fim de confirmar suas suspeitas.

Estava certo. Ao abrir a porta, encontrou Marieta de pé, perto da lareira recém-acesa, ainda vestida com seu traje de festa e com as joias brilhando entre as tranças do coque.

— Mari? — chamou-a, fechando a porta atrás de si.

Ela o olhou e seus olhos úmidos de lágrimas cortaram seu coração.

— Você tentou, então? — Kim não entendeu a pergunta e ela a refez. — Suas promessas não eram mentira, você tentou me libertar, não foi? A história que Pedro contou ao Hawkstone...

Kim assentiu, sem poder conter a emoção e todos os sentimentos conflitantes que abrigava dentro de si.

— Era para ser um até breve quando nos despedimos, mas acabou sendo...

— Adeus — completou Marieta.

14

A promessa

Brasil, final de maio de 1852

Os dias da visita de Joaquim à fazenda estavam passando e seu tempo no Brasil, se esgotando. Ficou por dois dias na Santa Lúcia, terminando as negociações com o Barão, e estava satisfeito com os termos, embora admitisse que o homem não jogasse para perder. Já poderia ter ido embora de lá mesmo, mas aproveitou o gancho da viagem de seu amigo Pedro a Paris para visitar a irmã e decidiu partir na mesma data que ele. Com isso, ganhou mais alguns dias hospedado na Santa Helena e perto de Marieta.

— Eu devo estar enlouquecendo... — comentou com Pedro.

Seu amigo, que não esperava nenhum tipo de desabafo àquela hora, pois já era madrugada e os dois seguiam bebendo aguardente em uma das varandas da fazenda, o olhou com espanto.

— Por que acha isso? Não confia no investimento que estás fazendo?

Kim riu e negou.

— Não me referia ao investimento. — Olhou para longe, na direção da construção retangular iluminada por várias tochas e portas serradas. — Acho que a paixão me pegou de jeito dessa vez.

Pedro se engasgou.

— Você? Apaixonado? — Começou a rir. — Nunca pensei que pudesse ouvir tal coisa vinda do pirata de corações.

Kim bufou com o apelido idiota que recebera anos atrás. Nunca foi pirata nem mesmo corsário, mas seus amigos o acusavam de roubar o coração das mulheres e partir com seu navio. Uma acusação totalmente infundada porque, a cada vez que se envolvia com alguma mulher, ambos sabiam que a relação era puramente física e passageira. Nunca tomou uma moça virgem ou, muito menos, seduziu uma jovem com ilusões. Era por isso que não queria se aproximar de Marieta se não tivesse a certeza de que não iria abandoná-la com um coração partido.

— Qual a possibilidade de conseguir alforria de um cativo com seu pai?

Pedro ficou lívido como um lenço.

— Uma moça da senzala? Qual delas?

Kim respirou fundo, tomou todo o trago de aguardente e reuniu coragem de se expor ao amigo.

— Marieta.

Pedro fechou os olhos.

— Era o que eu temia. — Kim encarou-o sem entender por que Pedro pareceu tão aflito. — Marieta é fruto de um acordo de meu pai, Kim, ela é filha de um Barão, irmã da noiva de Augusto.

— Eu imaginei algo assim por causa da cor dos olhos dela.

— Minha cunhada também tem olhos verdes, como o pai. — Ele sentou-se em uma cadeira de ferro fundido. — Não sei se ele pode libertá-la, entende?

— Por que não? — Kim não se conformava com a ideia de que a mulher que mexeu com seus sentimentos nunca pudesse ser livre para estar com ele.

— É uma história bizarra e, bem, não tenho muita certeza de que seja verdadeira.

— Conte-me, por favor.

Pedro pegou a garrafa de aguardente e encheu o pequeno copo até a borda, antes de virar o conteúdo de uma só vez.

— A futura sogra de meu irmão é filha única de uma família muito rica e o Silvério, o Barão de Rubi, estava no começo de sua plantação quando se casou com ela. — Pedro riu. — Digamos que ele precisou de um incentivo para desposá-la, porque... — fez uma careta. — Enfim, parece que depois que minha cunhada nasceu, o Barão, mesmo sem ter um filho varão, decidiu não mais frequentar a cama de sua senhora e começou a se engraçar na senzala.

A mandíbula de Kim se contraiu, tamanha a raiva pelo progenitor de Marieta.

— Eu sei que é uma situação inadmissível, mas alguns senhores se acham no direito de fazer o que quiserem. Se eles podem açoitar um negro até a morte, por que não poderiam forçar as mulheres? — Ele pegou novamente a garrafa e, dessa vez, encheu também o copo de Kim. — O fato é que a esposa dele nunca se queixou, até perceber que o Barão havia se encantado com uma e que só se deitava com ela.

— A mãe de Marieta.

Pedro assentiu.

— Na época, segundo as conversas truncadas que ouvi de meu pai, parece que ele queria expandir a fazenda, mas não tinha recursos suficientes sem a ajuda do sogro e aí foi que houve a barganha. Marieta havia acabado de nascer e, pelo tom dos olhos, todos sabiam a quem pertencia. Não querendo a bastarda na casa, foi condição *sine qua non* do sogro que ele se livrasse de mãe e filha.

Kim sentiu-se estremecer.

— Ela tinha quantos anos quando veio para cá?

— Meses. — Kim fechou os olhos. — Eu era pequeno, não tenho nenhuma recordação disso, mas Augusto se lembra. Foi dada à mãe Maria, que tinha dado à luz a Zuma, e ela os alimentou juntos.

— E a mãe dela? — perguntou Kim, com o coração apertado, sem poder ter noção do que a mulher pudesse ter sentido por ter a filha arrancada dos braços.

Pedro deu de ombros.

— Ninguém nunca soube, mas foi tirada da fazenda na mesma época. Meu pai sempre fez questão de que todos soubessem que Marieta é diferente. Não sei se isso foi um pedido do Silvério ou partiu dele mesmo por saber de quem ela é filha. Não sei como ele irá reagir se souber que você a deseja para si.

Kim riu.

— Eu não a desejo para mim, a desejo comigo. — Pedro franziu a testa como se não entendesse. — Eu gostaria de levá-la daqui.

— Por quê? Quando isso aconteceu?

Kim voltou a olhar para a grande construção onde ela dormia, ainda tentando explicar ao amigo o que ele mesmo não sabia o que era. Interessou-se por Marieta desde a primeira vez que a viu e, depois disso, seu interesse só cresceu. A tarde em que se encontraram na cachoeira foi apenas um vislumbre do que realmente acontecia entre ambos: paixão, desejo e, talvez, algo mais forte. Ele não sabia, mas tinha certeza de que a perspectiva de ir embora e não voltar a vê-la era impensável. Teve muito tempo para pensar, pois fez de tudo para evitar encontrá-la a sós novamente. Mergulhou de cabeça no negócio que estava fechando com o Barão e aproveitava todas as oportunidades para estar longe da casa.

Não porque não a quisesse, longe disso, a queria demais. Só que não era um homem que seduzia moças virgens e tinha certeza, pelo jeito doce com que foi beijado, que Marieta não conhecia os prazeres da carne. Ademais, não iria deitar-se com ela e virar as costas pelo simples fato de ela ser uma escravizada, pois Kim repudiava esse tipo de comportamento com todas as suas forças. Nunca foi hipócrita, acreditava que, bem mais do que os discursos, as ações de um homem falavam por ele. Queria que ela fosse livre e que, tendo a liberdade em mãos, o escolhesse. Se isso acontecesse, a levaria para Portugal consigo, se casaria com ela e a manteria a salvo de todas as dificuldades que já enfrentava em sua curta existência.

— Desde a primeira vez que a vi — respondeu a Pedro. — Não paro de pensar nela, nem de querê-la...

— E Marieta? — começou Pedro, devagar. — Ou você acha que o fato de a querer é só o que importa?

Kim riu.

— Achas realmente que eu sou assim? — Seu amigo negou. — Ela me quer tanto quanto eu a ela.

— Prometeu liberdade em troca de...

— Não me insulte e muito menos a ela. — Kim ficou sério. — Marieta não faz ideia do que estou pretendendo, não até eu conversar com o Barão e saber se é possível.

Pedro sorriu pela primeira vez desde que a conversa havia começado.

— Irei apoiá-lo. Tenho estado em boas graças com meu pai e, talvez, ele perceba que é melhor casar Marieta com um fidalgo do que mantê-la aqui na senzala. — Kim não coube em si de tanta alegria por Pedro ter decidido apoiá-los. — Mas, escute, Kim. Eu disse talvez, não sei qual era o acordo nem se ele poderá deixá-la ir.

Kim já não ouvia mais nada, não queria pensar na possibilidade de não ter Marieta consigo em seu coração. Naquela madrugada, só havia espaço para esperança, mais nada.

— Vamos dormir. — Terminou seu trago e puxou Pedro pelo braço. — Amanhã acordaremos bem cedo e iremos até Santa Lúcia para conversarmos com seu pai.

Pedro gargalhou.

— Não vamos, não. — O amigo o parou. — Meu pai vem para cá amanhã, não precisa estar tão afoito, pelo amor de Deus. Você é um negociador, Kim. Se o Barão sentir cheiro de ansiedade, vai saber o quanto deseja comprar a liberdade de Marieta e, caro amigo, meu pai não joga para perder.

Kim respirou fundo.

— Tem razão. Vou manter a cabeça fria, negociar como fizemos com o café e... — Começou a rir. — Acho mesmo que estou ficando louco, Pedro. — Seu amigo não o contrariou. — Vim para cá para fazer o meu melhor negócio e acabei encontrando a mulher da minha vida.

Pedro bateu em suas costas.

— E que mulher, meu amigo. Marieta é maravilhosa, estou feliz por você.

Os dois se abraçaram e Kim percebeu que nunca havia se conectado com ninguém antes porque Marieta estava à espera dele, e ele à espera dela.

Kim suava, estava nervoso e impaciente e isso tudo tinha um motivo: a conversa que teria com o Barão. Pedro o havia alertado durante a conversa dos dois sobre o perigo que seria parecer ansioso demais, mas, por mais que estivesse tentando se controlar, não estava logrando êxito. Ele viu Marieta durante o café da manhã e não conseguiu tirar os olhos de cima dela. Pedro teve que chutar seu pé algumas vezes, pois sua falta de controle estava gerando desconforto entre os presentes.

— Te acalma. — Resmungou logo após o desjejum, quando iam ao escritório do Barão. — Tião me olhou várias vezes incomodado com o seu comportamento, e até Marieta estava sem jeito.

— Lamento muito. — Kim se aprumou. — Prometo não me comportar como um rapazola apaixonado.

— Espero que sim.

Entraram no escritório do Barão e o homem ergueu as grossas sobrancelhas pela interrupção.

— Gostaríamos de falar com o senhor, meu pai.

João Augusto Silveira era um homenzarrão alto, corpulento e ostentava um bigode tão grosso que era impossível ver sua boca. Mal tinha estudo, mas sabia lidar com os números e com a administração da fazenda como ninguém.

— Entrem. — Fechou o livro-caixa que estivera analisando e cruzou os braços. — Achei que já tivéssemos encerrado a conversa.

— Já a encerramos, sim. — Kim falou. — Estou contente com o acordo e pronto para assinarmos a papelada assim que retornar a Lisboa e conversar com o banco sobre a garantia.

— Bom. — Reclinou-se na cadeira, fazendo-a ranger. — Então, o que querem conversar dessa vez?

— Joaquim se interessou em ter a posse de um escravo. — O Barão não demonstrou nenhuma reação. — O senhor sabe que ele viaja muito e...

— Qual delas?

Kim engoliu em seco, pois percebeu que não havia como dar voltas com um homem tão direito.

— Marieta.

Viu, de soslaio, quando Pedro fechou os olhos e balançou a cabeça, pouco antes de o Barão se pôr de pé.

— Eu quero uma explicação, agora. — Olhava para o filho e não para Kim.

— Marieta estudou com Helena e sempre disse que gostaria de ter ido com minha irmã conhecer o mundo. — Pedro respirou fundo. — É o que Kim faz, viaja pelo mundo e...

— Não faça troça comigo, Pedro Augusto. — A voz do homem estava grave e seus olhos ainda mais escuros quando encarou Kim. — Você abusou da moça?

— Não. — Kim olhou-o sério. — Se minha intenção fosse abusar dela, não estaria aqui disposto a negociar sua liberdade.

Pedro gemeu ao seu lado, mas Kim não lhe fez caso.

— Liberdade? Comprá-la para lhe servir como puta, você quer dizer.

— Pai, ele não...

Kim colocou a mão sobre o braço de Pedro.

— Quero que seja livre para que possa pedi-la em casamento. — O Barão ficou branco como a camisa que usava. — E levá-la para a Europa como minha esposa.

— Hum. — Voltou a se sentar. — Isso muda as coisas consideravelmente.

Kim voltou a respirar por um instante.

— Marieta é uma jovem muito bonita, além de ter todos os dotes necessários para gerir uma casa e, se aprendeu com Maria, cozinha como ninguém.

— Faça seu preço, Barão.

— Kim... — Pedro ainda tentou alertá-lo, mas Kim estava disposto a ir até o fim sem nenhum desvio de assunto e negou qualquer tipo de conselho que seu amigo quisesse lhe dar.

— Bom, você vai levar toda minha safra dos próximos anos e vai vender na Europa apreçada em libra esterlina, certo? — Kim concordou com o coração disparado. — Para ter Marieta, quero participar dos lucros da venda.

Kim ficou tenso, afinal, o negócio que fizera com o Barão envolvia seu sócio e mais alguns investidores, incluindo um banco. Não era simples incluir mais alguém para repartir os lucros.

— Pai, isso não tem o menor cabimento. Vocês já fecharam negócio, não pode voltar atrás com sua...

— Eu nunca volto atrás com minha palavra, me respeite. — Bateu na mesa. — O que estamos negociando aqui nada tem a ver com o que fizemos antes. O preço do café não mudará, eles pagarão a cifra vigente no mercado. Estou me referindo quando eles forem revender o café e o lucro que isso dará.

— Entendi, pai, mas as coisas não são assim...

— Que porcentagem? — perguntou Kim, cansado da discussão.

Pedro xingou e saiu de perto dele. O Barão sorriu satisfeito.

— Trinta.

— Pai, isso é uma fortuna. — Pedro tentou protestar.

Kim fez as contas rapidamente e constatou que não podia dar o que Silveira pedia sem desfalcar os outros sócios.

— Quinze. — Fez a contraproposta, mas o Barão riu e negou. — Isto é todo o lucro que me caberia, mais do que isso eu desfalco os outros investidores.

O Barão considerou por um tempo.

— Aceito seus 15%, mas, em vez de serem aplicados ao lucro somente da próxima safra, terei direito ao da segunda também.

— Pai. — Pedro virou-se para Kim. — Pense bem, isso é totalmente ilógico.

Kim caminhou para mais perto da escrivaninha do Barão e lhe estendeu a mão.

— Acordo aceito.

O Barão não apertou a mão estendida.

— Antes, porém, de alforriar Marieta, gostaria de ter toda a papelada assinada. — Levantou-se. — Retorne a Portugal, consiga a garantia do negócio, volte para assinarmos os papéis e, então, você poderá levá-la consigo.

Saiu do escritório deixando os dois amigos mudos, ambos de pé, paralisados pelo resultado da conversa.

— Você está realmente louco. — Pedro quebrou o silêncio. — Abrir mão de todo o seu lucro por dois anos.

— Lucro do café, tenho outros investimentos. — Kim tentou se justificar.

— Não como esse, porcaria.

Kim respirou fundo.

— O que está feito, está feito. Eu só não contava não poder libertá-la agora mesmo.

— Então, meu caro, você não conhecia o meu pai suficientemente bem para manter uma negociação com ele. Principalmente, uma tão passional quanto essa.

Kim dizia a si mesmo, a todo momento, que seria só uma questão de tempo. Em alguns meses estaria de volta e a levaria consigo para Lisboa e, nos dois anos em que não teria um tostão sequer do café brasileiro, viveriam modestamente na quinta, sem muito luxo, mas juntos e livres.

— Eu preciso conversar com ela. — Riu de repente ao imaginar o que faria se a moça não o quisesse tanto quanto ele a queria. — Ela vale muito a pena, meu amigo.

Pedro assentiu, dando-lhe um tapa nas costas.

— Estou feliz por vocês dois e prometo mantê-lo informado sobre Marieta enquanto não vem buscá-la.

— Obrigado, meu amigo. Conto contigo para protegê-la caso seja necessário.

— Não me agradeça, convide-me para ser o padrinho.

Kim riu.

— Sem dúvidas.

Saiu correndo para a cozinha da fazenda, porém ao chegar lá encontrou somente mãe Maria.

— Posso ajudar o sinhô?

Ele riu e concordou.

— Onde está Marieta?

— Marieta? — Mãe Maria deu de ombros. — Todo mundo procurando essa menina hoje. O Barão acabou de levá-la para ajudar na Santa Lúcia.

Kim arregalou os olhos devido ao espanto.

— O quê?.

Saiu correndo, mas só teve tempo de ver a carruagem do Barão seguindo na estrada ladeada de altas palmeiras imperiais.

— Ele a levou, não? — Pedro postou-se ao seu lado. — Típico dele.

— Sabias disso? — Kim perguntou, sentindo-se enraivecido.

— Não, mas desconfiei quando o vi ir embora e deixar as coisas que estava examinando para trás. Ele temeu que você a levasse.

— Eu não a levaria, dei minha palavra.

— Eu sei, seria uma loucura ainda maior do que a que você já fez. — Suspirou, e Kim desviou os olhos da carruagem que ia ao longe para encará-lo. — Tião acabou de me avisar que ele ordenou que nos levassem à Corte hoje.

Kim riu, ciente de que o Barão se cercou de todas as formas para mantê-lo longe de Marieta até que voltasse com os termos assinados.

— Seu pai é um grande filho de uma puta.

Pedro gargalhou.

— Ele é.

Maldito Barão.

Kim arrumava sua mala devagar, dobrando suas roupas que estavam lavadas e passadas. Era noite e, por conta de um problema em uma das rodas da carruagem, eles não puderam descer a serra mais cedo e iriam para a Corte somente de manhã. Ainda não se conformava por não ter tido a chance de conversar com Marieta sobre sua alforria. Estava disposto a deixar bem claro à moça que iria levar o acordo adiante. Marieta merecia ser livre e ter uma vida para além das portas rústicas da senzala. É claro que ele esperava ouvir que ela iria com ele, mas nunca a forçaria. Esperava sinceramente ter entendido bem sobre os sentimentos dela quando se beijaram naquela cachoeira e que, quando voltasse, Marieta o recebesse com a mesma paixão que viu brilhar em seus olhos.

Kim fechou a mala e abriu a enorme janela de seu quarto. O céu estava claro devido à enorme lua cheia que iluminava os caminhos mais do que qualquer tocha. A noite estava aprazível, nem quente nem fria, e não havia sequer uma nuvem obscurecendo o brilho das estrelas. Respirou fundo, sentindo o cheiro da relva e de algum fruto adocicado que amadurecia perto dali. Pássaros noturnos enchiam a noite de sons, assim como um latido ou outro dos cachorros da fazenda, provavelmente à caça de algum animal. Estava inquieto demais para dormir, agitado como as criaturas noturnas, sem saber como agir para conciliar o sono.

Decidiu caminhar, pois fazer exercícios desanuviava a mente e ajudava a adormecer. Desceu devagar até o piso térreo da casa, bebeu um copo de água fresca na cozinha, direto da moringa de barro, e saiu para o quintal. Caminhou pela horta, depois pelo jardim e chegou até o estábulo. Não entrou, decidido a não acordar nenhum dos meninos que dormiam na parte de cima, tomando conta dos garanhões da fazenda. Seguiu a pé, ladeando o curral, seguindo o pequeno riacho que o levava até a enorme queda d'água onde, dias atrás, havia beijado uma bela mulher.

Estava distraído, prestando atenção à vegetação do caminho, no som da água que caía com força e ia ficando cada vez mais alto a cada passo que dava. Ouviu um chapinhar, pensou que algum animal pudesse estar se refrescando no poço da cachoeira e, por isso, diminuiu a marcha, olhando cautelosamente enquanto avançava.

Parou.

Fechou os olhos e os abriu novamente.

— Marieta?

A bela moça se ergueu em um salto, assustada, mas, quando o viu, em vez de sair correndo, relaxou e sorriu.

— Achei que já tivesse ido embora — confessou.

Kim franziu o cenho, sem conseguir acreditar que era ela quem estava à sua frente. *Devo estar alucinando*, pensou, dando razão ao amigo que lhe disse estar louco.

— Sente-se bem? — Marieta voltou a falar e Kim aproximou-se dela.

— Maria disse que o Barão a havia levado para...

— Eu sei, ela me disse o mesmo e quase morreu de susto quando me viu na senzala. — Marieta riu. — Ele não me levou a lugar algum, só me mandou ficar presa na senzala até amanhã.

Kim riu.

— Mas não obedeceste...

Marieta baixou os olhos.

— Precisava pensar e... aqui eu penso melhor. — Ela voltou a olhá-lo, quando ele acariciou seu rosto. — Por que você não foi embora?

— Um problema com a carruagem, só conseguiram arrumar bem tarde e Pedro achou melhor partirmos de manhã.

— Então, você vai mesmo voltar para o seu país?

Kim sentiu um nó na garganta ao assentir. Marieta soluçou e se afastou, chegando bem à beirada do lago.

— Por que precisavas vir aqui pensar, Marieta?

— Eu estava triste. Por não ter conseguido sair da senzala a tempo de me despedir.

Kim venceu a distância que os separava e a abraçou pelas costas.

— Não consegui dormir pelo mesmo motivo, por isso saí para caminhar. — Afastou a vasta cabeleira da moça e cheirou sua nuca, saboreando o delicioso aroma de mulher que se desprendia dela. — Queria ver-te antes de ir.

Marieta suspirou.

— Eu queria que você não fosse.

Kim abraçou-a mais forte.

— Também não queria, mas tenho que ir. — Marieta virou a cabeça de lado para poder olhá-lo. — E quanto antes eu for, mais cedo eu volto.

O sorriso dela foi tão amplo que Kim pensou que ele seria capaz de iluminar mais do que a lua. Ela girou-se dentro de seus braços, ficando de frente para Kim e seus olhos refletiam a alegria de saber que ele retornaria.

— Que bom que a carruagem quebrou. — disse, passando os dedos pelas madeixas soltas do cabelo de Kim. — Eu não queria ficar sem mais um beijo.

Ele tremeu. Seu corpo já sensível à presença dela, despertou de vez e Kim tomou um longo fôlego para controlar-se.

— Antes eu queria conversar com...

Ela o beijou, fazendo com que engolisse as palavras e as relegasse a outra hora. Kim a abraçou forte, desfrutando do contato dos seus lábios mais uma vez, incitando-a a abri-los para que pudesse penetrar sua boca com a língua. Gemeu quando ela lhe permitiu e apertou-a mais contra si quando sentiu o sabor doce de sua saliva misturando-se com a dele. Desejava-a ardentemente e, embora tivesse resolvido só tocá-la quando voltasse e já tivesse sua liberdade nas mãos, não resistiu ao encanto da lua cheia e do encontro furtivo às margens da cachoeira.

Beijou seus olhos, seu nariz, chupou o lóbulo de sua orelha, enquanto a ouvia gemer cada vez mais alto. Emaranhou os dedos em seus cabelos, tirando-os da nuca para beijar seu pescoço e seguiu com uma trilha de beijos até seu ombro desnudo. Aspirou bem forte o cheiro de Marieta a fim de gravá-lo para sempre em sua memória. Seriam longos meses de ansiedade por tê-la novamente em seus braços, sofreria com a vontade de beijá-la, acariciá-la e tê-la em um abraço tão apertado que seria difícil saber onde terminava um e começava o outro.

Marieta agarrou-lhe os ombros, correspondendo ao beijo com entusiasmo e entrega. Pendeu a cabeça para trás quando Kim tocou seus seios, deliciado com o peso e com a forma com que seus mamilos reagiam ao seu toque. Abaixou-lhe a blusa e afastou-se levemente para poder vê-los em todo seu esplendor.

— És maravilhosa. — disse antes de beijá-los delicadamente, arrancado um gemido surpreso e deleitoso de Marieta.

Conscientemente, Kim sabia que estavam seguindo por um caminho sem volta e que isso seria ainda mais torturante para ele durante o tempo em que iriam permanecer separados. Por vários momentos pensou em se afastar, mas não conseguiu. O sabor da pele de Marieta era puro sonho, assim como as reações que causava em seu corpo. Sentiu quando a mão dela agarrou sua camisa, como se quisesse rasgá-la para livrá-lo do tecido. Ergueu-se, aprumando o corpo e, sem tirar os olhos dos dela, desabotoou a peça, até se livrar do emaranhado de tecido.

Apesar da brisa úmida que vinha da queda d'água, Kim se sentia quente, quase febril, e só estremeceu quando Marieta o tocou. Fechou os olhos e deixou que ela explorasse seu corpo. Suas mãos inexperientes o levavam à loucura, tateando seu peito e abdômen com indisfarçada curiosidade.

— Você é tão quente... — sussurrou.

Kim riu, sem abrir os olhos.

— Sinto-me em chamas, Marieta.

Ela suspirou intensamente.

— Eu também.

Kim voltou a beijá-la com ainda mais ímpeto, devorando sua boca como se estivesse faminto dela. E estava. Era dessa forma que se sentia, como se precisasse de mais e mais de Marieta. Deitaram-se na relva, colados um no outro, tocando-se com desespero e paixão. Marieta arranhou as costas de Kim, e ele mordiscou seu lábio inferior, enquanto gemia. Estava vivendo uma tortura deliciosa, seu membro tão duro quanto nunca pensara vê-lo, a vontade de mergulhar no corpo macio e quente debaixo de si o entorpecia.

Nada mais importava, apenas o prazer que estavam compartilhando. Kim gostaria de poder levá-la consigo, não imaginava como iria se despedir de Marieta após aquela noite. Ela moveu os quadris contra os dele e toda e qualquer preocupação com o amanhã se desfez em sua mente. Voltou a beijar seu pescoço e seguiu para o colo até chegar aos cheios seios, que culminavam em mamilos proeminentes e túrgidos. Kim chupou e lambeu cada um deles, fazendo-a delirar, segurá-lo forte em seus cabelos e rebolar ainda mais sob ele. Correu a mão sobre seu ventre, explorando a pele macia, a barriga lisa, até o cós da saia. Ultrapassou a barreira que mantinha a peça justa à cintura de Marieta e teve de travar os dentes para não urrar quando atingiu a intimidade de cachos suaves da mulher que fervia em suas mãos. Tocou-a com reverência e carinho, massageando-a suavemente até encontrar o pequeno botão intumescido responsável pelo prazer dela. Circulou-o devagar, mantendo um ritmo constante, até senti-la se contorcer.

— Joaquim... — Marieta gemeu sem conseguir falar mais nada além de seu nome.

Ele sorriu e voltou a abocanhar um mamilo, sugando-o com força, como queria estar fazendo com sua intimidade. Não se aguentava mais, seu membro se contorcendo dentro da roupa íntima, pressionando os botões da calça que usava, implorando por liberação. Kim parou de tocá-la apenas para livrá-la da saia, mas quando retirou completamente a peça, agradeceu à luz da lua por poder vê-la inteira.

— Marieta... — Sorriu. — Que nome mais doce. — Avistou seus olhos que brilhavam com lágrimas diante do que havia dito e sentiu uma emoção que, até aquele momento, não havia compreendido o que era. — Nunca vou me esquecer deste momento — disse de joelhos, completamente extasiado pela visão dela deitada sobre centenas de dentes-de-leão, que soltavam suas sementes e enchiam o ar de magia. — Amo-te.

Ela sorriu e abriu os braços para recebê-lo. Kim retirou as calças e deitou-se sobre ela, mas sem tocá-la com seu membro.

Precisava ter paciência e ir devagar para não a machucar. Não sabia muito bem o que fazer para amenizar a dor que ela sentiria, porque nunca se deitara com uma virgem antes, mas sabia que seria inevitável. Voltou a beijá-la na boca, mas logo desceu pelo seu corpo, arrastando seus lábios e língua por sua pele, até alcançar o meio de suas coxas. Marieta, talvez instintivamente, abriu as pernas e Kim pôde se deliciar com o cheiro de mulher excitada, antes de provar seu sabor.

Lambeu-a vagarosamente de cima a baixo, até encontrar sua entrada úmida. Penetrou-a com a língua, esticando-a ao máximo, movimentando seu órgão para dentro e para fora do corpo de Marieta. Ela gritou e o agarrou pelos cabelos, suas coxas tremiam, e seu sexo ficou ainda mais quente. Kim abriu a boca e sugou toda sua intimidade, bebendo de seu néctar, usufruindo de toda a excitação que ela sentia. Não demorou a sentir em sua língua o ponto duro que a levaria aos céus do prazer e divertidamente brincou com ele, agitando-o, pressionando-o, até que a ouviu gritar e tremer.

Ele teve que fazer um esforço hercúleo para não gozar ali mesmo, naquele momento. O orgasmo de Marieta impulsionou o seu, o deixou paralisado, embevecido e mais apaixonado ainda por aquela mulher que se entregava à sua paixão como ele mesmo. Não podia mais esperar, postou-se sobre ela, encaixando-se entre suas coxas, disposto a dar um pouco de si mesmo àquela mulher que já havia lhe dado tudo. Gemeu quando seu membro rijo tocou o sexo dela. Marieta mexeu-se sob ele, ansiosa, desejosa de mais.

— Eu amo você, Joaquim. — Declarou-se no exato momento em que ele lhe tomou a boca, antes de avançar contra a barreira de sua virgindade.

Kim a sentiu retesar por um momento, mas logo depois estava relaxada de novo, gemendo consigo, mexendo seu corpo como ele mexia o dele. Entrelaçaram as mãos, sem desgrudarem as bocas, vibrando, juntos, a descoberta do amor carnal que os envolvia. Tudo ao redor deixou de existir. Ali não estava mais o filho mais velho de um rico comerciante português, nem a mulher cuja liberdade nunca pôde sentir. Eram apenas duas metades que se encontravam e que, depois de tanto tempo, tornavam a ser unir. Kim se perdeu no prazer de Marieta, ao passo que se achou da mesma maneira. Esperou que ela atingisse o êxtase novamente e, somente quando lhe foi impossível segurar, retirou-se de dentro dela e derramou seu gozo sobre seu corpo.

Demoraram a voltar a respirar normalmente, mas continuaram deitados sobre a relva. Após um tempo, Kim levantou-se e molhou sua camisa para limpá-la, enquanto beijava seu rosto e sua boca.

— Foi maravilhoso. — disse Marieta, com lágrimas escorrendo pelas bochechas.

Kim a abraçou e a manteve por muito tempo entre seus braços.

— Lá onde moro, moram também meus três irmãos. Chamamos o lugar de quinta, mas nada mais é do que uma fazenda. Fica perto de Lisboa, a capital do meu país, tem um lindo pomar, cavalos e um riacho. — Beijou o topo da cabeça dela. — Cada um tem sua casa, dois deles já se casaram, e o que está solteiro está noivo. Eu era o único que não tinha pretensão alguma de formar família.

— Por que não? — A pergunta de Marieta saiu abafada de dentro do abraço de Kim.

— Porque eu não havia conhecido ninguém que me despertasse o desejo de casar e ter filhos. — Afastou-se um pouco para olhá-la. — Até te ver dançar naquela noite.

Marieta soluçou e negou com a cabeça.

— Eu não sou livre para...

Kim colocou o dedo sobre os lábios dela, impedindo-a de continuar.

— Conversei com o Barão hoje mais cedo e fizemos um acordo. — Sentiu que Marieta estremeceu e se afastou um pouco mais dele. — Eu não te comprei e nem vou fazer isso, Marieta. — Kim explicou-se devagar, temendo que ela entendesse errado. — Eu pleiteei sua libertação. — Ela arregalou os olhos. — Depois, caso me desejes por marido, terei a honra de levar-te comigo para minha casa.

Marieta respirava tão rápido que Kim preocupou-se de tê-la feito mal.

— Como sua esposa? — Ele sorriu e assentiu. — Eu quero.

Ela rodeou seu pescoço com os braços, abraçando-o com força, soluçando de alegria, enquanto um pranto profundo a dominava.

— Queria poder levar-te comigo agora, mas preciso voltar e trazer uns papéis para o Barão. Prometa-me que irá me esperar. — Marieta concordou, sem poder falar. — Prometo que virei buscar-te o mais rápido que puder.

Os dois voltaram a se beijar e a se amar, desejosos de que a noite pudesse ser cúmplice de seu amor e não acabasse nunca. Infelizmente, não foi o que aconteceu e, assim que o céu começou a clarear, Kim acompanhou Marieta até a senzala e se despediu dela, renovando a promessa de voltar para buscá-la.

— Espere um momento — pediu ela, sumindo atrás da construção. — Tome, é para que se lembre de mim enquanto estiver do outro lado do oceano.

Kim pegou a enorme madeixa escura, trançada lindamente, e a cheirou descobrindo nela o cheiro de Marieta e do amor que eles fizeram.

— Nunca poderia esquecer-me de ti, Mari. — O apelido carinhoso não passou despercebido e ela sorriu feliz. Kim se recusava a lhe dizer adeus, então despediu-se como achava que deveria ser: — Até breve.

Ela suspirou.

— Até breve.

15

Desencontro

Inglaterra, fevereiro de 1859

Marieta esteve consciente da presença de Joaquim na sala de música, mesmo sem olhá-lo, ela sabia que ele estava no recinto. Quando o mordomo anunciou seu nome, sentiu uma pequena descarga de energia descer por seu pescoço e atingir todos os seus membros. Suas pernas ficaram bambas, então, para não se perder no magnetismo existente entre os dois, preferiu continuar dedicando sua atenção à fala de Tremaine sobre sua casa no campo e no quanto ele amava caçadas.

Queria olhar para Kim, matar a saudade que a consumia desde que havia percebido que ele tinha parado de ir à Moncrief House. Chegou a assuntar com Lily para saber o motivo e, mesmo quando ficou claro que ele estava longe a trabalho, não conseguiu sossegar o sentimento. Muito menos depois de ele ter lhe mandado a dente-de-leão. Marieta não pôde mais tirá-lo do pensamento e, à medida que tomava conta da flor como se fosse algo raríssimo e precioso, mantendo-a isolada do vento dentro da pequena redoma na qual viera, ficava mais e mais saudosa.

Foram as lembranças, tentava se justificar.

Aquela planta tão simples lhe trouxe de volta os sentimentos da menina-mulher que um dia fora. Fez com que recordasse o primeiro beijo e, claro, sua primeira vez com um homem. Desde que soube da traição de Kim e se casou com João, nunca mais voltou à cachoeira e evitava olhar para as flores às margens do riacho. Havia perdido a magia, a capacidade de ver o belo, quando seu coração foi partido. Não entendia o motivo pelo qual ele enviara a flor, mas sabia que ele não havia esquecido o que significava, assim como ela.

Passou toda a festa tensa, ouvindo a voz de Kim na fileira atrás de si e, consciente de sua presença máscula, seu cheiro ainda tão familiar, sua voz que causava nela estranhas reações e um pulsar constante entre as coxas. Escolheu o Soneto 5 de Camões, incitada pelas lembranças de outrora, mas dizendo a si mesma que ainda não se sentia apta para declamar um poema em inglês. Foi difícil lidar com o olhar de Kim sobre si, enquanto proferia cada palavra escrita por seu conterrâneo.

O amor é fogo que arde sem se ver,
É ferida que dói, e não se sente;
É um contentamento descontente,
É dor que desatina sem doer.

Quase não pudera ouvir os aplausos, tão presa estava no olhar de Kim. Ele não aplaudiu, parecia tão desconectado de tudo à sua volta quanto ela mesma se sentia. Agradeceu à oportunidade de participar e voltou a se sentar, porém não o fez na cadeira que antes ocupava, mas, sim, sentou-se na de Lady Anna, que havia se levantado para tocar piano.

O jantar foi mais tranquilo para Marieta, pois não ficou próxima a Kim, mas entre Tremaine e Lily. Conseguiu conversar, rir e até trocar mais palavras com o nobre inglês do que da última vez que jantaram juntos. O que ela não esperava era que, no final da festa, depois de os Viscondes de Braxton se despedirem, Hawkstone convidasse Kim e as damas que o acompanhavam para tomar café na sala de visitas. Lady Margareth se desculpou alegando estar cansada, assim como a professora, Beatrix Moreland, e ambas se retiraram aos seus aposentos. Marieta deveria ter feito o mesmo, mas seguiu os que ficaram para a sala de visitas.

Estava enciumada, reconhecia. Tinha noção da energia que ainda fluía entre Joaquim e ela, mas não deixava de ver o carinho que ele professava à Lady Catherine nem o olhar de adoração da Viscondessa para ele. Quase não prestou atenção à conversa e não tomou café — algo que se recusava a fazer desde que havia deixado a fazenda, lembrando-se como ele chegava à mesa tão distinta dos britânicos —, concentrada apenas em analisar o que, de fato, existia entre Kim e a dama. Então, Lady Anna falou de seu poema, e a conversa tomou um caminho muito perigoso, sobre amores possíveis e impossíveis.

— Cheguei a pensar em comprar sua liberdade, caso fosse uma escravizada, mas o irmão dela me disse o quanto isso seria difícil.

Marieta arregalou os olhos por um instante, perplexa com a revelação de Hawkstone, pois nunca soubera desse fato. Que Helena escondera sua identidade dele, ela sabia, mas que ele a tinha tomado por uma escravizada, nunca ouvira falar. E não só isso: ele tencionara comprar a liberdade dela. Olhou de relance para Kim, mas o viu tão tenso quanto ela mesma se encontrava.

— Parece que houve uma história de amor assim antes, mas que não acabou bem.

Marieta sentiu o coração disparar quando Hawkstone falou sobre isso. Lady Lily ficou curiosa e pediu ao irmão que explicasse. Ela engoliu em seco, seus olhos ardendo enquanto tentava segurar as lágrimas, pois sabia, de alguma forma, que iriam falar do seu passado com Kim.

— Pedro não me deu detalhes, mas quando falei em comprar a liberdade da moça que conheci, ele me disse que houve um homem que tentou o mesmo antes, porém o Barão fez de sua missão algo impossível, exigindo grande quantia em dinheiro, muito além do que o homem em questão podia pagar.

Ela deixou de respirar por alguns segundos. Sentiu uma enorme pressão no peito, algo tão esmagador que parecia à beira de explodir. Não era esse o resumo da história que esperava, não foi isso o que conheceu. Kim não tivera nunca a intenção de libertá-la e casar-se com ela. Foi tudo mentira, ela sabia disso. Achando que não conseguiria mais permanecer na sala sem demonstrar o quanto estava abalada, levantou-se do lugar onde estava sentada e pediu licença, alegando cansaço.

Saiu calmamente do recinto, mas, assim que fechou a porta, subiu as escadas correndo, deixando rolar o pranto que a sufocava. Desabou, confusa com as informações que tinha e as novas que ouviu. Não entendia por que ele não lhe contou que não havia conseguido o dinheiro, por que deixou que ela acreditasse que havia sido abandonada, enganada, traída de forma vil e intencional. Olhou para o presente de dia de São Valentim que ele lhe mandara e, pela primeira vez, questionou-se sobre sua própria história. Algo não se encaixava, era como um quebra-cabeças, um jogo de madeira com o qual brincava com Helena ainda criança, faltando peças.

— Mari?

A voz de Lily a fez secar o rosto com as mãos e, antes de autorizar a entrada da Lady, foi até sua bacia e verteu água suficiente para lavar seu rosto.

— Entre.

— Fiquei preocupada contigo. — Marieta fechou os olhos quando Lily parou de falar. — Sinto muito por termos tocado no assunto.

Marieta assentiu, sem virar-se para Lily. Não queria a visse tão abalada, ainda mais porque achavam que estava assim por ser lembrada de onde viera. Não, sua condição do passado não a fazia chorar, mas ter força e vontade para nunca mais estar submetida a outra pessoa que se achava ter mais valor do que ela. Marieta pensava na condição de escravidão não com tristeza, mas com repúdio, com sentimento de injustiça e muita vontade de fazer algo para mudar a vida daqueles que ainda estavam vivendo aquele pesadelo.

— Não se preocupe comigo, vai passar.

Secou o rosto com a toalha, antes de encarar a jovem Lady.

— Nós já conversamos sobre sua vida antes, Mari, e eu nunca a vi reagir assim. — Lily olhava-a de um jeito que parecia capaz de ver em sua alma. — Foi a história, não foi? Era você, era sobre o homem por quem se apaixonou antes de se casar.

— Lily, eu não quero falar sobre...

— É o Kim, não é? — Marieta olhou-a assustada. — Eu vejo quando vocês estão juntos, percebo que existe algo, assim como percebi em Hawk e Helena. Nunca entendi por que meu primo ainda continuava solteiro, mas agora acho que sei.

— Já se passaram muitos anos e...

— Você o esqueceu? — Marieta abaixou a cabeça e negou. — Acredito que ele também não tenha esquecido você.

— Eu não... — Voltou a soluçar, mas tentou se conter ao máximo. — A história que seu irmão contou não era a que eu sabia.

— Vocês nunca falaram sobre o motivo de não terem ficado juntos?

— Eu achava que não tínhamos mais nada a falar.

Marieta sentiu o abraço de Lily e o gesto simples foi suficiente para que ela colocasse tudo para fora, contando à jovem Lady como se sentira quando soube que ele havia estado de volta e não tinha ido falar com ela, muito menos honrado sua palavra. Pela primeira vez, contou a alguém seu desespero quando o Barão anunciou que iria casá-la, como se nunca tivesse sabido que Marieta esperava Joaquim voltar para buscá-la. Depois, já resignada com seu destino, aprendera a gostar de João e a respeitá-lo pela delicadeza e compreensão com que lhe tratava.

— Se o que Pedro contou ao seu irmão for verdade, ele tentou, Lily. Joaquim tentou cumprir sua palavra, mas não pôde. — A Lady concordou com ela. — Só não entendo por que não foi me ver.

— Vocês precisam conversar. — Lily afastou-se dela e a segurou pelos ombros. — Vou conseguir um coche de aluguel e você irá até a casa dele agora.

Marieta arregalou os olhos.

— Não posso fazer isso.

— Claro que pode. Você pode fazer tudo o que quiser. — Riu, confiante. — Deixe comigo, só esteja pronta quando eu a chamar e, por favor, use uma capa com capuz.

Marieta não sabia o que pensar. Lily era impulsiva, destemida e, pelo jeito como conduzia as coisas, parecia também experiente em escapar no meio da noite. Sabia que ir à casa de um homem poria sua reputação em risco e que isso poderia respingar sobre as pessoas que amava.

Fechou os olhos lutando para tomar uma decisão. Ela havia enfrentado muita coisa em sua vida e prometeu a si mesma nunca mais abaixar a cabeça, ser invisível ou sentir medo. Precisava conversar com Joaquim e descobrir a verdade.

Mais tarde, quando Lily voltou ao seu quarto, encontrou-a com a capa posta e pronta para infringir regras. Andou até o final da quadra onde ficava Moncrief House e agradeceu mentalmente por a região de Mayfair ainda estar vazia. Deu o endereço que Lily lhe forneceu ao cocheiro e só conseguiu tremer quando o veículo parou em frente à casa de Kim. Titubeou apenas um segundo, antes de descer, vencer os degraus e bater à porta.

— Pois não? — O mordomo, um pouco mais novo que Ottis, a recebeu.

— Eu gostaria de falar com o senhor Ávila. — Falou devagar, com medo de errar as palavras em inglês.

— E a senhorita é?

Marieta não sabia se deveria ou não usar seu nome.

— Uma amiga.

O mordomo ergueu as duas sobrancelhas tão alto que pareciam querer encontrar-se com seus cabelos.

— Lamento, senhorita, mas o senhor Ávila não se encontra. Se quiser deixar seu cartão...

— Eu não vou embora. — Encarou-o duramente. — Preciso falar com Joaquim.

O mordomo pigarreou.

— Como lhe expliquei, o senhor...

Ela não o ouviu mais, simplesmente invadiu a casa e, assim que pisou no hall, deu de cara com um enorme homem com uma cicatriz no rosto.

— Preciso falar com Kim — disparou.

— Eu já havia explicado que o senhor...

— Tudo bem, Potts, deixe que eu recebo a senhora.

O mordomo ainda tentou falar algo, mas um único olhar do grandalhão o silenciou e ele se retirou, deixando-a a sós com o desconhecido.

— Kim ainda não voltou para casa, mas não deve demorar mais. — Marieta sentiu-se desanimada, arriscara muito por nada. — Mas, se quiser esperá-lo, pode fazer isso no escritório.

Ela assentiu e o seguiu até o local escuro e frio.

— Vou acender a lareira — anunciou. — Deseja algo para beber?

— Não, obrigada. — Marieta sorriu. — Eu só preciso...

— Falar com Kim, eu sei. — Ele terminou de acender o fogo e, limpando as mãos na calça, se despediu. — Espero que consiga resolver a urgência com ele. Boa noite.

Marieta o viu sair e fechar a porta, só então retirou a capa que a cobria, e a deixou sobre uma poltrona, aproximando-se da lareira para se aquecer. Não demorou muito, ouviu o barulho na maçaneta e reteve o fôlego, torcendo para que fosse Joaquim e não a polícia, chamada pelo mordomo.

— Mari?

Sentiu um enorme alívio ao ouvir a voz de Kim e virou-se para encará-lo. Tinha tantas coisas a dizer, tantas dúvidas e perguntas, mas o que saiu foi:

— Você tentou, então? — Kim pareceu confuso com a questão sem contexto. — Suas promessas não eram mentira, você tentou me libertar, não foi? A história que Pedro contou ao Hawkstone...

Não conseguiu continuar quando ele concordou e uma enorme dor se instalou em seu peito por ter passado tantos anos acreditando que ele a usara, brincara com ela e nunca tivera intenção alguma de cumprir suas promessas.

— Era para ser somente um até breve quando nos despedimos. — Ele sorriu triste. — Mas acabou sendo...

— Adeus.

Kim fechou a porta do escritório e andou até o aparador, onde ficavam os decantadores. Procurou um que estivesse cheio, serviu-se de uma dose e a olhou, oferecendo-lhe uma também. Marieta aceitou.

— O que houve? — perguntou devagar, como se tivesse medo.

— Eu falhei. — Entregou-lhe o copo. — Voltei para casa, fiz todos os trâmites do negócio que havia tratado com Silveira sobre o café, apressei a todos, mas, quando estava prestes a conseguir a garantia do banco, descobri que meu sócio era um filho da puta e que havia fugido com a maior parte do investimento. — Marieta sentou-se numa poltrona. — Fiquei desesperado, porque, sem o negócio com o Barão, eu também não conseguiria voltar para buscar-te.

— Por quê? Eu não entendo o que vocês trataram. Por que Hawkstone disse que...

— Eu me comprometi a entregar, por dois anos, todo o lucro que obtivesse com a venda do café aqui na Europa.

Marieta arregalou os olhos, entendendo que o preço que o Barão pedira pela sua liberdade era equivalente ao resgate de um rei. O café estava muito valorizado naquela época, ela sabia disso porque foram os anos que, além de terem safras enormes, todo mundo queria plantar para enriquecer.

— Você aceitou o que ele pediu?

— Sim — respondeu Kim, sem titubear. — Por isso fiquei louco quando percebi que não iria conseguir fechar o negócio com Silveira. Vendi a quinta. — Marieta ficou gelada, pois sabia que a quinta era o local onde a família dele morava. — Meus irmãos foram morar em sobrados em Lisboa. Vendi carruagens e tudo o que pude encontrar de valor, mas mesmo assim...

— Eu soube que você esteve no Brasil pouco depois de ter ido embora.

Kim assentiu.

— Fui rogar prazo ao Silveira. Pedro me ajudou a conseguir mais tempo e, como não era muito, eu não me demorei na Corte e segui direto para cá atrás de Stephen.

— Por que não foi me ver? — perguntou em um fio de voz, lembrando-se ainda de como se sentiu quando soube que Kim fora ao Brasil, mas não a procurara.

— Não tive autorização para seguir até a fazenda. — Kim parecia muito frustrado e Marieta sentia o mesmo. — O Barão se encontrou comigo na Corte e, assim que concedeu o prazo, mandou que eu voltasse à Europa para conseguir a garantia. Eu não teria tempo de ir até a ti, também não imaginei que soubesses que estive lá.

— Zuma estava na casa e me disse quando voltou. — Marieta terminou de beber e respirou fundo para contar a ele o que sentiu. — Achei que você havia me enganado. Que nunca havia pensado em me libertar, muito menos em se casar comigo.

— Por que eu faria isso, Mari?

— Não é o que os homens fazem quando querem uma mulher?

Kim xingou.

— Não eu, Marieta. Eu tinha falado com o Barão antes mesmo de me deitar contigo. E contei sobre minha conversa com ele depois que já havíamos feito amor. Por que eu haveria de mentir?

Ela abaixou a cabeça e soluçou.

— Você foi ao Brasil e não me procurou, o que acha que eu pensaria? Eu era uma escra...

— Não, Mari, eras a mulher com quem eu me comprometi. A mulher pela qual me apaixonei e pedi em casamento. Nunca a vi de outra forma ou quis me aproveitar de ti. — Kim foi novamente em busca de mais bebida. — Não conseguiste me esperar, eu entendo agora, porque soube que eu estive no país, mas isso me matou.

Marieta olhou-o espantada.

— Você acha mesmo que eu tive escolha? — Sua indignação estava revelada em cada sílaba. — Meses depois de sua visita, quando achei que havia me enganado, o Barão simplesmente disse que eu iria me casar.

Kim apertou o copo tão fortemente que seus dedos ficaram esbranquiçados.

— Ele sabia que eu iria voltar para concretizar o negócio e firmar o acordo sobre sua libertação.

— Não parecia saber. — Marieta tremia de raiva, entendendo que o Barão havia jogado com o destino dos dois. — Aquilo foi o suficiente para eu ter certeza de que tinha sido enganada, porque o Barão parecia não saber de nada. Ele simplesmente anunciou meu casamento com João, sem tocar no seu nome, e me disse ainda o quão feliz eu seria ao lado de um homem forte e de minha própria raça.

— Desgraçado, filho da puta.

Kim atirou o copo na lareira, respirando com tamanha raiva que o som do ar entrando por suas narinas se fazia audível. Marieta começou a chorar, entendendo que eles nunca tiveram chances, que não só ela fora enganada, mas também Joaquim.

— Hawkstone fez o impossível para conseguir entrar no negócio e, enquanto ele tentava salvar a minha própria família da miséria, eu só pensava em retornar para buscar-te. Por fim, quando eu já estava com a maldita garantia em mãos, recebi uma carta de Pedro com a notícia do seu casamento.

— Você se sentiu traído depois de tudo — concluiu ela. — Deve ter me odiado.

Kim negou.

— Eu nunca poderia sentir-me dessa forma em relação a ti. — Riu amargo. —Pedi a ele que continuasse me mandando informações sobre como estava tua vida e, a cada carta, temia ler sobre seus filhos. — Balançou a cabeça. — Ainda tentei cumprir minha promessa, Mari, mas Silveira alegou que, como havias te casado com um cativo, o negócio estava desfeito.

Marieta não conseguia processar o ódio que sentia do Barão naquele momento. Sabia que ele podia ser maldoso e ardiloso, o vira direcionar sua ira para a própria filha, obrigando-a a se casar com o primeiro nobre inglês ou a trancaria em um convento. Soube também que ameaçara vender a si, separadamente de João, além de ter colocado seu marido no castigo e ela no serviço da roça.

— Ele nunca teve a intenção de nos deixar ficar juntos — concluiu com voz triste.

— Não, percebo agora que não. — Kim caminhou até ela e pegou suas mãos. — Mas ele já não tem poder algum sobre nós dois.

— Não tem. — Ela chorou, desejando não estar entendendo o que ele disse de forma errada.

— Acho que é hora de desfazermos todos esses desencontros, não achas? — Ela não respondeu, embora as lágrimas rolassem por sua face. — Nunca deixei de querer-te, Mari.

Ela soluçou.

— Nem eu a você, Joaquim.

Anos de separação não fizeram diferença alguma quando Kim a beijou. Marieta sentiu-se transportada para a beira da cachoeira, experimentando os mesmos sentimentos de antes. Agarrou-se a ele como que para ter certeza de que não estava sonhando, como já havia acontecido tantas e tantas vezes. Era real, estavam mais uma vez juntos, compartilhando da mesma paixão e do mesmo desejo que sentiam um pelo outro. Encontraram-se, por fim, mais uma vez depois de outra jornada em separado.

Joaquim beijava-a com absoluta entrega, fundindo-se a ela, absorvendo sua saliva, mordendo seus lábios e chupando sua língua. Não era um beijo somente cheio de tesão, ele transcendia, falava da saudade, da expectativa e da vontade que aquele homem sentira por ela durante todos os anos que se passaram. Marieta sentia isso em cada recanto de seu corpo. Eles pulsavam juntos, explorando-se com a boca e as mãos, rogando por mais contato, suas almas implorando para serem novamente um todo.

Não houve mais palavras, elas não eram necessárias. Tudo o que precisavam dizer já havia sido tido, apenas seus corpos queriam liberdade para demonstrar o quanto se amavam. Despi-la foi muito mais complicado do que havia sido há anos. Marieta teve de ajudar Joaquim com seu espartilho e também com o fraque bem ajustado que ele usava. Não ficaram inteiramente nus, ela conservava a combinação de linho fino e ele ainda usava a camisa.

Kim a ergueu nos braços e a carregou para fora do escritório, olhando atentamente para conferir que não havia mais nenhum criado acordado. Subiu as escadas para o piso superior e a levou diretamente ao seu quarto. Marieta não teve tempo ou condições de analisar o lugar, pois assim que entrou foi envolvida pelo delicioso aroma de Joaquim, o mesmo que ela cheirou todas as manhãs, quando passou dias trocando sua roupa de cama.

— Não mudou sua colônia — constatou ela ao cheirar seu pescoço. — Embora eu sinta falta desse cheiro em seus cabelos compridos.

Ele sorriu e a deitou na cama.

— Posso deixá-los crescer novamente. — Beijou seu queixo e desceu em direção aos seios.

— Gosto assim também. — Ela gemeu quando ele abocanhou seu mamilo com força.

Tudo vibrou ao redor dela, como se um terremoto abalasse as estruturas da casa ao encontro dos dois. Fechou os olhos e se deixou levar pelas deliciosas sensações que a boca de Joaquim causava em seu corpo. Sentia-se quente, úmida e latejante, queria implorar por liberação, gritar bem alto tamanho desejo que vivia por poder ter as mãos dele novamente sobre si. Joaquim parecia não só desnudar seu corpo, mas seus pensamentos também. Logo se livrou da camisa dele e da combinação dela, friccionando seus corpos nus, causando-lhe arrepios da cabeça à ponta dos pés. Ela contorceu-se sobre a colcha quando sentiu a língua dele brincar dentro do seu umbigo, pouco antes de ele lamber sua virilha. Abriu as pernas para facilitar os movimentos de Joaquim e gemeu alto quando ele beijou seu sexo tão profundamente quanto lhe beijara a boca. Agarrou-se na colcha, mas, antes sem que pudesse prever, ele se ergueu e a virou, colocando-a de bruços.

Kim começou a fazer um caminho de beijos pelo corpo de Marieta, embora ela não pudesse vê-lo, sentia-o lamber suas panturrilhas, as coxas e chegar até o vale entre suas nádegas. Rebolou contra a boca dele, sentiu sua pele eriçar quando a ponta da língua molhada e quente traçou uma linha desde sua lombar até a nuca.

— És deliciosa, Mari — sussurrou Kim em seu ouvido, antes de descer pelo corpo dela, beijando, mordendo e lambendo sem nenhum pudor.

Ela nunca sentiu tamanho prazer em toda sua vida, como também nunca esteve tão entregue. Amava aquele homem e sabia que isso fazia toda a diferença na hora da intimidade. Queria experimentar tudo com Joaquim, todas as formas de amar e ser amada. Ele voltou a insinuar o rosto entre as pernas dela, Marieta não só as abriu desta vez, mas ofereceu mais espaço, empinando levemente sua bunda para que a boca de Kim pudesse chupar sua intimidade completamente.

Suava, mesmo com a lareira apagada e com a temperatura baixa dentro do quarto. Sentia que entrava em combustão a cada vez que a língua de Kim alcançava seu ponto mais sensível. Parecia que estava sendo tragada por um vulcão e que derretia à medida que entrava em seu interior. Seus músculos já apresentavam espasmos, contraindo e descontraindo-se de forma enlouquecedora e, quando sentiu que Joaquim lhe penetrava com os dedos, explodiu em êxtase, ficando sem fôlego, sem coordenação alguma, além da pulsação dentro de si. Ele se deitou ao seu lado, olhando-a com um sorriso, enquanto Marieta se recuperava do orgasmo. Beijou-a compartilhando o sabor de seu prazer e a puxou sobre si mesmo.

— Isso tudo parece um sonho molhado. — Ela riu quando ele confessou isso. — Eu tive muitos contigo, Marieta, mas nenhum se compara à realidade.

— É mesmo? — Ele assentiu, concordando. — Podemos melhorá-la ainda mais.

Joaquim arregalou os olhos quando ela retribuiu os beijos que lhe dera em seu corpo, esfregando seus lábios sobre a pele dele, molhando os pelos de seu peito, movendo com a língua seus mamilos curtos. Marieta queria explorá-lo como ele havia feito com ela e dar-lhe o mesmo tipo de prazer que havia sentido. Desceu até sua virilha, tocando com reverência seu membro ereto, adorando o encaixe dele em sua mão. Lambeu-o com vontade, concentrando seus lábios na cabeça cheia e rosada. Ele gemeu como se estivesse lhe doendo, mas Marieta imaginava que não havia dor, apenas prazer. Parou por um instante, olhando seu rosto. Kim não abriu os olhos, mas implorou:

— Quero mais, Mari.

Ela não o deixou pedir novamente, engolindo seu membro devagar, até onde conseguia ir, chupando-o ritmicamente. Kim se contorceu, gemendo sem parar, enquanto ela o devorava. Era assim que se sentia, como se estivesse comendo-o com vontade.

— Mari, já chega. — Kim segurou-a e a puxou para cima. — Não quero gozar antes de estar dentro de ti.

O corpo de Marieta se arrepiou apenas com a ideia de recebê-lo em seu interior. Kim a segurou pelos quadris e, ajudando-a a se posicionar, preencheu-a por completo, até o fim, enquanto Marieta estremecia de prazer. Ele sentou-se e a abraçou forte, mantendo-se quieto por um momento. Marieta começou a rebolar devagar, fazendo apenas um leve movimento de seus quadris contra os dele. Joaquim mordiscou seu ombro e ela arranhou suas costas, ambos totalmente perdidos no mesmo frisson causado pelo encontro de seus corpos.

Olharam-se e naquele olhar havia mais palavras do que poderiam dizer um ao outro. Ele aproveitou a posição e retirou as forquilhas que mantinham as pesadas tranças de Marieta presas no coque. Passou os dedos entre elas, arrumando-as, adorando-as como ela se lembrava de ele fazer com seus cachos. Marieta aumentou o movimento, deixando-se pender para trás, tendo mais liberdade para se sentar sobre ele. Cavalgou-o buscando seu próprio prazer, mas consciente que a busca era dos dois. Ele segurou-a pelos seios, prendendo-os enquanto os lambia sem parar entre gemidos.

Marieta sentiu quando outra onda de gozo a assolou, parou de se mover, seus músculos tensos, coração disparado e ventre pulsando. Kim movia-se no lugar dela, aproveitando-se que estava parada para estocar com força, visando sua própria liberação. Os dois alcançaram o orgasmo juntos, segurando-se um no outro, como se dependessem disso para não desmoronarem. Ele estremecia entre os braços dela, gemia e soluçava ao mesmo tempo. Desabaram sobre o colchão, ainda ligados, abraçados, como se tivessem medo de que a separação fosse levá-los a destinos diferentes como antes.

— Não é um sonho — sussurrou Mari sem fôlego.

— É melhor do que isso. Somos nós dois juntos de novo.

16

Aja como você mesma

— Fiquei surpresa com o presente que você me mandou — comentou Marieta, deitada na cama, ainda nos braços de Joaquim.

Ele sorriu de forma aberta, a boca ficava levemente torta para esquerda, o que lhe conferia ainda mais charme.

— Não é o que gostaria de ter-te oferecido no dia de São Valentim, mas achei que, como era tua primeira vez comemorando a data, seria algo especial.

— E foi. Lembrei-me do nosso primeiro beijo e...

— Da nossa primeira noite — completou ele . — Já soprou as sementes?

Ela negou.

— Não, ainda está dentro da redoma.

Joaquim franziu a testa.

— Achei que irias soprá-la logo que chegassem. Ainda me lembro quando estávamos assim, deitados abraçados na relva, e de, enquanto conversávamos, sopravas todas que pudesses.

Marieta assentiu, sentindo uma deliciosa sensação ao se lembrar desse pequeno detalhe.

— Eu amava ver como as sementes ganhavam liberdade e descobriam novos lugares para brotar e renovar o ciclo. — Fechou os olhos. — Eu queria ser como aquelas sementes, voando mesmo sem ter asas, livre atrás de novos começos, indo conforme o vento me levasse.

Kim traçou uma linha com a ponta do dedo indicador sobre o rosto de Marieta, desde a testa, passando pelo nariz e pela boca, terminando no queixo. A carícia foi simples, mas a química existente entre os dois era tão grande que o corpo dela se arrepiou e a respiração dele se tornou mais intensa.

— Não te vejo assim. — Marieta abriu os olhos quando Kim falou. — Posso até ter pensado dessa forma quando achei que seria o vento que lhe faria voar e conhecer coisas novas. — Ele balançou a cabeça rindo, como se achasse graça de si mesmo. — O tempo, contudo, me provou que não eras uma semente dependente de algo que te fizesse voar. — Kim acariciou seu rosto e enrolou seu dedo em uma trança de seu cabelo. — És o vento, Marieta. Ninguém pode dobrar-te, quebrar-te ou impedir-te, porque, não importa se tempestuoso ou calmo, o vento sempre causa movimento, nada fica igual depois dele.

Marieta soluçou emocionada pela forma como ele a enxergava, encontrando verdade em suas palavras. Por muito tempo esteve aprisionada, mas, ainda assim, nunca deixou de acreditar que estaria livre. Contudo, percebia naquele momento que somente sua liberdade não era suficiente, era preciso soprar em todos os cantos e começar a mudança necessária, unir-se a outros ventos e causar verdadeiras ventanias. Ela queria isso, do fundo de seu coração, e estava surpresa por Kim ter conseguido enxergar tão profundo dentro de si. Abraçou-o pelo pescoço, beijando sua boca devagar a princípio e logo a carícia os envolveu, o desejo reacendeu e mais uma vez renderam-se à paixão que os consumia desde o primeiro encontro.

Somente quando faltava pouco para o dia raiar, Kim levou Marieta de volta à casa. Ela não sabia como faria para entrar sem chamar a atenção dos criados e da família, mas, aparentemente, Lily também pensara nisso, pois mal o coche de Kim parou próximo à calçada de Moncrief House, a Lady abriu a porta principal.

Não conversaram, seguiram direto para o piso superior, evitando qualquer tipo de barulho que pudesse alertar a um lacaio que estivesse começando suas atividades ou mesmo a Ottis. Entraram no quarto de Marieta e Lily ofereceu-se para ajudá-la a mudar a roupa, colocando a camisola.

— Passou a noite tomando conta da rua? — perguntou Marieta assim que já estava deitada na cama.

Lily riu.

— Cochilei uns momentos, quando não havia nenhum som de cascos de cavalo no calçamento da estrada. — Sorriu. — Deu tudo certo?

Marieta suspirou.

— Sim. — Pegou a mão da cunhada de Helena. — Obrigada, Lily, sem sua ajuda...

— Besteira. Eu talvez tenha só encurtado o tempo, mas, uma hora ou outra, vocês dois iriam se acertar. — Marieta assentiu e notou o quanto o laço de amizade entre as duas se tornaria forte depois daquela noite. — Estou muito feliz por vocês e ficarei muito contente de chamá-la de prima algum dia.

As duas se despediram para, finalmente, dormirem o restante da noite, porém, Marieta não conseguiu conciliar o sono, pensando nas últimas palavras de Lady Lily. Kim e ela não conversaram sobre como seria a relação dos dois e, diferentemente da primeira vez que ficaram juntos, não houve qualquer promessa de futuro.

Marieta entendia que as coisas estavam diferentes, que já não era uma moça virgem e inocente, mas uma viúva já vivida e que isso poderia ter mudado a dinâmica entre os dois. Ainda assim, não sabia o que pensar. Aquela sociedade em que ambos estavam inseridos era rígida com normas e regras a se seguir e ter um relacionamento com um homem sem nenhum compromisso poderia ser um problema, não só para a imagem de Joaquim, como também para Helena e Hawkstone.

Percebeu, então, que aquele seria um difícil caminho a se trilhar e uma decisão complicada. Até que ponto gostaria de ter tolhida sua liberdade de escolher o que era melhor para si, independentemente das convenções daquela sociedade? Deixaria de viver aquela paixão intensa por conta da opinião alheia? E a mais importante questão: qual tipo de relacionamento ela gostaria de ter com Joaquim?

Marieta estava com a Condessa na sala íntima, ajudando-a a bordar pequenas peças do vestuário de um bebê. Ouvia os resmungos de Helena de tempos em tempos e segurava-se para não rir da habilidade limitada que sua amiga tinha para a costura em geral. Helena desenhava e pintava como nenhuma outra pessoa que Marieta já conhecera, contudo, seu dom com trabalhos manuais se limitava a isso. Sabia bordar, claro, aprendeu nas inúmeras escolas para moças nas quais esteve matriculada, mas seus pontos não tinham firmeza ou mesmo proporção, o que prejudicava o resultado.

— Nunca vou fazer isso direito. — ralhou consigo mesma, colocando o bordado de lado. — Seus pontos são tão simétricos, Mari, parecem a cópia uns dos outros.

Marieta deu de ombros.

— Muitos anos cosendo roupas, fazendo remendos e consertos. — Olhou-a. — A prática leva à perfeição, milady.

Helena bufou.

— Penso que quando meus pontos ficarem como os seus, meu bebê já terá entrado para o colégio.

Marieta gargalhou diante do exagero de Helena, mas parou assim que viu a curiosa expressão da amiga.

— Você está diferente, Mari. — Ela apertou os olhos como se isso a ajudasse a desvendar os segredos de sua dama de companhia. — Nunca a vi tão solta, relaxada, feliz...

Marieta sentiu o coração disparar.

— E por que eu não estaria? Tenho uma vida nova, ao lado de amigos e...

— Não. — Helena sorriu. — Conheço bem essa expressão no seu rosto e você sabe muito bem. Era a mesma que eu ficava quando voltava de meus encontros com meu Stephen na cachoeira. — Cruzou os braços. — Vai me contar ou terei que adivinhar quem é o cavalheiro sortudo?

Marieta respirou fundo.

— Ainda não sei o que vai ser...

— Ontem, depois do jantar, quando conversávamos na sala de visitas, percebi olhares de Joaquim em sua direção. Depois, quando Hawk contou a história de quando nos conhecemos, ele ficou paralisado e logo você saiu da sala. — Marieta colocou o bordado de lado, incapaz de continuar trabalhando nele, nervosa com a reação de Helena ao seu envolvimento com o primo do Conde. — Por que você nunca me contou sobre ele?

— Na época em que Joaquim e eu nos conhecemos, você estava estudando. Depois, quando voltou, eu estava casada com João e...

— Meu pai a obrigou a se casar, não foi? — Marieta apenas deu de ombros, porque dizer que o Barão a obrigara a algo era como chover no molhado, afinal, ela não tinha nenhuma escolha. — O que não entendo foi por que ele não a libertou quando Kim tentou comprar sua alforria.

— Talvez ele não quisesse que uma preta se casasse com um fidalgo. — Pela primeira vez desde sua conversa com Kim, Mari colocou seus pensamentos sobre o assunto em palavras. — Talvez ele achasse que eu era pouca coisa para Joaquim.

Helena fechou os olhos.

— Eu sinto muito, Mari.

— Não foi culpa sua.

Helena negou.

— É minha culpa e de meus irmãos também. Nós sempre nos beneficiamos da situação dos negros na fazenda. Tive você para brincar e, embora tenhamos criado boas lembranças e uma amizade, não foi algo que aconteceu naturalmente. — Marieta concordou. — Tive Maria para me mimar e cuidar de mim com o carinho que minha mãe nunca me deu, mas e os filhos dela? Só pude entender isso quando saí de casa e conheci outras realidades. Era tão "normal" aquela vida que não via quão errada era.

— Mas agora vê, isso é importante. Quem dera todos pudessem enxergar. Poderia haver mudanças na nossa situação.

— Tenho fé de que elas virão, Mari. Os tempos estão mudando, as pessoas estão falando mais de seus direitos, clamando por liberdade, e acredito que isso irá fazer a diferença no nosso país.

— Espero que sim, Helena. Mas até quando devemos esperar as coisas acontecerem por si só? Se ninguém falar, como vão saber e agir? Na senzala ouvimos histórias sobre negros que fugiram e encontraram abrigo em comunidades, sobre movimentos que pregam o fim da escravidão, mas tudo isso é oprimido, perseguido e abafado pelos poderosos que não querem que a situação mude.

— Concordo contigo. Hawk ouviu dizer que os fazendeiros paulistas estão contratando imigrantes para trabalharem nas fazendas, mas ele não sabe como está sendo feita essa contratação.

Marieta pensou um pouco sobre a questão. Não conhecia os fazendeiros paulistas, contudo sabia que eles estavam acostumados a terem mão de obra cativa também.

— E os negros dessas fazendas? Foram libertos ou vendidos? Viraram trabalhadores livres ou foram descartados e substituídos por trabalhadores brancos?

— Não sei, Mari. Hawk leu uma crítica em um desses jornais do estrangeiro por onde acompanha a economia do continente. Parece que essa saída de pessoas da Europa para trabalhar no Brasil não foi bem-vista.

Ah, sim, pensou Marieta. *Os imigrantes tinham quem falasse por eles!* Ela se compadecia das pessoas que deixavam seus países voluntariamente esperando conseguir um futuro melhor em outro e acabavam encontrando decepção, mas, ainda assim, não havia comparação entre o que seu povo viveu e continuava vivendo. Cada vez mais crescia nela a vontade de fazer algo, ainda que não soubesse por onde começar.

— ... Agora você é livre para amar quem escolher.

Marieta só conseguiu ouvir o final da frase de Helena, mas percebeu que sua amiga voltou ao assunto de seu relacionamento com Joaquim.

— Não sei. — Foi sincera. — Ainda que eu seja livre, há algo em mim que não mudou: a cor da minha pele. — Helena, que até então sorria, ficou séria. — Você viu a reação de Lady Pearl naquele dia e, convenhamos, a mulher se acha uma pessoa que preza pela vida e pelos direitos de outras mulheres. Imagina como será a reação das damas menos altruístas.

— Isso importa?

— Ser aceita por elas? — Helena assentiu e Marieta riu. — Não, mas talvez importe a Joaquim. Diferentemente de Hawkstone, ele é aceito numa sociedade à qual não pertence e, por isso, talvez não receba tolerância na escolha da mulher que ele levará a festas.

Helena suspirou e Marieta percebeu que ela havia entendido seu ponto.

— Não sei se meu conselho vai servir ou se será bem-vindo nesta situação. — Helena fez uma pausa antes de continuar. — É a sua vida, Mari, sua felicidade e, se o amor de Kim estiver à altura do que você merece, ele não se importará com a opinião alheia.

— Mas e os negócios dele? Kim necessita de investidores e a maioria é de nobres.

Helena riu.

— Sabe o que aprendi nesses anos convivendo com a nobreza? A postura de um homem vale mais do que seu dinheiro. Há nobres tão pobres quanto ratos de igreja, mas que são respeitados por conta de sua postura. Se Kim souber se impor, ainda que eles não aceitem sua vida pessoal, isso não irá se refletir nos seus negócios.

Marieta sentiu um sopro de esperança diante das palavras da amiga. Estava cansada de enfrentar hostilidade em busca de aceitação e jurara a si mesma não mais passar por isso. Entretanto, reconhecia que algumas batalhas eram necessárias diante do prêmio final e, naquele caso, o prêmio seria sua realização sentimental.

— Meu amor, eu... — Hawk irrompeu na sala íntima, mas parou em seco assim que viu que Helena não estava sozinha. — Perdoem-me, não sabia que estavam conversando.

— Marieta está me ajudando a bordar. — Helena fez sinal para que o marido entrasse. — O que você queria me dizer quando entrou?

— Eu vou deixá-los a...

— Tudo bem, Marieta, pode ficar. — Hawkstone sorriu. — Pensei em irmos ao teatro hoje, antes que aquele lugar fique insuportavelmente cheio. O que acha?

Helena ficou visivelmente animada.

— É uma ideia esplêndida.

— Ótimo. Charles e Elise também vão, assim como Lily. Tia Maggie dispensou o programa, prefere terminar de ler seu romance. — Hawk deu de ombros. — Ah, Kim também estará lá. — Ele olhou para Marieta, sem conseguir disfarçar a curiosidade. — Para falar a verdade, a ideia foi dele, não minha. — Tirou seu relógio do bolso do colete. — Estejam prontas antes do jantar, pois iremos comer após a peça.

Marieta arregalou os olhos.

— Eu também irei?

Hawkstone riu.

— Temo, Marieta, que estamos todos indo como mera desculpa e que, na verdade, o convite foi feito a mim para chegar a você.

Helena riu e Marieta ficou constrangida, sem saber o que o Conde estava achando da situação toda.

— Não se atrasem.

Hawkstone saiu e, sem que tivesse visto o movimento de Helena, sentiu a mão da Condessa em seu ombro.

— Ele estava brincando, Mari, percebeu? Hawk não se incomodou nem um pouco por saber que Kim a queria no teatro, pelo contrário.

— Eu não sei como agir — confessou, rindo.

Helena olhou-a intensamente.

— Aja como você mesma.

Marieta terminou de se arrumar e se olhou no espelho calmamente, apreciando não somente seu traje, como também os acessórios que usava, aprovando tudo. Não estava bonita apenas, se sentia extremamente representada como se sua identidade estivesse refletida na roupa.

Para ocasião, escolheu um vestido de noite no tom verde esmeralda com gola ombro a ombro e detalhes em renda marfim. Os acessórios que havia encomendado com a modista chegaram e optou por usar turbante novamente só que, dessa vez, ele ficou bem volumoso por conta das tranças enroladas no alto da cabeça. A peça fora feita com o mesmo tecido do vestido e inteiramente bordada com fios de prata, causando um efeito elegante, conferindo-lhe destaque. Decidiu-se por brincos maiores do que estava acostumada a usar, e Helena lhe emprestou um par magnífico com uma gota de diamante na ponta.

— Meu Deus. — Ela se virou quando Lily entrou em seu quarto. — Você não espera mesmo que Kim assista ao teatro, não é? Está linda, Marieta.

Ela olhou a jovem vestida com um traje rosado.

— Assim como você.

— Besteira. — Ela aproximou-se de Marieta para apreciar os detalhes do tecido usado como turbante. — Ficou maravilhoso esse trabalho com bordado. Vai acabar criando moda.

Mari negou.

— Espero que não. Isso é mais do que estilo para mim, traduz quem eu sou e de onde vim. — Lady Lily assentiu. — Não é um acessório qualquer, tem significados.

— Eu vejo isso, sabia? Sinto-a muito mais solta do que quando usa o toucado ou mesmo um penteado inglês.

Marieta sorriu por Lily tê-la entendido. As duas desceram juntas e, assim que chegaram ao hall, encontram-se com Helena, Hawk e tia Maggie elegantemente vestida.

— Ora, ora... — Lily cruzou os braços ao vê-la. — Conseguiu deixar o capitão Wentworth de lado por um momento?

Lady Maggie deu de ombros.

— Já é minha vigésima leitura de Persuasão, ele e Jane Austen podem me desculpar por uma noite no teatro.

— Ah, Marieta, você precisa ler esse romance. — Lady Lily aproximou-se e cochichou. — Uma mulher e um capitão da marinha que se reencontram depois de anos e ainda se descobrem apaixonados. — Piscou. — Consegue lembrar onde já ouvimos outra história assim?

Marieta balançou a cabeça.

— Tem final feliz?

Lily ficou pensativa.

— Acho que terá de ler para descobrir. — Piscou novamente.

— Como vamos os cinco dentro do mesmo coche? — Tia Maggie questionou. — Acho que ter mudado de ideia na última hora causou inconvenientes.

— Claro que não. — Helena a acalmou. — Kim está vindo nos encontrar aqui.

— Certamente Hawkstone irá com ele. — Tia Maggie sentenciou.

— Não, querida tia, eu irei com minha esposa. — Olhou para Marieta. — Ele está vindo buscar alguém em específico.

A Lady arregalou os olhos quando entendeu, mas depois sorriu e suspirou.

— Para que reler um romance pela vigésima vez se posso assistir a um inédito? — Brincou e Helena concordou sorrindo.

— Não tão inédito assim. — Marieta sussurrou para Lily.

— Se ela souber disso, prepare-se para encomendar um vestido de boda. Tia Maggie se apaixonou ainda jovem por um rapaz, mas ele não foi aprovado pela família. Ela nunca aceitou outro e somente quando meu avô morreu é que eles se casaram, por isso é que adora histórias de amores impossíveis, reencontros e essas coisas todas.

— Que bom que eles ainda puderam se casar. Nem todos têm essa sorte.

Lily ia comentar algo mais, mas acabou desistindo assim que avistou Kim no hall de entrada.

— Boa noite. — Ele saudou a todos, mas seus olhos escuros estavam fixos em Marieta. — Espero não os ter feito esperar muito.

— Boa noite, Kim. — Hawkstone o saudou. — Chegou na hora exata. Não se importa de acompanhar Marieta, não é? — A voz do Conde não transmitia nada de mais, porém sua expressão era de quem se divertia com a situação.

— Somos cinco e no coche só cabem quatro.

Kim riu.

— Será um prazer. — Ele aproximou-se de Marieta e lhe estendeu o braço. — senhora Silveira.

— Boa noite, senhor Ávila. — Tocou seu braço, sentindo o corpo tremer com o simples gesto.

Hawkstone e sua família saíram na frente e logo se acomodaram na carruagem. Kim ajudou Marieta a subir no outro veículo e depois sentou-se de frente para ela.

— Estás linda esta noite. — Elogiou. — Embora também estivesses linda na noite passada, principalmente durante a madrugada.

Marieta ergueu uma sobrancelha.

— Não consigo me lembrar de estar usando roupas durante a madrugada...

— Exatamente. — Piscou para ela.

Ela se divertiu com o jeito brincalhão dele e, ao mesmo tempo, sentiu novamente o torvelinho de emoções que lhe causava estar a sós com Joaquim. Queria que ele se sentasse perto de si, mas, como as cortinas estavam abertas, o decoro não permitia.

— Deu tudo certo essa manhã? — Ele quis saber.

— Sim, Lady Lily ajudou-me a tirar o traje da noite e conversamos um pouco. — Ela olhou para suas próprias mãos. — Parece que todos fizeram a associação correta entre o que Pedro contou ao Hawkstone e nós dois.

— Eu sei, estive com ele mais cedo no clube de boxe e conversamos um pouco sobre isso.

Marieta o olhou.

— E o que ele disse?

— Importa? — Ela assentiu, porque mesmo que não ligasse para a opinião da sociedade, importava-se, sim, com o que o marido de sua melhor amiga, seu patrão, pensava sobre ela se envolver com seu primo. — Ele não parecia surpreso, para começo de conversa, e depois que contei a história de como Silveira nos enganou, sorriu e disse que estava feliz pelo destino nos ter dado uma segunda chance.

Marieta sentiu como se lhe tirasse um peso do peito.

— Helena também disse que estava feliz por nós dois.

— Viu só? Nossa família está contente, não temos por que nos esconder mais como na noite passada.

— Joaquim, eu não sei, eles...

O coche parou.

— Chegamos.

Marieta respirou fundo quando o cocheiro abriu a porta para que eles descessem, tentando não demonstrar seu nervosismo e ansiedade por causa de seu primeiro evento social e, claro, a primeira vez que ia ao teatro. Segurou-se no braço de Joaquim e seguiu para perto do Conde e de seus familiares. Marieta começou a se sentir incomodada com os olhares em sua direção, contudo tentou não prestar atenção a eles, alegando que podiam estar achando seu penteado com o turbante diferente. Entraram no saguão do teatro e a situação voltou a acontecer. Kim colocou a mão dele sobre a dela que estava apoiada em seu braço e ela sentiu um frio na barriga. Deixaram as capas e os casacos com funcionários da chapelaria e subiram para o camarote de Hawkstone.

A peça foi maravilhosa e Marieta, embora perdesse a compreensão de algumas cenas por causa do seu inglês ainda em formação, teve a ajuda de Kim para entender algumas falas, o que a possibilitou avaliar se havia gostado ou não do que viu e ouviu.

Não obstante, a cada intervalo ela sentia o corpo gelar por saber que teria que circular entre as pessoas que a olhavam e se afastavam dela como se tivesse algum estigma na face. Não abaixou a cabeça, manteve-se firme, mas sentiu a esperança de um relacionamento formal com Kim ser abalada.

Nós nunca seremos aceitos.

Na volta para a casa seu humor não estava dos melhores e isso se refletiu no silêncio pesado dentro da carruagem.

— Não os deixe te abalar assim.

Ela o encarou, julgando ser fácil a ele pensar dessa forma. Kim nunca teve que enfrentar nada parecido ao que ela vivera naquela noite, mesmo não sendo aristocrata ou inglês. Nunca foi julgado apenas por ser quem era e ela sentiu isso a vida toda.

— Fácil falar — retrucou. — Não é que eu me importe com o que pensam de mim, só estou cansada disso. As pessoas livres da vila me olhavam exatamente do mesmo jeito que esses ingleses me olharam hoje, então o que mudou? Eu sou livre, mas continuo não me encaixando em lugar nenhum.

Kim fechou as duas cortinas e sentou-se ao lado dela.

— Ouças-me bem, Mari. Não importa o que os nobres pensem, não me importo com a opinião deles, assim como tu também não deverias. Eu me senti extremamente orgulhoso de tê-la ao meu lado e a rudeza de algumas pessoas não muda isso. Eu a vejo como és e sinto um enorme prazer em ter o privilégio de estar contigo.

Marieta sorriu e o tocou no rosto.

— Até quando se sentirá assim se a toda vez que sairmos juntos formos recebidos daquela forma?

— Sempre me sentirei assim.

Marieta balançou a cabeça, não tão confiante quanto ele.

— Eu me sinto uma ilha nesse lugar. — Suspirou. — Parece que sou a única negra de toda essa terra.

Kim negou.

— Não és, tenha certeza. Dizem que a Rainha Victoria apadrinhou uma jovem negra que vive no sul da Inglaterra. A moça nasceu na África e veio para cá ainda menina. — Marieta se interessou, ouvindo-o atentamente. — Durante a temporada príncipes africanos, homens de negócios e, principalmente, artistas negros são mais vistos por aqui. Além disso, Londres não é só Mayfair ou Kensington, muito menos os locais que a aristocracia frequenta.

Marieta sentiu sua curiosidade gritar.

— Onde estão os outros?

— Espalhados pela cidade. — Ele pegou sua mão. — Não és uma ilha, tenha certeza.

— Será que mesmo essas pessoas tão importantes passam pelo que passei hoje?

Kim suspirou.

— Temo que sim, embora disfarcem mais, dependendo da posição social ou do poder aquisitivo que tiverem. Racismo, preconceito, aversão pelo diferente são coisas muito comuns na sociedade. — Kim aproximou seu rosto do dela e esfregou seu nariz na bochecha de Marieta. — Apesar de tudo, conseguiste gostar da nossa noite?

— Sim. A peça foi linda. — Marieta sorriu pela primeira vez desde que saíram do teatro. — E a companhia também não estava ruim.

Kim abriu a boca ofendido e ela aproveitou para beijá-lo.

Teve vontade de tocá-lo intimamente a noite inteira e, tinha certeza, se o tivesse feito teria tornado tudo mais suportável. Amava o prazer que sentia quando estava nos braços de Kim, e mesmo tendo desfrutado dele várias vezes na noite anterior, ainda queria mais. Ele gemeu contra sua boca quando o beijo se tornou mais intenso e Marieta começou a acariciar sua coxa, subindo na direção de sua virilha. Quando tocou seu membro inchado e quente por baixo da calça, ela sentiu um delicioso arrepio perpassar por sua coluna, fazendo com que seu ventre se contraísse e seu coração disparasse.

— Temo não termos tempo para uma inauguração adequada para esse transporte. — Kim comentou quando se afastou. — Já entramos na rua de Moncrief House.

— Como sabe? — perguntou ainda acariciando-o.

— Ouço mais sons e a Grosvenor é umas das áreas mais agitadas de Mayfair. — Ele lamentou com um suspiro quando Marieta tirou a mão de seu corpo. — Preciso ter-te de novo.

— Eu também — confessou ela.

— Vamos pensar em algo — prometeu Kim, abrindo as cortinas, segundos antes de o coche parar. — Vou pensar em ti quando estiver na minha cama mais tarde. — Aproximou-se mais dela, antes de acrescentar com um sussurro: — E gozarei chamando teu nome.

Marieta sentiu suas faces arderem, ao mesmo tempo em que seu corpo estremeceu de vontade. Kim desceu da carruagem assim que a portinhola foi aberta e a ajudou a descer para se reunir aos Moncrief.

— Boa noite, senhora Silveira. — Cumprimentou-a, antes de virar-se para os outros. — Milorde, miladies.

— Boa noite, Kim. — Hawkstone despediu-se e seguiu com Helena e tia Maggie para a casa.

Lily permaneceu ao lado de Marieta até que o transporte de Kim seguisse viagem.

— Cortinas fechadas... — comentou com alguma malícia. — Terei de conseguir outro coche de aluguel esta noite?

Marieta a olhou, segurando o riso.

— Não, esta noite não. Além disso, preciso saber: como é que fez...

— Melhor não querer investigar demais a vida de quem a ajuda. — Lily a cortou rindo. — O segredo da mágica é nunca revelar o truque. — E piscou para Marieta, que entrou em Moncrief House dando gargalhadas.

17

Realismo

Marieta estava ao lado de Helena, caminhando pela Bond Street, indo na direção de uma casa de chá onde as duas se encontrariam com Lady Lily e sua irmã, a Viscondessa de Braxton. Havia duas horas que estavam entrando e saindo de lojas para crianças, onde Helena escolheu móveis e decoração para o berçário de Moncrief House, uma vez que não existia esse cômodo originalmente na casa.

— Minhas irmãs e eu ficamos durante toda a nossa infância em Hawkstone Abbey, só passamos a frequentar a casa londrina depois de termos idade suficiente para irmos em alguns eventos fora da temporada — explicara Hawkstone durante o almoço.

— As insuportáveis festas infantis. — Lady Lily fizera uma careta para aquilo. — Como odiava ter que ir a esses eventos cheios de crianças mal-educadas e babás enlouquecidas, que corriam atrás delas o tempo todo.

— Era a morte em vida, creia-me. Sem contar que Elise e eu enfrentávamos constante deboche por causa da nossa altura. Chamavam-nos de "as irmãs girafas".

— Que coisa grosseira de se dizer. — Marieta franzira a testa.

— Criança mimada é grosseira — pontuara Lily. — Por isso, vamos mimar o bebê, mas ensiná-lo a ser gentil. E se for menino, vamos já educá-lo para que veja as mulheres além da aparência e condições reprodutoras.

Hawkstone se engasgara com o discurso da esposa, o que causou um acesso de riso à mesa.

Foi depois dessa conversa que Helena decidiu que queria visitar lojas e saíram para a rua comercial mais famosa da cidade.

— Chegamos. — anunciou Helena, feliz. — Já estou começando a sentir calor enquanto caminho. Acho que finalmente o frio está nos deixando.

— Ainda não é muito cedo? — perguntou Marieta, enquanto entravam na elegante casa de chá à procura de Lily e Elise.

— É, mas deixe que eu me iluda um pouco. — Piscou. — Notícias de Kim?

Marieta suspirou e negou. No noite seguinte no teatro, recebeu um bilhete de Kim avisando-a de que precisaria se afastar da cidade para resolver um problema com um navio que estava atracado em um porto ao sul da Inglaterra e que, assim que estivesse tudo acertado, enviaria outra carta avisando de sua volta. Já fazia duas semanas da primeira missiva e ainda não tinha recebido a segunda.

— Só a carta da semana passada, que dizia que a situação era mais séria do que imaginava e que não voltaria tão pronto. — Deu de ombros. — Lorde Hawkstone recebeu algo?

— Também não, embora o secretário de Kim esteja se comunicando com o escritório deles por lá. — Ela apontou com a sombrinha para o fundo do salão. — Lá estão elas.

Uma funcionária do estabelecimento as acompanhou até onde estavam as cunhadas de Helena e logo retirou os pedidos de Marieta e da Condessa.

— Conseguiu achar tudo o que queria? — perguntou Elise à cunhada assim que se acomodaram.

— Algumas coisas, sim. Obrigada pelas indicações.

— Quando tive que montar o berçário em casa também me vi começando do zero. — Virou-se para Marieta. — Já se acostumou ao clima?

— Por sorte, sim, mas Helena acha que a primavera já está chegando, mesmo que ainda estejamos em fevereiro.

Elise riu.

— Sentindo calores? — Helena assentiu. — É sintoma da gravidez, não maluquice do tempo.

— Ah, olha só quem está vindo até nós. — Lily, que até então estava quieta olhando para o cardápio, se manifestou e se levantou acenando.

Marieta olhou para trás e segurou o fôlego ao ver Lady Catherine e sua dama de companhia, Lady Anna. Gostava das duas, mas ainda não sabia o que pensar sobre a relação entre Kim e a Viscondessa viúva.

— Olá. — Lady Cat as saudou. — Que deliciosa coincidência nos encontrar.

— Sim. — respondeu Elise. — Desejam sentar-se conosco?

— Nós não...

—Sim. — Lady Catherine interrompeu Lady Anna. — Se não for incômodo.

— Incômodo nenhum. — garantiu Helena.

As duas damas tomaram assento, cumprimentaram a cada uma individualmente e fizeram seus pedidos.

— Esperávamos vê-las na semana passada na reunião — comentou Lady Catherine. — Podemos contar com a presença de vocês na próxima?

Helena ficou visivelmente constrangida e olhou para Elise.

— Claro. Espero que a reunião tenha sido boa.

— Foi sim. E, felizmente, não contamos com a presença de Lady Pearl. — Lady Catherine encarou a Condessa, que riu.

— Sinto muito não termos ido, mas a forma como ela agiu com Marieta na última reunião foi imperdoável, ainda mais vindo de alguém em uma reunião para ajudar outras mulheres.

— Sim. — Lady Anna concordou. — Conversamos com Lady Pearl e manifestamos nossa opinião sobre o episódio. Ela decidiu que precisa de um tempo de causas beneficentes.

— Sinto muito por isso — lamentou Marieta, achando que poderia ter causado desfalque à causa já tão difícil daquelas Ladies.

— Não sinta. — Lady Anna lhe sorriu. — Não aceitaremos nenhum tipo de intolerância entre nós, é totalmente contrária à nossa causa. Já somos tão massacradas nesse mundo masculino que é inadmissível ter uma mulher agindo daquela forma com outra.

— Apoiadíssimo. — Lily levantou sua xícara de chá, brindando às duas.

Passaram, então, a conversar sobre as ideias para a distribuição do impresso já no primeiro evento da temporada. Lady Anna, que estava sentada ao lado de Marieta, deixou o assunto do grupo e sussurrou para a outra dama de companhia.

— Soube que foram ao teatro semanas atrás. — Marieta olhou-a, com o coração disparado. — A Duquesa esteve na casa de Cat e comentou. — Sorriu. —Espero que não tenha sido tão ruim quanto ela nos fez crer.

Marieta deu de ombros.

— Nada além do já esperado.

A outra mulher balançou a cabeça.

— É tão revoltante saber como as pessoas podem ser más com as outras por nada. A falta de respeito no nosso meio é exacerbada. Se você não preenche as expectativas, a ignoram; se não age como eles acham que deve agir, a isolam; se não pensa como eles querem que pensem, a tomam como louca. — Marieta concordou com cada palavra dela. — Julgar e condenar uma pessoa apenas pelo que ela é, além de ser raso, é desumano. Sinto muito e tenho vergonha deles.

Marieta sorriu, pegando a mão da dama de companhia.

— Obrigada pelo seu apoio, significa muito.

— Entendo o que sente, embora saiba que nunca passarei pelo mesmo para ter ideia. Somos julgadas o tempo todo por algum motivo, não é um mundo fácil de se viver nele. — Ela olhou para Lady Catherine, que estava ainda concentrada em sua conversa com Elise, Lily e Helena. — A w disse que estava com Kim. — Marieta concentrou-se na reação dela quando concordou. — Ela fez questão de ressaltar isso para Cat. Aquela mulher faz de tudo para tentar magoar a filha...

— Anna, como está o andamento da impressão na gráfica que contratamos?

Lady Catherine a interrompeu justamente quando tinha tocado em um assunto que Marieta queria entender melhor. Não compreendia a natureza do relacionamento entre Kim e Catherine e queria saber não só sobre o que houve entre eles no passado, como o que ainda havia e quais eram as expectativas da Lady em relação ao português. Ela não poderia pensar em construir sua felicidade em cima da tristeza de outra pessoa, ainda mais alguém tão querida quanto Lady Catherine.

Marieta repassava mais uma lista interminável de regras sobre como se preparar e se comportar em um baile. A cada vez que tinha "aulas" com Lady Margareth, mais sentia que a sociedade vivia interpretando papéis, como em uma peça teatral. Possuíam regras para absolutamente tudo, o que impedia a espontaneidade e, temia ela, a honestidade. Já não contava mais com a ajuda da professora para entender os ensinamentos, dominando bem o inglês falado, embora ainda tivesse muita dificuldade para escrever o idioma corretamente. Marieta sabia que levaria mais tempo, porém Beatrix não a deixava desanimar, mostrando-lhe o quanto já prosperara em pouco tempo.

A temporada estava se aproximando e, notava, a cada vez que saía com Helena, que o bairro estava mais povoado. Na vizinhança da Moncrief House, por exemplo, observava o movimento de criados limpando a casa, batendo tapetes, lavando carruagens, além das entregas sendo feitas diariamente de produtos e alimentos. "Mayfair estar a ganhar vida." era uma frase muito dita por Lady Margareth durante as refeições, quando ela apontava qual Lady havia chegado à cidade, e Hawkstone confirmava também a chegada do respectivo marido, pois o encontrava no clube. Lady Lily estava ansiosa pela volta de sua amiga, a irmã de Lorde Tremaine, mas não sabia se ela apareceria, pois, pela última carta que recebera, a dama recém-casada desconfiava estar grávida.

— Sua cunhada também está e ainda assim participará dos eventos — argumentou Marieta.

— A maioria das mulheres prefere se resguardar quando está no começo da gestação e, convenhamos, ela se casou com um Lorde escocês, é uma viagem infernal.

Marieta concordou, pois já sabia que a Escócia ficava ao norte da ilha e que seu terreno era acidentado e difícil em várias regiões. Não tinha ideia sobre de onde a dama viria, mas, tomando por base as horas que passava dentro do coche indo para a Corte no Rio de Janeiro, compreendia que o medo de Lady Lily de não ver sua amiga não era infundado.

— Ainda bem que terei sua companhia. Isto é, quando não estiver ocupada com Joaquim.

Marieta deu de ombros.

— Se ele voltar a tempo. Lorde Hawkstone disse que o estrago no navio foi grande e que Joaquim só voltará quando a embarcação estiver consertada.

Esse era um dos motivos de ela estar tão desanimada durante as aulas de Lady Margareth. A Lady contava com a presença de Kim para ajudar Marieta com as lições de dança, já que ela não conhecia os passos. O Conde até se ofereceu para ajudá-la, contudo, preferiu esperar a volta de Joaquim. Então, em vez de estar bailando, estava ela em mais uma entediante aula sobre comportamento.

— Com licença. — Lily interrompeu a aula, causando um sorriso involuntário em Marieta. — A correspondência chegou. — Levantou um envelope. — Carta para você, Mari.

Mesmo tendo recebido lições sobre temperança e sobre uma dama nunca se mostrar ansiosa, Marieta levantou-se com pressa e praticamente correu até Lily para pegar a carta.

— É de Joaquim. — anunciou, animada.

— Acho que encerraremos mais cedo a aula de hoje — concluiu Lady Margareth, fechando o livro. — Espero que ele já esteja voltando para que possamos começar as aulas de dança.

Marieta já não ouvia o que ela falava, concentrada demais em ler a missiva que ele escrevera.

— Não está voltando, já voltou. — Sorriu animada para Lily. — E me convidou para ir com ele a uma exposição de arte.

— Ah, adoro exposições de arte. — Os olhos de Lady Lily brilharam. — Vá e depois me diga se o artista vale a pena. — Ela sorriu maliciosa. — Isso se você conseguir prestar atenção à arte...

Marieta gargalhou.

— Tentarei.

As duas seguiram para a sala íntima da Condessa, a fim de contar a novidade para Helena sobre o retorno de Kim e o convite que havia feito à Marieta. Helena, claro, ficou animada e, como não era uma exposição em uma galeria de arte famosa, não viu problemas em sua dama de companhia ir a sós com Kim.

— Ela é pequena e com público reduzido — comentou, e Lily concordou. — Fica na Bond Street. Ano passado fomos a uma mostra de aquarelas lá.

— Não há problema se... — Marieta sorriu sem jeito. — Nós quisermos prolongar a noite?

Lily riu e se despediu, deixando as duas mulheres a sós.

— Perdoe-me, às vezes me esqueço que Lady Lily é solteira.

— Não se desculpe, até eu me esqueço e acabo comentando coisas que não deveria. — Helena riu. — Ela é mais esperta que nós duas juntas. — Marieta não a contradisse, pois ainda sentia certa curiosidade sobre como Lily conseguiu organizar sua fuga na noite em que se reconciliou com Joaquim. — Conseguirão ser discretos?

— Joaquim tem número reduzido de criados na casa e, segundo ele, são todos de extrema confiança. — Helena ergueu uma sobrancelha. — Já passei uma noite lá com ele.

Marieta confessou temendo decepcionar a amiga, porém a Condessa apenas sorriu.

— Só tome cuidado, por favor.

— Eu não faria nada para causar um escândalo e prejudicar sua família.

Helena deu de ombros.

— Já estamos há algum tempo sem nenhum, até sentimos falta. — Marieta gargalhou. — Escândalos e a família Moncrief têm muita intimidade.

Marieta abraçou Helena, feliz pelo apoio da amiga.

— Estou nervosa em ir a outro lugar com ele — confessou Marieta. — Não quero constrangê-lo com os olhares das pessoas em nossa direção.

— Bobagem. Kim não se importa, tenho certeza. Você não o constrange de maneira alguma, ele ama estar ao seu lado. — Marieta não tinha tanta certeza, mas não disse mais nada. — Agora temos algo importante a fazer: escolher seu traje.

As duas se concentraram na tarefa de vestir Marieta para o encontro, o que levou um par de horas entre a escolha e a preparação para a noite. Quando Marieta ficou pronta, Kim já a aguardava no escritório da Moncrief House, onde conversava com o Conde.

— Boa noite. — Marieta os saudou.

Os dois homens se colocaram de pé ao vê-la parada à porta do escritório. Hawkstone sorriu ao vê-la, mas Kim, não. Olhava-a intensamente e Marieta teve a impressão de que o jeito que a observava falava muito sobre a saudade que sentia.

— Está muito elegante, Marieta — elogiou Hawk.

— Obrigada, milorde. — Ela fez uma mesura. — senhor Ávila?

— Estás linda, Marieta. — Kim finalmente se aproximou dela. — Linda, sensual, uma tentação para um homem que passou dias longe. — Sussurrou. — Vai ser difícil prestar atenção às pinturas.

Ela olhou na direção do Conde, com medo de que ele tivesse ouvido a conversa, mas Hawkstone estava lendo um de seus jornais, sentado na poltrona da escrivaninha.

— Precisamos mesmo ir?

— Temo que sim — Kim gemeu baixinho. — Disse ao artista que iríamos prestigiá-lo.

Ela franziu a testa, mas não comentou nada, apenas concordou. Despediram-se de Hawkstone e, dentro de carruagem, Kim lhe contou sobre tudo o que acontecera em Portsmouth com o navio.

— Lady Margareth quer sua ajuda para me ensinar a valsar — comunicou Marieta.

— Dançar contigo? — Kim ergueu uma sobrancelha. — Será um prazer e uma tortura. — Piscou para Marieta. — Ainda me lembro de como danças bem.

Marieta suspirou saudosa.

— É diferente. — Ele concordou. — Ali eu estava dançando para algo que eu acredito, estava festejando uma visita especial.

— Sentes falta, não é?

— Muita. — Eles se deram as mãos. — Não só da gira, mas do meu povo.

— Esse artista que iremos ver ficou famoso na América por pintar cenas impactantes do cotidiano das pessoas. Vais gostar de conhecê-lo.

A carruagem parou na frente da pequena e elegante galeria. Marieta sentia-se nervosa, temendo ter de lidar com os olhares e os murmúrios à sua volta. Ajeitou sua capa e seu vestido e se apoiou no braço de Kim, enquanto ele a levava para dentro do lugar. Deixaram sua capa e o casaco dele na entrada e Kim demorou-se olhando languidamente para a mulher ao seu lado, vestida com um traje azul-marinho, quase preto, em veludo. Não usava turbante, prendera seus cabelos em um penteado que valorizava seus cachos, sem as tranças.

— Perfeita. — comentou Kim com um sorriso de apreciação.

Seguiram para o salão onde estavam expostas as obras e, assim que viu o primeiro quadro, Marieta se emocionou, soltando-se de Kim e aproximando-se da pintura.

— Que lugar é esse?

— Os Estados Unidos da América. O norte do país, mais especificamente.

Marieta não entendeu, porque nunca soubera que aquele país era de população preta. Então, o quadro retratando crianças e professoras negras não fazia sentido.

— Esses são exemplos da população negra livre, mas há quadros em que ele mostra o cenário do sul do país, onde os negros são escravizados.

— Como no Brasil — completou ela, olhando atentamente cada obra.

— Esse artista é da escola do realismo e usa suas pinturas não só para mostrar a realidade, mas também como uma forma de denunciar as desigualdades. — Apontou um quadro em que mostrava uma mulher negra cuidando de crianças brancas bem-vestidas enquanto, ao fundo, dois meninos negros e nus brincavam no chão. — Quando soube que ele estaria na cidade pensei em trazê-la, mas temi não conseguir chegar a tempo. É a última semana da exposição.

Marieta sentia-se absorvida por cada imagem que via.

— Ainda bem que conseguiu. Conhece-o pessoalmente?

— Sim. Ano passado estive em Nova Iorque e nos conhecemos lá na ocasião. — Joaquim apoiou a mão na base da coluna de Marieta e apontou um canto do salão. — Lá está ele.

Marieta avistou o homem alto e loiro, sorrindo e conversando com outros dois homens. Talvez percebendo que estivesse sendo observado, ele desviou os olhos na direção de Kim e Marieta e sorriu ao reconhecer o português. O homem disse mais algumas palavras para aqueles com quem conversava e depois caminhou até onde estavam Kim e Marieta.

— Capitão Joaquim Ávila. — cumprimentou-o. — É um prazer revê-lo.

— Como vai, Mead? — Olhou para Marieta. — Este é o artista por trás das obras que tanto a emocionaram, senhor James Mead. — Virou-se para o pintor. — Esta é Marieta da Silveira.

— É um prazer, senhora. — Sorriu para Marieta, mas logo depois, começou a olhar em volta do salão e fez um sinal. — Deixe-me apresentá-la à minha esposa.

Marieta não pôde deixar de ficar surpresa quando avistou a senhora Mead. Uma mulher negra como ela, elegantemente vestida e com um sorriso gigante.

— Marieta, apresento-lhe minha esposa, Linda Mead.

As duas mulheres cumprimentaram-se com entusiasmo. Marieta não conseguia descrever o que sentia naquele momento, percebendo que não estava sozinha.

— É um prazer conhecê-la. — Linda Mead parecia animada. — Tem sido uma grata surpresa encontrar-me com mulheres negras aqui em Londres.

— Outras vieram aqui?

— Sim, várias ao longo das semanas que estamos com a exposição. É portuguesa como o capitão?

O coração de Marieta disparou.

— Não, sou do Brasil.

O olhar da senhora Mead não deixou dúvidas sobre ela saber a condição que os negros viviam no país de Marieta, que temeu ser julgada por isso. Mas ela encontrou compreensão e acolhimento no olhar e no sorriso de Linda.

— Nasci na Carolina do Sul, mas estive cativa apenas por alguns anos. Ainda criança meus pais foram libertos e se mudaram para São Francisco. — Marieta assentiu, a conexão entre ela e aquela mulher se formando. — Sou professora e conheci Mead quando ele foi pintar aquele quadro. — Apontou a primeira pintura que Marieta viu. — Somos casados há cinco anos. Não sabia que o capitão Ávila havia se casado, mas fico feliz.

Marieta sentiu o rosto arder.

— Não somos casados — confessou, sem conseguir achar uma definição para o que eram.

Linda Mead apenas balançou a cabeça, mas não disse nada, e logo mudou de assunto, querendo saber sobre a vida de Marieta em Londres. O casal americano os convidou para jantarem com eles, porém Kim dispensou o convite com a promessa de que marcariam outro dia. Marieta despediu-se de Linda, pegando o cartão da mulher com o endereço do hotel onde estavam hospedados.

— Ficaremos até o final de semana na cidade, depois seguiremos para Paris e voltaremos a Nova Iorque.

— Nos veremos antes — prometeu Marieta. — Foi um prazer conhecê-la.

— Igualmente.

Deixaram a galeria e, enquanto permaneciam na calçada à espera do coche, Joaquim perguntou:

— Desejas ir jantar em algum lugar?

Marieta negou.

— Tudo o que desejo é você.

Kim respirou fundo e olhou impaciente para a rua.

— É nesta hora que me arrependo de ter comprado um transporte grande e pesado. — Riu. — Meu cabriolé já estaria aqui e nós a meio caminho da minha casa.

Marieta riu com a impaciência dele.

— Senti demais a sua falta.

— Mari... — Gemeu. — Estou tentando me comportar aqui e não agarrar-te no meio da Bond.

Ela olhou para os dois lados da rua.

— Não vejo ninguém além...

Não conseguiu terminar a frase, pois suas palavras foram sufocadas por um beijo avassalador de Joaquim.

18

Tempo perdido

Kim estava desesperado de saudades de Marieta e ouvir de sua boca que o sentimento era recíproco foi o que ele precisava para tomá-la em seus braços, em plena Bond Street, e beijá-la com paixão. Estivera com um humor do cão em Portsmouth, deixando a todos os trabalhadores do estaleiro, que consertavam o casco do navio, nervosos. Não queria ter tido que ir até lá, muito menos passar tantos dias afastado de Londres. Depois de todos os anos que passou separado de Marieta, duas semanas sem vê-la pareciam um inferno. Não queria perder mais tempo, precisava estar com ela, conhecê-la melhor, compartilhar momentos e solidificar todo o desejo e atração que sentiam.

Perderam um tempo muito precioso que nunca mais voltaria e, toda vez que Kim pensara nisso, sentia o gosto amargo da traição do Barão e dúvidas sobre a lealdade de seu amigo Pedro. Cada vez que pensava na possibilidade de ter confiado em seu amigo e ter sido apunhalado pelas costas, Kim sentia-se gelar. Acordou cedo com a suspeita martelando sua mente e foi para seu escritório, onde redigiu uma carta endereçada ao Brasil. Ainda estava perplexo com tudo o que havia descoberto durante sua conversa com Marieta e não entendia como a carta deixada com Pedro não lhe fora entregue.

Joaquim ainda se lembrava do desespero que sentiu quando não pôde ir até a fazenda Santa Helena para conversar com Marieta. Queria ter ido, explicado que os planos deles iriam demorar mais do que haviam planejado e implorado que ela o esperasse, prometendo-lhe que, passasse o que passasse, ele voltaria. Quando chegou a notícia do casamento, ficou destroçado, mas não a odiou nem se sentiu traído por ela. Entendia e aceitava a dificuldade que Marieta passava, algo que lhe fugia totalmente à ideia por nunca ter vivido. Não a julgou, mas a dor o machucou de tal forma que, se não fosse pela demanda de Stephen e Charles para que o investimento com o café desse certo, teria desistido. Porém, depois de entender o que houve e o truque sujo do Barão para separá-los, Kim queria mais respostas, pois, ao que parecera, Marieta nunca tomou conhecimento da missiva que escreveu e pensou ter sido abandonada por ele.

Havia lacrado a carta endereçada ao Rio de Janeiro e a deixado com seu secretário, pedindo que a despachasse assim que possível. Seria uma longa espera, mas contava que Pedro pudesse lhe ser sincero, como sempre achou que era. Naquele dia, tencionara encontrar-se com Marieta e contar-lhe sobre suas suspeitas, além de revelar-lhe o mais importante: que durante anos estivera, com a ajuda de Pedro e de outros contatos no Brasil, tentando descobrir o destino de sua mãe biológica.

Da última vez que havia vindo alguma notícia sobre a mulher, chegaram a uma encruzilhada que apontava para vários caminhos, mas ele acabara por desistir de investigar. Precisava saber de Marieta se ela desejava continuar a investigação, pois tinha consciência do quanto era importante que tivesse conhecimento de sua raiz e do direito à sua ascendência e que soubesse sua história além daquela que todos contavam às escondidas.

Contudo, não só a conversa com Marieta, como também o convite para irem juntos à mostra de arte de Mead, tiveram que ser cancelados por conta da notícia do acidente com o navio que havia chegado ao escritório pouco depois de escrever a carta a

Pedro. Como não sabia se iria conseguir voltar a tempo para verem a exposição e não gostaria de tratar dos outros assuntos por carta, decidiu esperar a volta, torcendo para que desse tempo de ver as incríveis pinturas de James e observar as reações da sua amada.

Era importante que Marieta e Linda Mead se conhecessem, para que a brasileira perdesse a sensação de que era a única mulher negra a se relacionar com nobres, ricos e, principalmente com homens brancos. Sentia que havia na mulher que tanto admirava um pouco ainda do pensamento que impuseram a ela durante seus anos como cativa. Ela precisava ver que ele se orgulhava de tê-la ao seu lado e que esperava um dia poder fazer igual a Mead e apresentá-la como sua mulher. Antes, porém, era necessário que Marieta compreendesse que o preconceito de algumas pessoas não afetava o que eles sentiam nem devia os constranger.

O coche chegou e Kim afastou-se de Marieta, ajudando-a a embarcar, enquanto dava instruções ao cocheiro sobre para onde iriam e o que deveria ser feito para não expor a dama que estava em sua companhia. Já dentro do transporte, tentou se controlar, dizendo a si mesmo que estariam juntos a noite toda e que não precisavam se afobar. Contudo, estava excitado, ansioso para tê-la somente para si e, sem resistir mais, fechou as cortinas das janelas, sentou-se ao lado dela e novamente puxou-a para seus braços.

— Não consigo ficar longe de ti — sussurrou.

— Então não fique — disse ela, movendo-se para seu colo, agradecendo mentalmente à Helena por tê-la feito desistir de pôr a crinolina. — Desejo você tanto quanto você deseja a mim.

Kim enfiou os dedos por entre as mechas dos cabelos de Marieta e, sentindo as forquilhas a mantê-los presos, começou a tirar uma a uma, deixando a vasta cabeleira escura e anelada cair por suas costas. Ele adorava quando ela estava ao natural, lembrando-o da menina-mulher que conheceu naquela fazenda tão distante de onde estavam. Marieta era linda como era, com seus cabelos crespos, volumosos e escuros, sua pele perfeita de ébano e suas curvas generosamente esculpidas em seu corpo. Kim sugou o lábio inferior de Marieta, mantendo-o dentro de sua boca por alguns instantes. Estava enlouquecido de desejo, seu membro se contorcia sob ela, seu coração estava em disparada e sua pele quente como se estivesse exposta ao sol.

Ou ao fogo.

Ele achou mais certo comparar o que ambos causavam quando estavam juntos à combustão instantânea. Marieta era o vento que alimentava e deixava suas brasas bem vivas. Quando os dois se tocavam, labaredas surgiam. Ela curvou-se para trás, mexendo os quadris sobre seu colo, envolta pela saia ampla do vestido que o impedia de vê-la em todo seu esplendor. Sabia que não teriam tempo para se despirem na carruagem e que essa experiência teria que ficar para outra oportunidade. E ele esperava que houvesse muitas. Cheirou-a, então, arrastando seu nariz pelo pescoço dela, absorvendo os aromas florais do perfume que usava. Desceu por seu peito e encontrou no vale dos seios de Marieta o aroma que desejava achar. O cheiro dela. Lamentou mais uma vez não poder despi-la para que pudesse beijar e agraciar os dois montes volumosos e pesados, excitando-a e deixando-a pronta para ser dele assim que chegassem à casa. Kim a puxou para ele, abraçou-a apertado, a respiração entrecortada, o desejo reprimido por conta da falta de tempo.

— Gostaria de amar-te aqui mesmo, neste pequeno banco apertado — confessou baixinho, com a boca encostada na orelha de Marieta. — Então, penso em tudo o que quero fazer e em tudo que quero que tu faças e percebo que teria de ter uma carruagem do tamanho de um vagão de trem.

Marieta riu, o som delicioso abafado pelo ombro de Kim.

— Não entendo a necessidade que sinto de tocar-te. — Ela se ergueu e o olhou nos olhos. — Ardi de paixão durante todas essas noites em que passamos separados em um desespero que nunca senti antes.

— Eu também. Foi desafiador não voltar à Moncrief House na noite do teatro e invadir seu quarto.

Ela arregalou os olhos.

— Faria isso?

— Faria qualquer coisa por ti.

Os lábios de Marieta tomaram os seus no exato momento em que a carruagem parava. Kim a segurou pela cintura e viu quando ela enrolou os cabelos, fazendo um coque improvisado, tentando não sair totalmente descomposta da carruagem. Ele não gostava de expô-la daquela forma e teria de se lembrar de se conter mais enquanto não estivessem em privado. O cocheiro abriu a porta da carruagem e Joaquim desceu, ajudando Marieta a desembarcar. Estavam no jardim de trás da propriedade e entrariam pela porta lateral da casa, para que ela não fosse alvo de olhos mexeriqueiros que tomavam conta do que acontecia na vizinhança.

Desejava muito não ter de agir daquela forma por muito mais tempo, pois queria que todos soubessem que Marieta e ele estavam juntos e que ela seria a senhora daquela casa. Porém, sabia que precisavam de um tempo, Marieta havia acabado de alçar voo, não queria que se sentisse presa dentro de um matrimônio. Entraram na casa e, diferentemente do que seu corpo exigia, não a levou para o andar de cima, mas a encaminhou até a sala de jantar, onde uma decorada mesa os aguardava.

— Que lindo. — Ela sorriu ao ver as flores e as velas dispostas sobre a mesa arrumada com toalhas finas e dois lugares prontos.

— Nosso primeiro jantar a sós. — Riu, lembrando-se de que toda vez que ceavam juntos, estavam cercados pelos Moncrief e por amigos. — Espero que aprove a comida da senhora Milles.

— Tenho certeza de que estará saborosa. — Marieta sentou-se e Kim tomou assento de frente para ela.

Potts apareceu, seguido pelos dois lacaios que trabalhavam na casa.

— Podemos servir o jantar, senhor?

— Podem sim, Potts.

Então, começaram a servir os cinco pratos diferentes feitos pela cozinheira de Kim. A cada refeição, Marieta elogiava o tempero ou o tempo de cozimento da carne, muito à vontade, como ele percebia, algo que não podia fazer em Hawkstone Abbey.

— Sente falta de cozinhar?

Marieta suspirou.

— No começo foi um alívio não ter de enfrentar o fogão todos os dias, mas depois passei a perceber que era algo de que eu gostava, ainda que fosse meu trabalho. Sinto falta de ter mãe Maria me mandando pôr mais manteiga na massa ou perguntando se eu havia retirado a pele das gemas. — Riu. — Ou ralhando comigo por ter mudado uma receita.

— Na primeira vez que estive na Santa Helena, Maria ainda estava por lá, mas depois soube que havia ido para a Santa Lúcia. — Marieta concordou. — Ficastes responsável, então, pela cozinha?

— Não logo de começo. O Barão parecia não confiar sua cozinha a alguém tão jovem quanto eu era e designou outra anciã para tomar as decisões. Depois, quando Helena voltou, trabalhei um tempo na colheita do café e somente quando ela anunciou casamento com Hawkstone é que voltei para a cozinha e acabei por ficar responsável por ela.

Kim parou de comer, sentindo dificuldade de engolir a comida e lidar com a raiva que sentia.

— Ele a puniu — disse entre dentes. — Depois de tudo o que nos fez, ainda se sentia no direito de punir-te.

— Ele achava que tinha o direito de fazer qualquer coisa conosco. Infelizmente, a lei diz que ele pode.

Kim concordou, bufando e alcançando um copo de vinho. Sentia-se cada vez mais revoltado com aquele sistema absurdo que dizia que um homem podia ser dono do outro. Sua vontade era acabar com qualquer parceria que tinha com o Barão e deixar que ele se virasse para conseguir vender seu café na Europa. Sem sorte, porém, estava preso ao contrato e aos investidores que ainda acreditavam na rentabilidade do café brasileiro.

— Isso vai acabar um dia, Marieta, e todos serão livres para viverem suas vidas.

Ela riu triste.

— Não sei se, um dia, poderemos usufruir de verdade dos mesmos direitos dos brancos. Veja aqui, por exemplo. Eu nunca fui escravizada nesse país, mas ainda me olham como me olhavam no Brasil.

Kim teve que concordar com Marieta. Talvez estivesse sonhando demais, desejando algo que tão pronto não conseguisse ver acontecer. No fundo, não sabia se ainda estaria vivo para ver os negros serem vistos, ouvidos e, sobretudo, respeitados.

A sobremesa foi servida, o que rendeu mais elogios de Marieta à cozinheira de Kim. Quando terminaram de comer a torta, ele a pegou pela mão e a levou até a cozinha, na parte de baixo da residência.

— Maude? — chamou a cozinheira, assim que desceu as escadas.

A mulher ruiva apareceu, limpando as mãos no avental.

— Algum problema, senhor?

Kim sorriu e negou, levando Marieta para mais perto de si.

— Minha convidada teceu inúmeros elogios à sua comida. — A cozinheira ficou com a face completamente rubra. — E não elogios quaisquer, mas sim de alguém que cozinha maravilhosamente bem também.

— Eu me alegro que tenha aprovado, senhora.

— Eu adorei, senhora Milles, parabéns.

— A senhora é muito gentil vindo até aqui. — Ela olhou para Kim com um olhar que ele julgou ser condenatório. — Diga-me se precisar de algo, sim?

Kim sorriu quando Marieta agradeceu.

— Onde está Gil?

— Na cozinha, comendo. — Maude sorriu. — Ele não quis interrompê-lo...

Kim se despediu da cozinheira e, enquanto retornavam para o piso térreo, Marieta perguntou:

— Quem é Gil?

— Meu secretário e marido de Maude. — Ele abraçou-a pelo ombro. — Sou padrinho de casamento dos dois. — Marieta arregalou os olhos, provavelmente questionando se aquilo era possível. — Aqui não é Moncrief House, Marieta. Não sou nobre e não tento imitá-los. Meu secretário é um grande amigo, e ele se apaixonou pela minha cozinheira e eu fui agraciado com o convite de ser padrinho dos dois. Por enquanto, eles moram na ala leste do piso superior, no corredor contrário ao do meu quarto, mas estão reformando um chalé perto de Londres e pretendem ter uma vida fora dessa casa.

— Vai demiti-los? Percebi que a maioria dos criados ingleses é de solteiros ou viúvos, pois não é de bom tom estarem casados, distrai do serviço da casa.

Kim gargalhou.

— E podemos exigir isso de alguém em troca de emprego? Absurdo. Na quinta todos os trabalhadores têm suas próprias famílias e aqui fiz questão de deixar claro que isso não seria problema. Maude e Gil continuarão comigo mesmo quando não dormirem mais sob meu teto.

Marieta sorriu para ele de um jeito que emocionou Kim. O brilho nos olhos dela dizia muito sobre a admiração que sentia por ele, ainda que não achasse que merecesse, pois não se via fazendo nada demais.

— A quinta à qual você se referiu agora... não é a mesma que pretendia me levar para morar?

Kim negou, enquanto seguiam para o andar superior, subindo as escadas ainda abraçados.

— Tive que vender aquela para conseguir a garantia do negócio do café, como lhe contei. — Deu de ombros, não querendo entrar em detalhes. — Essa adquiri há uns dois anos, é maior, fica em Sintra e tem umas das mais belas vistas que já vi. — Ele pensou no que sentiria quando pudesse levá-la com ele até lá para conhecer seus irmãos, cunhadas e sobrinhos. — Um dia iremos ver o pôr do sol nela juntos.

Marieta assentiu, animada, o sorriso brincando em seus lábios com a promessa.

— Obrigada pela noite maravilhosa que planejou para nós.

Ele não disse nada, abrindo a porta de seu quarto para que ela entrasse. Sabia que Marieta se referia à galeria de artes e ao jantar, mas, abrindo seu sorriso torto e malicioso, Kim a abraçou pelas costas e sussurrou:

— Ela ainda nem começou.

Ele estava todo molhado de suor, sua respiração ofegante estava audível e seus músculos tensos se contraíam a cada novo movimento. Desviou-se do soco a tempo, calculando que se o gancho de esquerda de seu oponente, Lorde Harlow, acertasse seu queixo, provavelmente estaria na lona. Gingou mais os pés, conforme aprendera, e dobrou mais o tronco, pronto para impulsionar o contra-ataque. Novamente Harlow tentou acertá-lo com a mão esquerda, sua mais forte, e acabou também baixando a guarda da mão direita. Kim não demorou muito e desferiu um soco certeiro no sobrolho do Barão que desequilibrou, mas não caiu. O gongo tocou, encerrando a luta amadora, e os treinadores entraram no ringue para secarem os lutadores, enquanto os pontos eram contabilizados.

— Foi uma luta justa, Kim — comentou Harlow, enquanto secava seu rosto com a toalha.

— Foi sim, que vença o melhor.

Olhou na direção onde estavam Hawk e Tremaine, tentando antever se estava com a vantagem ou era impressão sua. O Marquês apontava o dedão virado para o chão e ria, enquanto seu primo dava de ombros.

Merda, pensou, ansioso.

Kim odiava perder lutas, por isso dedicava-se ao treinamento do boxe sempre que podia, o que não foi muito nos últimos meses.

Talvez estivesse enferrujado ou somente cansado por causa da noite intensa e insone que teve com Marieta. Sorriu pensando que às vezes valia a pena engolir uma derrota, principalmente depois de uma noite como a anterior.

— Vi-o no teatro há algumas semanas. — Harlow voltou a puxar assunto. — E, por acaso, ontem, voltei a vê-lo na galeria de artes na Bond Street.

Kim franziu o cenho, pois não o tinha visto por lá e, embora Harlow fosse do tipo mais comum de homem — estatura mediana, cabelos e olhos castanhos e pele muito clara —, sua esposa era uma jovem ruiva, cujo cabelo parecia flamejar, assim como sua risada alta.

— Não são muitos os eventos pré-temporada, por isso tantos encontros. — Tentou encerrar o assunto.

— Chamou-me a atenção a mulher que estava com você. — O Barão não conseguiu perceber que Kim não queria conversar e continuou. — Uma negra alta, com belos seios e olhos claros, coisa rara. É cortesã ou a estabeleceu como amante? — Kim sentiu o sangue ferver por causa das palavras do homem. — Gosto das "escurinhas", quando se cansar, podemos...

A mão de Kim ardeu quando atingiu o nariz do Barão. Um burburinho se formou instantaneamente e, se o treinador não o houvesse segurado, o português teria continuado a agressão sem pensar nas consequências. Estava furioso por aquele homem ter tido a coragem de falar sobre Marieta naqueles termos. Debateu-se contra os braços que o aprisionavam, tentando voltar a se aproximar do homem que ofendeu a mulher que amava de maneira tão vil, usando palavras pejorativas sobre seu corpo e sua pele. Hawkstone entrou em seu campo de visão, mas ele estava tão fora de si que não conseguia entender o que seu primo lhe falara.

— Porra, Kim, me escute. — Gritou seu primo, sem conter suas palavras entre os homens ali presentes. — Sebastian está falando com Harold agora, alegando que você estava nervoso e que, com o anúncio de sua vitória, tentou cumprimentar seu oponente, mas golpeou-o sem querer.

Kim arregalou os olhos.

— Sem querer? O filho de uma puta ofendeu Marieta e...

— Kim. — Hawkstone respirou fundo. — O homem é um aristocrata.

— Foda-se. — gritou. — Ele não tinha o direito de...

— Não, não tinha. E creia-me, assim que souber melhor desta ofensa, terei meios mais sutis e dolorosos para lidar com aquele verme. Mas, por agora, precisamos livrar você da cadeia, ou se esqueceu de que agredir um nobre leva direto à Torre de Londres?

Kim respirou fundo, achando sentido no que Hawkstone estava a lhe dizer. Tudo o que não precisava era ficar preso, enfrentar julgamento e perder meses de convivência com Marieta. Já havia perdido tempo demais. Ele se acalmou e se pôs de pé, erguendo o queixo e esperando Tremaine terminar de conversar com o juiz do ringue. Lorde Harlow o encarava com ódio, enquanto segurava um pano no nariz, tentando estancar o sangue que ainda pingava. Tremaine se afastou do juiz e seguiu até o Barão, com quem conversou em tom brincalhão, rindo e dando tapinhas em suas costas. Kim sabia que ter o Marquês ao seu lado era um trunfo enorme, já que todos respeitavam Sebastian não só por seu título de cortesia, como também por saberem que ele seria o próximo Duque de Stanton.

— Acho que deu tudo certo — comentou Hawk, quando viu os dois lordes se aproximando de onde estava com Kim. — Acalme-se, por favor.

— Expliquei a situação ao Harlow aqui e entrei em acordo com o Harold que, por causa da desastrosa comemoração de Kim, a vitória seja convertida ao Barão. — Kim sentiu-se tenso. — Havia dado um empate técnico e...

— Uma merda que deu. — Kim se manifestou e apontou o dedo para a cara do Barão. — Tu sabes que perdeu e que, aqui neste ringue, somos iguais. Não vou contestar eles darem-te a vitória, mas saibas de uma coisa: se puser os olhos sobre a dama que me acompanhava novamente, ficará sem eles.

Hawk gemeu e Tremaine sorriu debochado. Kim jogou a tolha sobre a lona do ringue, passou por baixo das cordas e seguiu para o vestiário, onde poderia se lavar e refrescar a cabeça.

Chega, pensou ele ao pegar a jarra com água e despejá-la toda em sua cabeça. Já era hora de conversar com Marieta e acertar de vez a situação dos dois. Queria que toda Londres soubesse que a estava cortejando e que, em breve, ela seria sua esposa. E se outro homem como aquele Barão baixo e obsceno ousasse falar dela com a boca salivando de luxúria como se fosse um mero pedaço de carne, Kim teria o direito de arrancar-lhe sangue sem precisar de ajuda influente para livrá-lo da cadeia.

19

O amor tudo suporta?

Marieta estava sentada na sala de visitas junto a Helena, Lily e Elise, aguardando a chegada da convidada para o chá daquela tarde. Sentia-se ansiosa, esperava que suas amigas gostassem e tratassem Linda Mead como a tratavam, com consideração e respeito. Havia falado sobre o casal Mead ainda no café da manhã, enquanto comia seu pedaço de bolo com chá — pois se acostumava a comer ovos, bacon e salsicha no desjejum — e a curiosidade de Lily sobre as pinturas de James e a vida de Linda como professora fez com que a jovem Lady convencesse a cunhada de que precisavam convidar a americana para o chá daquela tarde.

— Eu não vejo por que não. — concordou Helena. — Mas penso que deveríamos convidar também Elise, acho que será interessante uma conversa feminina com uma mulher de outro país.

Marieta ficou animada por redigir sua primeira carta. O fez, claro, em nome da Condessa, a dona da casa, e a redação foi composição sua sob supervisão da senhora Moreland.

— Você tem avançado muito na escrita, Marieta, parabéns. Em breve escreverá discursos.

Marieta amava a ideia de poder colocar no papel suas ideias, coisa que sempre quis fazer, mas nunca havia tido acesso ao papel e à pena. Em Moncrief House ela podia não só escrever cartas, como também ganhou um livro com folhas em branco, presente de Lily, para praticar e desabafar seus sentimentos.

— É um diário, geralmente as pessoas escrevem suas memórias e segredos, esperando que, um dia, preferencialmente quando já não estiverem mais entre os vivos, alguém ache e seja relevante. — Riu debochada. — Eu uso para escrever minhas frustrações, meus sonhos ou conversar comigo mesma.

Marieta ficou muito feliz e prometeu escrever apenas em inglês nas folhas do presente de Lady Lily. Era uma forma de ir se acostumando à escrita, ao idioma e à gramática. Queria ter mais habilidades naquela área do que tivera antes, quando só aprendera o básico. Para isso, contava com o total apoio da sua professora, bem como da própria Lily.

Depois de solicitar ao mordomo que providenciasse a entrega da missiva ao hotel onde os Mead estavam hospedados, Marieta foi estudar música, antes de passar por mais uma provação sobre etiqueta com Lady Margareth.

— Sinto muito não estar evoluindo tanto quanto você tem se esforçado. — Ela disse à Lily, percebendo que não tinha tanta facilidade quanto a Lady achou no começo das lições.

— A ideia não era fazer de você musicista profissional, apenas que se divertisse ao piano. — Piscou um olho. — E hoje estava mesmo era curiosa sobre como a senhorita apareceu na casa sem ninguém tê-la visto entrar.

Marieta riu, ficou sem jeito.

— Lily. Entrei pelo jardim.

— Como? Aquela porta vive trancada.

Marieta deu de ombros sem querer confessar que teve a ajuda da Condessa. Helena deixou a porta que dava acesso direto ao jardim destrancada, coisa que combinaram enquanto a Condessa a ajudava a se vestir. Ainda não sabia por quanto tempo iriam ter esses encontros furtivos, mas, o fato é que, embora Kim e ela tenham saído juntos publicamente e que os membros da família soubessem do interesse mútuo que existia entre os dois, nunca seria aceitável que ela passasse as noites na cama dele e ele na dela, como ameaçou fazer.

Então, Marieta pensava cada vez mais em parar de dormir sozinha para sempre e só conseguiria isso se houvesse um compromisso entre eles, um casamento. Não sabia dizer como se sentia sobre a ideia. Claro que amava Joaquim e gostaria muito de se unir a ele e dividir a vida, mas as coisas eram diferentes das que conhecia, não teria sua casinha para cuidar; não teria refeições para preparar e, se levasse em consideração como os casais viviam na Inglaterra, cada um teria seu próprio quarto, mesmo que dormissem juntos todas as noites — como faziam Hawkstone e Helena. Teria empregados e não saberia como lidar com eles. Mesmo que tenha percebido que Kim tratava os seus com mais informalidade e proximidade do que os aristocratas, ainda assim teria que lhes dar ordens e mostrar autoridade. Nunca havia pensado em viver assim.

Além de todas essas questões, havia outras de cunho mais pessoal. Sentia medo do que um relacionamento entre Kim e ela pudesse causar à vida do português. Nem todos a aceitariam de bom grado e isso poderia repercutir em seus negócios. E, uma coisa que a deixava tensa só de pensar, não sabia se poderia dar filhos a Joaquim. Esteve casada por muitos anos e não engravidou, mesmo quando suas regras falhavam, não era por estar carregando um bebê. Ela admitia que não ter tido um filho do casamento com João era um alívio, afinal, a criança não lhe pertenceria, mas sim ao Barão, como todas as outras. Porém, estava livre e junto ao homem que era seu grande amor, e a ideia de decepcioná-lo ao não lhe dar filhos era insuportável.

Não conversara sobre o assunto com ninguém, nem mesmo com Helena, mas desde que começou a se relacionar fisicamente com Joaquim, o assunto lhe martelava a mente. Percebia que, assim como da primeira vez que estiveram juntos, ele não derramava sua semente dentro dela e não sabia o que pensar dessa ação. Se ele não quisesse crianças, talvez ficasse aliviado por ela nunca ter podido conceber.

Contudo, Marieta achava que não era o caso, que ele apenas estava tentando protegê-la de uma gravidez antes de terem definido suas vidas.

— Tudo bem, Mari? — Lily olhava-a curiosa, e Marieta percebeu que divagava no meio da aula.

Suspirou.

— Cansada apenas.

Lily ficou vermelha.

— Imagino...

Depois da aula, passou duas horas com Lady Margareth lhe ensinando a andar, sentar-se e até a passar mal como uma dama. Almoçaram todas juntas e, durante a refeição, Hawkstone lhes contou que passaria a tarde fora, assistindo a um torneio de boxe.

— Inclusive, Kim irá participar na categoria dele.

Marieta arregalara os olhos.

— Não é perigoso?

Hawkstone negou.

— Ele é bem treinado.

Depois disso a conversa girou sobre o baile de abertura da temporada, evento que Lady Margareth cismara que Hawkstone deveria sediar com sua esposa para que fosse a estreia de Marieta. Ela não queria nem pensar em estar com toda a aristocracia a olhando, mas sabia que seria muito mais fácil se o evento estivesse sob o controle dos Moncrief. Sabia que não teria muito destaque, afinal, não estaria no baile para dançar e ser cortejada, mas para cumprir sua função como dama de companhia e auxiliar Helena sempre que precisasse.

À tarde, a Condessa cochilou por algumas horas, enquanto Marieta teve aula de gramática com a senhora Moreland. Trocaram de roupa e, como a resposta positiva ao convite havia chegado logo depois do almoço, ficaram à espera da americana.

Ottis apareceu à porta da sala de visitas e o coração de Marieta acelerou.

— A senhora Mead, milady.

Linda Mead estava deslumbrante em um vestido listrado de amarelo e lilás, com um chapéu combinando, e segurava uma pequena caixa de presente.

Marieta a recepcionou e a encaminhou até a Condessa.

— Milady, esta é a senhora Linda Mead, de Nova Iorque. — Em seguida, virou-se para a americana. — senhora Mead, apresento-lhe a Condessa de Hawkstone.

Linda Mead executou com perfeição uma reverência e entregou o presente à Helena.

— Ah, que fofura. — disse a Condessa, quando desembrulhou o pequeno bibelô, um pássaro em porcelana.

— É um peso de papel, milady, para agradecer-lhe pelo convite.

— Obrigada, é muito gentil de sua parte. — Apontou para as outras mulheres presentes na sala. — Essas são minhas cunhadas, a Viscondessa de Braxton, Lady Elise Ruddington. — Linda, mais uma vez, fez a reverência. — E Lady Cecily Moncrief.

— Pode me chamar de Lily. — A jovem Lady se adiantou e cumprimentou a convidada, apertando-lhe a mão.

— É um prazer conhecer a todas vocês.

— A tia do Conde também reside na casa, porém já tinha um compromisso prévio que não pôde declinar, por isso apresenta suas desculpas por não estar presente — explicou Marieta, conduzindo a outra mulher para uma das poltronas. — Falei tanto sobre nosso breve encontro ontem à noite que todas quiseram conhecê-la.

— Fico feliz pelo convite, James e eu estamos no país há semanas e temos sido bem recebidos pela maioria dos ingleses, contudo, é a primeira vez que venho à casa de um nobre. — Sorriu, como se pedisse desculpas. — Estou um pouco nervosa.

— Besteira, relaxe. — Lily se manifestou. — Aceita um chá ou prefere café?

— Um chá sem creme, por favor.

— Marieta teceu elogios ao trabalho do senhor Mead e nos disse que a senhora é professora na América. — Elise introduziu o assunto, enquanto Lily servia o chá. — É uma bela profissão.

— Sim, é uma pena a senhora Moreland, minha professora de inglês, ter ido junto à Lady Margareth. Eu adoraria apresentá-las.

A senhora Mead agradeceu.

— Amo minha profissão, embora seja muito difícil exercê-la.

— Por quê? — perguntou Marieta, percebendo a melancolia na voz de Linda.

— Educo crianças negras em um país onde ainda existe escravidão e leis proibindo nossa educação. — Lily arregalou os olhos. — Nossa escola foi queimada por duas vezes e só nos mantemos porque, além de mim, há várias outras empenhadas em educar e garantir que nossas crianças tenham o mesmo direito das brancas.

Marieta sentiu seus olhos marejarem ao imaginar a luta daquela mulher. Pôde estudar com Helena, quando eram crianças, mas, anos depois, o Brasil também editou uma lei proibindo a educação dos negros, mesmo os libertos.

— É um belo trabalho, com certeza, e requer muita coragem — comentou Elise, também visivelmente emocionada.

— Esperamos mudanças com as eleições se aproximando.

— Ah, sim, os Estados Unidos são uma república. — Lily sorriu. — Acho libertador poder escolher quem nos governa.

— Lily. — Elise a repreendeu. — Por favor, nem brinque com essas ideias, sabe muito bem o que acontece a republicanos.

— Houve algumas confusões aqui por causa disso, então falar pode ser perigoso — explicou Helena à convidada.

— Entendo, mas, mesmo em uma república, nem sempre conseguimos ter nossas vozes ouvidas. — Ela falou diretamente à Lily. — Nosso país corre grande risco de enfrentar tempestades no futuro. Há uma forte pressão do norte, onde moro e onde não há o sistema escravista, para o sul emancipar os escravizados. Tudo dependerá das eleições do próximo ano.

— Acha que os estados do sul resistirão à ideia da emancipação? — questionou Marieta.

— Creio que sim. — Suspirou. — Mas ainda é cedo para avaliar qualquer coisa, primeiro, será necessário decidir os candidatos.

Até hoje não houve um presidente abolicionista, mas temos fé de que ele virá.

Temos trabalhado ativamente ao lado de políticos que reconhecem que a Declaração da Independência garante que todos somos iguais, e isso refere-se a direitos e garantias à vida e à liberdade, principalmente.

— Mead, então, é um político? — Elise quis saber.

— Não no sentido estrito da palavra, mas, sim, ele retrata as desigualdades e protesta por meio de sua arte.

— As pinturas de seu esposo são impressionantes e transmitem muitos sentimentos — elogiou Marieta. —Vocês se conheceram quando ele pintou o quadro da escola?

Linda sorriu.

— Sim. No começo não gostei da ideia de um pintor, branco, ainda por cima, nos retratar. Mas, depois que conversamos, percebi que as intenções dele eram bem mais profundas do que somente pintar. Ficamos amigos e nos apaixonamos. — Deu de ombros. — Não foi fácil, mas quando há amor...

— Enfrentaram oposição? — perguntou Lily.

Linda riu.

— Oposição é eufemismo. Quando nos casamos, ele teve a maioria de suas exposições canceladas e praticamente teve de vender seus quadros nas ruas. — Marieta sentiu o corpo gelar. — Passamos por alguns anos de privações, mas o talento e o caráter dele fizeram as portas se abrirem novamente e as pessoas acabaram "suportando" o fato de ele ser casado comigo.

— Que horror o que essas pessoas fazem. — Elise estava visivelmente indignada. — Pensei que no norte não haveria problema para vocês.

— As pessoas podem até não querer escravizados no norte, mas isso não significa que nos tratem como iguais. Ouço muitos ataques e, em alguns deles, me mandam voltar para a África. — Deu de ombros. — Não se atentam ao fato de eu ter nascido no mesmo país que eles.

Marieta entendia bem o que ela dizia e o sentimento que deveria ter. Os pais de Linda, assim como a mãe de Marieta, não tiveram escolha ao serem tirados de seu lar, mas ela havia nascido naquela pátria, era americana como qualquer outro branco. Continuaram a falar por todo o chá, a conversa se diversificou, Elise contou de seus trabalhos beneficentes com crianças, também sobre a ideia de emancipação feminina que crescia entre algumas damas, porém, ainda que o assunto tivesse mudado, Marieta não conseguiu parar de pensar no que Linda contou sobre como as pessoas reagiram ao seu casamento.

Quando se despediram da americana, Helena estava quieta e não deixava de olhar para sua amiga. Marieta sentiu que a Condessa queria lhe dizer algo, mas, talvez por causa das suas cunhadas ainda presentes na sala, estivesse se contendo.

— O amor suporta tudo? — perguntou Marieta, por fim.

— Assim está escrito na...

— Ah, por favor. — Lily interrompeu Elise. — Não sei se o amor suporta tudo, Mari, dizem que é um sentimento que precisa de cuidados e que pode morrer se não os receber.

Helena concordou com a cunhada.

— O amor tudo suporta quando o casal deseja suportar juntos. Quando querem fazer dar certo e realmente se comprometem um com o outro, independentemente de terceiros. Quando não há essa cumplicidade, eu não sei até quando é saudável suportar o amor. Amar e suportar sozinho traz dor.

— Devo concordar. — Elise se manifestou. — Linda nos mostrou um exemplo hoje de que o que Helena disse é verdade. Apesar de tudo, em momento algum a ouvi lamentar o casamento com o senhor Mead. Passaram por tudo juntos e, no final, a oposição cedeu, embora tema que ainda exista alguma.

— Certamente existe. — enfatizou Lily. — Mas será que eles se importam? É tão importante assim ter a aceitação de todos, sendo que um relacionamento é feito a dois?

Marieta deu de ombros.

— Eu não sei. O que temo é ver o amor se transformar em rancor, caso seja responsável por prejudicar a vida de um dos parceiros.

Helena levantou-se de onde estava, sentou-se ao lado de Marieta e pegou sua mão.

— Por que sofrer por antecedência? Vocês dois sabem o que enfrentarão, mas estarão juntos. Se Kim a amar tanto quanto penso que ama, não importa o que vocês irão passar, ele nunca sentirá rancor.

— Acho que todas essas questões podem ser dirimidas com uma boa conversa. Você sabe como é sentir o racismo, Kim não. — Marieta concordou com Elise. — Conversar é sempre o melhor caminho.

— Concordo com minha irmã. — Lily arregalou os olhos, surpresa. — Deus. O tempo certamente irá mudar depois dessa declaração.

O clima na sala se descontraiu depois da fala de Lady Lily e, embora Marieta ainda sentisse certo temor do que poderia vir da relação entre Kim e ela, decidiu que não iria sofrer antes da hora.

Se ele me amar tanto quanto acho que me ama...

As palavras de Helena a fizeram perceber que, desde que se reconciliaram, Kim não voltou a dizer que a amava.

20

Atrás da porta

— Soube por Hawk que Kim virá para o almoço — anunciou Helena, trocando as agulhas de tricô de mãos. — Parece que ontem ele não estava bem por ter perdido a luta.

— Sim, Joaquim me mandou uma carta explicando o motivo pelo qual não compareceria ao jantar. — Marieta riu. — Homens e seus esportes.

— E a dificuldade de admitir derrota — caçoou a Condessa, voltando a se concentrar nos pontos de tricô que tentava executar na esperança de fazer um casaco para o bebê. Errou mais um ponto. — Porcaria.

— Ainda não entendi essa sua fixação por trabalhos manuais. — Marieta tomou as agulhas de sua mão. — Essa criança já tem tanta roupa que será necessário encomendar um segundo bebê no resguardo para usar todas.

Helena suspirou.

— Quero fazer algo para ele. — Colocou a mão sobre a barriga. — Quero que sinta o quanto me importo e o quanto o amo.

Marieta sentiu o coração apertar ao se recordar que Helena não teve o carinho dos pais.

— Ele saberá, Guta. — Usou seu apelido de infância e recebeu um sorriso carinhoso. — Não precisa ficar se irritando com coisas que não sabe fazer. — A Condessa lhe deu razão. — Que tal desenhar algo para ele?

— Ele não poderá usar um desenho.

Marieta pensou por um momento.

— E se você desenhar em uma das roupinhas brancas? Deve haver alguma tinta que fique no tecido. — Helena sorriu. — Ou personalizar as cortinas, criar quadrinhos para o quarto e...

— Você é uma gênia.

Marieta gargalhou.

— Eu não. Só não entendo por que, em vez de usar a habilidade que tem, fica aí se furando com agulhas. Deixa que eu faço os bordados, concentre-se em pintar.

— Farei isso, mas não hoje. Logo depois do almoço, temos uma reunião na casa de Lady Catherine para vermos as provas da impressão que chegaram da gráfica. Iremos distribuir o manifesto no meu baile, na abertura da temporada no começo da primavera.

Marieta sentiu um frio na barriga.

— Já definiram a data?

— Sim. Hawk e eu conversamos ontem à noite e decidimos que queremos um baile florido, refrescante e imponente no primeiro dia da primavera. Tia Maggie irá nos ajudar a organizar e conto com sua linda letra para endereçarmos os convites, assim que chegarem.

— Conte comigo, mas confesso que a ideia de participar de um baile, com toda a aristocracia presente, é um tanto perturbadora.

— Você se sairá bem, creia-me. — Helena se levantou. — Vamos nos trocar para o almoço, porque logo depois sairemos.

Não conseguiram dar mais de um passo na direção da saída, pois logo o enorme mordomo apareceu segurando uma bandeja com dois bilhetes, um para Helena e outro para Marieta.

— Kim não vai poder vir ao almoço também.

Marieta concordou, lendo a missiva que ele lhe enviara desculpando-se, alegando ter surgido um assunto inadiável, prometendo encontrá-la no jantar.

— Não é possível que esteja envergonhado ainda por ter perdido para Lorde Harlow — comentou a Condessa. — Ele me perguntou se me importo se aparecer bem antes do horário do jantar. Por que será que ele quer vir antes?

Marieta sorriu, mas não respondeu. Havia sentido sua falta na noite passada, de seus beijos, seu carinho, do prazer que encontrava em seu corpo e da paz que era dormir em seus braços. Compreendia que, assim como o próprio Hawkstone, Joaquim trabalhava muito no escritório da empresa e geria negócios de valores incalculáveis, por isso o tempo deles era tão precioso e curto. Joaquim devia estar se sentindo como ela, cheio de saudades, por isso havia tentado ir ao almoço, mas como houve um imprevisto, avisou que chegaria mais cedo ao jantar. Marieta suspirou ao pensar em quantas horas ainda a afastavam dele.

Ajudou Helena a se trocar para o almoço e, já em seu próprio quarto, fez o mesmo. Escolheu um vestido de tarde em um belo tom lilás, combinando perfeitamente com o lenço de seda que usava em volta da cabeça, envolvendo e dando estrutura ao penteado. Pelo reflexo do espelho, Marieta observou a pequena flor de dente-de-leão dentro da cúpula de vidro. Mantinha-a ali como se não quisesse vê-la se desfazer, regando-a e cuidando dela com amor e dedicação. Podia ouvir a voz de Joaquim dizendo-lhe que ela era o vento que agitava aquela flor e fazia suas sementes se propagarem. Deu de ombros, reconhecendo que ainda não quis soprá-la pela simples ideia de que não queria despedir-se do presente dado por Joaquim no dia de São Valentim.

Marieta desceu para o almoço e, ao entrar na sala, encontrou Hawkstone e Helena já à mesa, esperando pelas outras pessoas da casa.

— Marieta, recebemos um convite para o último dia de exposição das pinturas do senhor Mead — informou Helena, animada. — Ele nos concedeu uma visita privada, não é ótimo?

— Sim. — Marieta concordou, sentando-se. — Milorde pensa em ir?

— Claro. Além de ser um apreciador das artes, gostaria de conhecer o casal, pois minha esposa teceu comentários maravilhosos e apaixonados sobre a política americana e a ideia de que o país esteja para se dividir.

— Hawk acha que, caso a diferença de ideias se torne muito grande, possa haver uma guerra.

Marieta arregalou os olhos diante da ideia.

— Será mesmo que isso irá acontecer?

— Não seria novidade. — Hawkstone parou de falar para cumprimentar Lily e tia Maggie, que haviam entrado na sala. — A Inglaterra já enfrentou guerras internas por conta de divisão de pensamentos e ideologias.

— Ah, Deus, guerra à mesa do almoço. Que tema mais indigesto. — Lady Margareth bebeu um gole de água, fundamentando seu argumento sobre a conversa à mesa. — Acabamos de sair de uma guerra, não precisamos de outra.

Marieta balançou a cabeça concordando com a Lady, pois havia estudado com sua professora sobre a Guerra da Crimeia, cuja participação da Inglaterra foi essencial para que o Império Otomano impedisse a perda de seu território para a Rússia.

— Nós não entraremos em guerra com mais ninguém por agora, assim espero. — elucidou Hawkstone. — Nós nos referíamos aos Estados Unidos da América.

Lady Margareth arregalou tanto seus olhos que pareciam que iam saltar das órbitas.

— Ah, Céus, não diga algo assim. Uma grande amiga vive na América com o marido e os filhos, na cidade de Boston.

— São apenas conjecturas, tia. — Helena a acalmou. — Vamos pedir a Deus que nada de mal aconteça por lá.

Lady Margareth concordou e logo o almoço pôde ser servido. Mudaram o assunto, tratando de temas mais amenos e divertidos, mas Marieta não deixava de pensar em tudo o que a senhora Mead havia dito, não só sobre a reação ao seu casamento, como também sobre uma possível emancipação dos escravizados. Marieta refletiu que seria possível que aquele fosse um vento de mudança que se espalharia pelo continente americano, alcançando o Brasil e libertando seu povo. Ela esperava que isso acontecesse, embora soubesse que, assim como nos Estados Unidos, haveria muita oposição e talvez fosse necessário ir à luta. Marieta fechou os olhos e desejou, de todo seu coração, poder ser parte das pessoas que lutariam por liberdade.

Marieta entregou seu casaco e o da Condessa ao lacaio postado à porta de entrada da casa de Lady Catherine, enquanto esperava que Lily e Elise fizessem o mesmo.

— Queiram me acompanhar. — O mordomo as levou até a mesma sala em que se reuniram da primeira vez. — A Viscondessa está em uma reunião e pede desculpas pelo atraso, mas pediu que a aguardassem. — Ele abriu a sala. — Pedi que lhes servissem chá. Desejam algo mais?

— Não, obrigada. — respondeu Elise, enquanto se sentava. — As outras damas chegarão a qualquer momento.

— Naturalmente, milady. — O mordomo fez uma reverência e se retirou para voltar a seu posto e recepcionar as outras convidadas de Lady Catherine.

— Será que viemos cedo demais? — questionou Helena, assim que ficaram a sós na sala.

Marieta percebeu que a Condessa puxava a gola branca de seu vestido recorrentemente.

— Algum problema?

— Não. — Helena suspirou. — Estou com aquele calor de novo e me sinto sufocar.

Marieta se levantou.

— Vou procurar alguém e pedir que lhe tragam um copo de água fresca. Deseja se refrescar? Posso ver com a criada de quarto de Lady Catherine se...

— Não, Mari, um copo de água acho que será suficiente. — Ela olhou em volta da sala. — Não há alguma sineta para chamar um lacaio?

Marieta inspecionou o lugar, contudo não achou o objeto.

— Prometo não me demorar. — Virou-se para Lily. — Poderia ajudar Helena a tirar a gola? Como estamos apenas nós aqui, não vejo problema se livrar dessa peça para poder respirar melhor.

Lily assentiu e Elise começou a falar sobre como também se sentira acalorada durante a gravidez de Charlie e, no final, como tivera tanta falta de ar que a impedia de dormir.

Marieta saiu da sala de visitas e foi até o hall de entrada, onde esperava encontrar o mordomo e algum lacaio, porém não havia ninguém. Seguiu então pelos corredores da casa à procura da porta de uso dos criados, que a levaria até o andar inferior onde, geralmente, ficava a cozinha. A todo momento, ia procurando entre os vãos e móveis alguma sineta que pudesse tocar para chamar alguém. Não se sentia à vontade andando pela casa de outra pessoa, mesmo sendo uma dama de companhia à procura de água para sua patroa. Estava passando por um corredor e, ao final dele, a porta do que parecia ser uma biblioteca estava aberta. Animou-se, pois, se aquela casa fosse parecida com Moncrief House, certamente haveria um meio de chamar criados na biblioteca e no escritório. Estava preocupada com Helena e temia que sua amiga acabasse passando mal por conta do pesado vestido e do espartilho que ainda usava. Marieta iria conversar com ela sobre suas vestimentas, mesmo não querendo interferir, pois ainda que fosse "socialmente incorreto" não levar o corset, seria pior para a gravidez.

— ... Mas você não pode pensar desta forma, Cat.

Marieta parou de súbito, mal respirando, quando ouviu a voz de Kim vir da porta entreaberta da biblioteca de Lady Catherine. Seu coração acelerou e sentiu um leve zumbido no ouvido, temendo o que estava acontecendo. Ele havia dito que não poderia comparecer ao almoço por um compromisso inadiável que ela presumira ser de trabalho, quando, no entanto, estava com a Viscondessa viúva.

— E como você quer que eu pense, Kim? Eu não quero viver uma mentira, não quero um romance clandestino, escondido e essa é a única forma de ser. — A Lady soluçou. — Minha mãe nunca...

— Eu sei, nós sabemos bem como é a Duquesa. — A voz dele pareceu extremamente desanimada.

— Eu não posso abrir mão de tudo por causa dela. Até quando isso irá acontecer? Casei-me para fazer sua vontade e afastar-me dela. Ela escolheu Lorde Talbot a dedo, um velho decrépito que morava em uma propriedade longe de Londres, o que me manteria fora da vista dela e da sociedade. Ela me odiava, Kim, e embora eu tenha feito tudo o que pediu, ainda me odeia.

Marieta ouviu o choro de Lady Catherine sendo abafado e intuiu que Kim a tivesse abraçado para consolá-la. Fechou os olhos, a consciência mandando que ela fosse embora dali, se afastasse, desse privacidade à mulher, mas a desconfiança a impedia de se mover.

— Livre-se das amarras que a mantém presa a ela, Cat. Você não precisa de uma casa como essa nem de todo esse exército de criados e...

— É muito fácil para você falar isso. É homem, trabalha, ganha seu próprio dinheiro. O que eu poderia fazer para me sustentar? O falecido Visconde proporcionou-me esta residência e uma pequena renda que é incapaz de mantê-la. Eu posso morar aqui, mas não posso vendê-la, o que dificulta as coisas. Há pessoas que dependem de mim neste lugar e, além disso, há todos os projetos que ajudo a financiar com o dinheiro da Duquesa sem que ela saiba. Seria egoísmo deixar tudo e pensar somente em mim.

— Eu posso ajudá-la, sabe disso.

Marieta sentiu-se gelar da cabeça aos pés. Não sabia o que significava aquele oferecimento de Kim, mas em sua mente, nenhuma hipótese boa crescia.

— Não posso aceitar. Minha situação já é complicada o suficiente para que eu aceite ser mantida por um homem.

— Não sou um homem qualquer, Cat.

— Ainda assim. — Lady Catherine emitiu um som agudo, um gemido claramente de dor. — Por que as coisas não foram mais fáceis para nós? Por que fomos impedidos de vivermos o amor por conta da arbitrariedade...

— Não precisamos estar impedidos de nada. Lembre-se do que te contei a pouco e tenha fé.

— Fé? Para viver às escondidas, enquanto gostaria de gritar ao mundo como me sinto? Que felicidade haveria nisso? Eu estou cansada de me sentir só.

— Não diga isso. — Novamente Marieta ouviu o choro dela sendo abafado. Olhou para os lados, dizendo a si mesma que nunca foi de ouvir atrás das portas e que deveria parar aquilo o quanto antes. — Eu nunca a abandonarei.

— Você está com Marieta. — Embora Lady Catherine tenha falado baixo, ela conseguiu ouvir. — E tem suas próprias questões para lidar com esse relacionamento. A sociedade não vê com bons olhos casais que fogem do padrão que definiram como normal.

Marieta pôs a mão sobre sua boca, o estômago revoltado.

— Eu sei, mas isso não muda nada entre nós. Pelo contrário. Eu amo você, nunca deixarei de amar e estarei ao seu lado para...

Marieta virou-se rapidamente, correndo para longe dali silenciosamente, graças aos tapetes grossos que abafavam o som do salto de seus sapatos. Sentia os olhos arderem, um bolo havia se formado em sua garganta e a pressão em seu peito era tanta que parecia que seu espartilho havia diminuído. Freou seus passos quando avistou um lacaio saindo da sala de visitas.

O homem a olhou com evidente surpresa, porém não disse absolutamente nada e afastou-se para que ela entrasse. Marieta não entrou, sabia que se aparecesse no estado em que se encontrava iria preocupar suas amigas e não queria isso.

— Lady Hawkstone desejava água — disse ao lacaio, enquanto se acalmava.

— Acabei de deixar junto com o chá, senhora. — Ele a informou. — Precisa de algo mais?

Marieta sentiu-se tremer ao pensar em encarar Lady Catherine ou, até mesmo, Kim depois do que havia ouvido.

— Sim, por favor. Pode pegar minha capa e avisar à Lady Hawkstone que me senti indisposta e fui para casa?

Ele assentiu, foi até o armário onde os casacos eram guardados, pegou a capa que Marieta lhe apontou e abriu a porta para que ela saísse. Estava frio, o vento cortante atingiu o rosto de Marieta, mas ela não se preocupou. Não sabia ainda o que pensar da conversa entre Joaquim e Catherine. Tudo pareceu uma discussão entre amantes que não podiam viver o amor que sentiam publicamente.

"Viver escondida...", "Fomos impedidos de vivermos o amor..." E, principalmente, a afirmação de Joaquim de que a amava.

Marieta desceu as escadas da entrada da mansão em Kensington e, tentando se lembrar do caminho que fizera de carruagem até ali, começou a caminhar de volta a Mayfair. No meio do caminho, viu a entrada para o Hyde Park e, sem querer encarar Lady Margareth ou mesmo Hawkstone, entrou para caminhar por entre as árvores. Chorou sem entender o que acontecia, por que Kim havia mentido e o que toda aquela conversa significava. Lembrou-se de todas as vezes que comentaram sobre o envolvimento entre Lady Catherine e ele no passado e de Lady Anna falar que a Duquesa contara sobre tê-los visto no teatro apenas para magoar a filha. Não queria ser a substituta de ninguém. Sabia que havia uma ligação e muito desejo entre Joaquim e ela, contudo, não queria amar quem não a amava, porque tinha consciência de que isso não daria certo.

Nada faz sentido, pensou frustrada.

— Senhora Silveira?

Marieta respirou fundo antes de olhar para o homem que a chamava.

— Boa tarde, milorde.

Lorde Tremaine se aproximou dela.

— Há algo errado?

Marieta tentou sorrir, mas foi em vão.

— Eu estava precisando respirar um pouco.

Ele assentiu, compreensivo.

— Todos precisamos de tempos em tempos. — Ofereceu-lhe o braço. — Permita-me acompanhá-la?

— Eu... — Suspirou, repensando a negativa que já estava pronta para expressar. — Claro.

Andaram por toda a trilha até chegarem ao enorme gramado que circundava parte do Serpentine.

— Soube que em breve teremos um baile em Moncrief House. — O Marquês puxou assunto.

— Como soube? Nem fizemos os convites ainda.

— Estive com Hawkstone, Braxton e Kim ontem — respondeu sem olhá-la. — Está animada para seu primeiro confronto com a ton?

— Ton? — repetiu, confusa.

Tremaine riu.

— É como chamavam a alta sociedade há alguns anos. — Sua expressão era de puro deboche. — A aristocracia é um grupo a ser estudado com ênfase por vários antropólogos no futuro. Creio que daqui a alguns anos, as pessoas modernas nos acharão deveras estranhos com nossas regras e, quem sabe, até mesmo nos invejarão achando-as românticos. — Fez uma careta. — O ser humano tem tendência a desejar o que não pode ter e fantasiar sobre isso.

— Entendo bem sobre esse assunto — respondeu ela com a voz tristonha. — Por toda minha vida desejei algo que achava que nunca poderia ter, os sonhos e a fantasia de como seria me alimentavam.

Ele a olhou atentamente.

— Frustrada com a realidade?

— Um pouco. Pensei que quando eu fosse livre, todo o meu povo também seria. — Pensou também em Kim e na conversa que ouviu. — Os sonhos podem ser difíceis de superar, ainda mais quando descobrimos que sonhamos sozinhos.

— Que tipo de sonhos?

Suspirou.

— Qualquer um, seja ele de liberdade ou de amor.

Marieta sentiu o coração estremecer ao pensar que tivesse se enganado sobre os sentimentos de Joaquim e que, em sua fantasia de felicidade, tivesse confundido desejo com amor.

21

Déjà Vu

Marieta chegou à casa perto do anoitecer. Andou demais no parque conversando com Lorde Tremaine e pensando no que poderia fazer para resguardar seu coração de mais uma decepção.

— Se vê morando aqui nesta fria ilha para sempre? — perguntou o Lorde.

— Não sei, mas sinto falta de casa, das pessoas que amo.

— Sei como é a sensação. Estive fora uma vez, quando ainda não era o Marquês de Tremaine e, mesmo me divertindo em outros lugares, não via a hora de voltar para casa. — Suspirou. — Acabei voltando mais cedo, quando soube da morte de meu irmão e exigiram minha presença para assumir seu lugar.

— Lamento muito sua perda. — Marieta percebeu que aquele assunto ainda machucava o charmoso Marquês. — Nosso futuro muda em um piscar de olhos e temos que conviver e nos conformar com essas mudanças.

— Sim, mudanças são inevitáveis, nada é inerte neste mundo. E, por mais que não pareça, uma hora a vida volta para um acerto de contas ou para um deboche irônico.

— O que ela fez no seu caso?

Tremaine levantou uma das suas escuras sobrancelhas e sorriu.

— Uma zombaria só.

Caminharam por mais alguns minutos, às vezes falando ou só andando em silêncio. Ele parecia compreender que ela precisava daquele tempo e não pressionou para dizer o que a tinha deixado melancólica nem por que estava sozinha naquele parque gelado. Quando, enfim, Marieta achou que era hora de voltar para casa, Tremaine ofereceu-se para levá-la em sua carruagem, mas ela negara, alegando querer andar mais.

— Então, continuarei o exercício ao seu lado.

Ele a acompanhou até Moncrief House, a pé, enquanto seu cocheiro os seguia com a carruagem.

— É sempre tão nobre assim? — perguntou Marieta, quando se despediram.

— Eu? Nobre? — Gargalhou. — Já me acusaram de muita coisa, mas essa é nova. Não sou nobre, sou egoísta e quis aproveitar o tempo a sós com uma bela e inteligente mulher. — Fez uma reverência com a cabeça. — Estou à disposição para um novo exercício sempre que necessitar de companhia.

Esperou que ela entrasse na casa e, antes que Ottis fechasse a porta, viu quando ele subiu no coche e deixou a expressão divertida de lado, tornando-se sério e sombrio.

— Mari. — Helena chamou-a do pé da escada, colocando a mão sobre o peito. — Graças a Deus. Estava a ponto de chamar a polícia. — A Condessa a abraçou apertado. — Onde esteve?

Marieta não estava mais conseguindo segurar as lágrimas, seus lábios tremiam e suas mãos estavam geladas.

— Eu... precisava... pensar.

Helena pareceu perceber o estado emocional da amiga, então pegou-a pela mão e a levou para seu quarto.

— O que aconteceu? Tomei um susto quando o lacaio disse que tinha partido e que se sentia mal. — Marieta se desculpou. — Lily e eu viemos para casa imediatamente, mas você não estava. Achamos que tivesse se perdido.

— Entrei no Hyde Park para caminhar.

Sentaram-se na cama, uma ao lado da outra.

— Hoje está tudo muito confuso. Você sumiu, Lady Catherine não se sentiu bem, por isso quem começou a reunião foi Lady Anna. Lily e eu nem vimos os jornais, estávamos muito preocupadas.

— Sinto tê-las preocupado. — Marieta suspirou. — Não estou me sentindo bem, então acho que não vou descer para o jantar.

Helena abriu a boca.

— Como? Mari, mas o jantar é para ofic... Kim virá vê-la antes do jantar, lembra-se?

Marieta abaixou a cabeça e chorou.

— Eu não quero falar com ele hoje.

— Ah, meu Deus, o que houve? — A Condessa estava pálida. — Abra-se comigo para que eu possa ajudá-la.

— Ninguém pode, Helena. — Marieta se levantou e começou a dar voltas dentro do quarto. — Ouvi uma conversa na casa de Lady Catherine, enquanto procurava alguém para pedir água. — Soluçou, incapaz de continuar. — Kim e a Viscondessa são amantes.

Helena ficou paralisada.

— Você tem certeza, Mari?

— Ela estava lamentando não poderem assumir publicamente o romance e ele dizia que isso não tinha problema, que o importante era o que sentiam. Ela falou de mim e ele lhe garantiu que não mudaria nada entre eles e disse que a amava.

— Kim disse isso?

Marieta soluçou.

— Com todas as letras. — Aproximou-se da amiga. — Helena, eu ouvi que eles tiveram uma história no passado. Você sabe algo sobre isso?

— Não, apenas o que Hawk me contou quando eu a conheci. — Suspirou. — Hawk julgava que Kim não havia se casado com ninguém por causa dela, porque os Duques impediram os dois de se casar quando eram mais novos e logo depois a obrigaram a aceitar o Visconde e a ir morar bem longe de Londres.

— Ele a amava.

Helena deu de ombros.

— Não sei, Mari. Hawk ainda estava na escola quando essa história aconteceu, Kim tinha só 21 anos e Lady Catherine era uma debutante. Porém, o que importa agora é o que sentem hoje e não creio que...

— Eu os ouvi, Helena. — Marieta interrompeu-a. — Acho que confundi as coisas, achei que por eu amá-lo ele também sentia o mesmo. Desejo não depende de amor e eu sempre ouvi falar disso, principalmente em se tratando dos homens, mas achei que tínhamos algo além.

— Por que você não conversa com ele? Ouviu uma conversa sem querer, pode ter interpretado mal. A boa comunicação entre um casal é responsável por grande parte do sucesso de uma união.

Marieta concordou.

— Vou conversar com ele, mas não hoje. — Secou as lágrimas. — Tudo que quero agora é descansar e pensar no futuro.

Helena suspirou.

— Está pensando em ir embora?

— Em voltar para casa. — Abraçou Helena. — Mas eu nunca irei embora da sua vida.

— Por favor, converse com ele. Vou pedir que preparem um banho para você e...

— Hoje não, Helena.

A Condessa assentiu, mesmo assim solicitou a Harriet que preparasse um banho quente para Marieta e lhe cedeu seu quarto de banho para isso. A água quente a ajudou a relaxar, mesmo chorando a maior parte do tempo em que esteve dentro da banheira. Sentia-se como se tivesse sido despedaçada, como se o tempo houvesse retrocedido e estivesse novamente à margem da cachoeira, chorando seu abandono.

Não queria se desesperar. Era uma mulher experiente e não uma mocinha que recém-descobrira a paixão nos braços de um homem que lhe prometera amor e uma vida diferente da que tinha. Marieta não soube quanto tempo ficou na banheira, mas só saiu quando a temperatura da água caiu e seus dedos estavam todos enrugados. Secou-se e vestiu sua camisola e o roupão, antes de ir para seu próprio quarto.

— Está melhor? — perguntou Helena, enquanto ela secava os cabelos, sentada à penteadeira.

— Sim, a água tem o poder de me acalmar.

— Não vai mesmo descer para o jantar?

Marieta negou.

— Ele já chegou?

— Acho que sim. Hawk o estava esperando no escritório. — A Condessa respirou fundo. — Mari, Kim veio hoje para...

— Eu não quero vê-lo, Helena, me desculpe.

A Condessa sorriu.

— Não precisa se desculpar. Lily e Elise estão no berçário, vendo os móveis que foram entregues, junto com Charlie. Eu vou até lá e depois vou descer para conferir se Kim já chegou e avisá-lo que você não está se sentindo bem.

— Obrigada.

— Conte comigo sempre. — Tocou no ombro de Marieta. — Descanse.

— Boa noite.

Quando Helena fechou a porta, Marieta teve que se concentrar para não voltar a chorar. Não queria passar a noite daquele jeito, tinha que ser forte, ela era forte. Seus olhos imediatamente foram atraídos pela pequena flor dentro da cúpula e seu coração disparou. Pegou o vidro com delicadeza, as sementes de dente-de-leão ainda agarradas no caule, porém visivelmente soltas, prontas para buscarem um novo solo e criarem vida.

És o vento, Marieta.

Ela se encaminhou para a janela e a abriu sem olhar para baixo, mirando apenas o céu sem estrelas acima de sua cabeça. Era forte, iria conseguir seguir em frente, curar seu coração para lutar pelas coisas em que acreditava. Estava doendo, mas iria passar e tinha certeza de que, um dia, acordaria sem aquela dor.

Eu sou forte.

Abriu a cúpula e soprou a flor, vendo as sementes sendo levadas, flutuando na noite escura e pontilhando o céu de branco. Chorou silenciosamente, lembrando-se da noite em que se entregara a Joaquim, mesmo com medo de perder sua virgindade, temendo que ele a julgasse mal depois ou que alguém descobrisse e a castigasse. Havia se entregado a ele mesmo com todas as chances daquele interlúdio amoroso lhe causar dores. Enfrentou o medo e as dúvidas e mergulhou fundo na paixão. Nunca se arrependeu daquela noite, nem mesmo quando pensou que ele a havia enganado. Juntou os cacos de seu coração e seguiu em frente com sua vida, e o faria de novo se necessário.

Voltou a colocar a cúpula no lugar, o caule vazio, sem a bola de sementes que o enfeitava. Mas, quando Marieta olhou para o vaso, percebeu que uma semente havia caído na terra e lá ficado. Se cuidasse dela, era provável nascer outra florzinha... talvez não devesse, mas desejava com toda força ver a renovação acontecer. Trançou seus cabelos e colocou o vaso sobre a penteadeira no momento em que a porta de seu quarto se abriu.

— Falou com ele? — perguntou Marieta, achando se tratar de Helena, porque ninguém entrava no seu quarto sem se anunciar antes. Mas, quando viu o reflexo de Kim no espelho, sentiu o coração retumbar. — O que está fazendo aqui?

— O que estás sentindo? — perguntou ele de volta, aproximando-se dela.

— Dor. Não estou com apetite, por isso não vou descer para jantar. — Longe dele, afastou as cobertas da cama. — Queira me perdoar, mas preciso dormir.

Não olhava para ele, mas sabia que não havia se movido.

— Dor? Mari, queres que eu chame um médico?

Ela negou e disse que precisava de um tempo e que pensava voltar ao Brasil para estar perto de mãe Maria e Zuma.

— E Helena?

Mari engoliu em seco, sentindo o peso por ter de deixar sua amiga, mas sabendo que seria insuportável viver naquela cidade o tendo por perto. Ela tentou explicar da melhor forma que pôde, sem deixar transparecer sua dor por ter que deixá-lo.

— E eu, Mari?

Aquela era a pergunta que ela não queria responder, mas sabia que ele o faria, bem como entendia que sua resposta poderia encerrar todos os sonhos de uma vida juntos. Marieta o encarou.

— Você seguirá com sua vida, Joaquim, assim como eu seguirei com a minha. Acho que o destino nunca quis que ficássemos juntos e não devemos ir contra...

— Uma merda que não quis. — Ele explodiu e ela deu um passo para trás assustada. — Escutes bem o que estás me dizendo. Nós não ficamos juntos por causa da ambição, do preconceito e do egoísmo do homem que se achava dono da sua vida.

Sentiu os olhos arderem das lágrimas que recusava a verter na frente dele e lembrou-se do tempo em que ficara no Brasil sem saber o que estava acontecendo, por que ele demorava e, então, a notícia de que havia estado no país, mas sem procurá-la.

— Todos esses anos, Joaquim, e você nunca disse sequer uma palavra. Nunca procurou saber por que eu aceitei me casar sendo que esperava pela sua volta. — Marieta respondeu-lhe no mesmo tom exaltado. — Poderia ter me dito o que estava acontecendo que eu iria me rebelar, eu fugiria...

— Eu tentei. — Ele gesticulou levantando os braços. — Deixei a porra de uma carta com Pedro, mas nunca a recebestes, não foi? — Ela confirmou a informação. — Achei que não pudeste esperar mais, nunca pensei que achavas que eu a havia abandonado.

— Isso não faz mais diferença, só prova que nós não nascemos um para o...

— Besteira, Mari. — Joaquim deu a volta na cama e se ajoelhou na sua frente. — Nos reencontramos e sentimos tudo de novo...

Marieta sentiu aquelas palavras como um tapa em seu rosto. Ele não falava de amor, falava da atração que sentiram desde o primeiro momento, do pouco tempo que tiveram para descobrir o poder da paixão que tinham.

— Desejo — murmurou com amargura. — Fomos interrompidos, não pudemos satisfazer a vontade que sentíamos um do outro.

Kim ficou parado por um momento e ela pensou que ele iria parar de falar e sair do quarto, mas se enganou.

— É assim que te sentes? — Marieta não respondeu. — Porque não é como me sinto. Sim, desejo-te desesperadamente, mas não só teu corpo, a ti. — Ele pegou suas mãos, apertando-as com força. — Amo-te, Marieta.

As palavras, as mesmas palavras que ele dissera a pouco para outra mulher, reverberaram dentro dela e a devastaram.

— Você diz isso com muita facilidade — acusou-o. — Ou é um mentiroso ou acha que é possível amar mais de uma pessoa ao mesmo tempo.

Ela estava de costas para ele, mas percebeu quando se levantou.

— Do que estás a falar?

Marieta respirou fundo antes de confessar que estivera ouvindo a conversa privada com a Viscondessa.

— Hoje eu estava na casa de Lady Catherine e ouvi vocês dois conversando.

— O que ouvistes? — perguntou Kim, lentamente, parecendo ter medo da resposta dela.

— O suficiente. — Olhou-o. — No começo fiquei confusa, achando que estava enciumada e que não havia nada demais na conversa, mas depois... você cancelou nosso almoço porque tinha um compromisso inadiável, mas não tinha ideia de que eu iria me encontrar com sua amante nessa mesma tarde, não é? — Ela riu com algum deboche. — Se eu não tivesse saído à procura de um criado, talvez nunca soubesse do romance clandestino de vocês.

— Não entendestes bem, Mari. Não sei o que ouvistes, mas a conclusão está errada. Lady Catherine e eu não somos amantes, nunca fomos.

— Todos falam da história que vocês dois tiveram no passado como se fossem uma versão de Romeu e Julieta. — Fechou os olhos. — Eu ouvi quando disse a ela as mesmas palavras que disse a mim.

— O sentido foi diferente.

Ela voltou a encará-lo.

— Então, sobre o que era a conversa?

O rosto dele ficou estranho, levemente corado, e Marieta sentiu seus pelos se arrepiarem de medo.

— Eu não posso dizer, então peço que confie em mim e acredite que és a única mulher na minha vida.

Marieta negou com cabeça, lágrimas grossas descendo por seu rosto, sentindo como se estivesse presa em uma espécie de déjà vu.

— Da última vez que me pediu isso, que confiasse em você cegamente, passei anos e anos carregando uma enorme ferida no meu coração. Não posso suportar ter o coração partido de novo.

Ele assentiu sério.

— Hoje vim aqui para lhe fazer um pedido. — Marieta não resistiu mais às lágrimas e soluçou. — Mas, diante do que acabamos de conversar, acho que talvez tenha me precipitado em achar que sentíamos a mesma coisa um pelo outro. — Ele caminhou até a porta. — Sempre confiei em ti, Marieta, e achava que era digno da mesma confiança.

— Então, esclareça as coisas. — gritou em uma última tentativa de se manter apegada ao amor que sentia por ele.

— Não posso. — Ele balançou a cabeça, enfatizando suas palavras. — Não posso ser desleal com as pessoas que amo, assim como nunca seria contigo. Fique bem. — Saiu do quarto e fechou a porta.

Marieta sentou-se no chão, abraçada às próprias pernas e, mesmo com várias velas acesas, teve a impressão de que uma súbita escuridão havia preenchido todo o cômodo. Sentia-se vazia, como se toda sua vida tivesse acabado de ser drenada de seu corpo. Olhou para a porta, sentiu o ímpeto de se levantar, escancará-la e correr atrás dele implorando por seu amor. Mas não faria isso. Amava a si mesma e se respeitava o suficiente para nunca mais aceitar nenhuma migalha de afeto.

Esclareça as coisas, continuava a pedir mentalmente, desejando que ele voltasse, dissesse que tudo não havia passado de um mal-entendido e que podia confiar nele. *Eu quero confiar nele*, chorou, sentindo o medo da dor e da rejeição tomar conta de si.

Marieta estava sentada ao lado de Lily ao piano, mas nenhuma das duas prestava atenção às notas emitidas pelas teclas.

— Você quer mesmo ir embora? — Lily disparou a pergunta à queima-roupa.

Marieta deu de ombros.

— Acho que será melhor.

— Para quem? Nós adoramos tê-la aqui e você ainda não pôde conhecer nada além desta cidade no inverno. — De repente, o rosto da jovem se iluminou. — Que tal se fôssemos, nós duas, em uma longa viagem pelo continente? Poderíamos passar a primavera em Paris, depois seguir para a Suíça e para a Holanda. — Lily bateu palmas. — Amsterdã na primavera deve ser um sonho. Depois, quando o verão chegar, podemos ir para a Grécia, Itália, Espanha...

Marieta sorriu com o entusiasmo da amiga.

— Lily, eu não teria como ir nessa viagem.

— Claro que teria. Quando Hawk foi fazer o grand tour ele levou Braxton, então por que eu não posso levar uma amiga também? — Lily a olhou percebendo a tristeza em seu olhar. — Mudar de ares pode fazer bem, ajuda a pensar. Depois disso, você poderá tomar uma decisão definitiva sobre voltar ao Brasil.

Marieta pensou em como deveria ser maravilhoso poder conhecer todos aqueles países, mas não conseguia encontrar o entusiasmo para a viagem. Além do mais, ainda era um sonho, pois não sabia se o irmão da jovem Lady iria permitir que ela se aventurasse pelo continente com outra mulher que não conhecia nada do mundo.

— Eu não sei, acho que chegou o momento de voltar para casa.

— Acho que não. — Sorriu. — Sabe do que me lembrei? — Marieta negou. —Tive uma conversa parecida com essa, neste mesmo lugar, com Helena anos atrás. Ela também estava voltando ao Brasil, magoada, desesperançada e totalmente apaixonada pelo meu irmão.

O coração de Marieta se agitou.

— Seu irmão ama a Helena — afirmou categórica, querendo fundamentar seu ponto de vista.

— Kim ama você — rebateu Lily.

— Joaquim parece amar muitas mulheres ao mesmo tempo.

Lily riu.

— E que mal há nisso? Eu amo muitos homens e muitas mulheres ao mesmo tempo também, você não? Amo Elise, amo Helena, você, tia Maggie e até a mamãe, sabe Deus como. — Gargalhou. — Amo meu irmão, meu cunhado, meu sobrinho maravilhoso.

— Lily... — Marieta suspirou. — Não estamos falando deste tipo de amor.

— Não? Ah... bom, esse outro tipo eu nunca experimentei. Então, quer dizer que quando você ama desta maneira, fica incapaz de amar daquela outra?

Marieta franziu o cenho, confusa com as perguntas de Lily.

— Elise, então, por amar Braxton, não consegue amar Hawk nem Charlie? Veja bem, são amores diferentes, mas são todos expressados com a mesma frase.

Marieta fechou os olhos.

— Você está tentando me dizer que eu posso ter interpretado as coisas erradas? Que a declaração que ouvi Joaquim fazer à Lady Catherine não foi uma declaração apaixonada?

O coração de Marieta encheu-se de esperança e, cada vez mais, ela tinha a sensação de que havia dimensionado as coisas além do tamanho que realmente tinham. Não imaginava mais Kim mentindo para ela, não depois desse tempo que haviam passado juntos, quando pôde conhecê-lo melhor, enxergá-lo não só por si mesma, mas através dos olhos de outras pessoas. Ninguém duvidava do amor de Joaquim, por que justamente ela estava fazendo isso, então?

— Como eu posso saber? — Lily deu de ombros ao responder Marieta. — Mas você falou com ele, o que Kim disse?

Ele implorou que confiasse nele. E eu senti medo, mesmo querendo confiar de todo meu coração.

Marieta baixou os olhos para as teclas do piano e resumiu:

— Kim disse que as coisas não eram como eu...

— Hum... — Lily a interrompeu de repente. — Acho que saberemos agora.

Marieta levantou a cabeça e olhou para a direção que ela apontou e ficou sem ar ao ver Helena parada à porta, acompanhada por Lady Catherine.

22

Silêncio

Joaquim saiu da casa de Lady Catherine preocupado com o horário, pois tinha marcado um compromisso antes de receber o chamado urgente de sua amiga. Estava abalado pelas coisas que ouvira naquela tarde, ainda que não significassem nenhuma novidade, destroçado por saber que um amor tão perfeito não pudesse trazer felicidade. Não tivera coragem de dizer à Lady que pretendia selar um compromisso matrimonial naquela mesma noite com Marieta, percebeu que não era o momento adequado de falar sobre esse assunto e estava certo, embora Catherine já pudesse desconfiar de suas intenções.

Cada dia mais sentia um enorme desprezo pela Duquesa de Needham e por tudo o que fizera a seus filhos. A detestável dama espalhava tristeza e rancor por onde andava e se divertia transformando vidas alegres em miseráveis como a sua. Entendia a postura do Duque ao cortar os laços com sua mãe e com a sociedade que ela tanto amava, a mulher era tóxica demais. Gostaria que Catherine pudesse também se livrar da influência da Duquesa, mas sabia que não era fácil e a compreendia, embora não compactuasse com sua decisão.

Kim seguiu para a Bond Street a fim de se encontrar com um joalheiro que aceitara sua encomenda tão repentina — claro que por uma quantia escandalosa de libras esterlinas — e o pedido tão singular que fizera para um anel de compromisso. Estava nervoso, suava mesmo com o vento forte e gelado que soprava, um anúncio esperançoso de que o inverno estava sendo levado embora e que, em breve, climas mais amenos iriam possibilitar maior liberdade para passeios e viagens, o que pretendia fazer muito durante sua lua-de-mel. Marieta sempre tivera curiosidade de conhecer o mundo. Ela sonhava ganhar asas para voar e desbravar novos lugares e ele podia fazer isso para ela, seria seu presente, uma viagem ao redor do mundo.

Ainda estava aguardando a resposta da carta de Pedro, mas já havia decidido que, independentemente da explicação, iria ao Brasil primeiro. Marieta sentia saudade das pessoas que ficaram — tanto as que estavam já livres como ela quanto as que continuavam em situação de escravidão nas fazendas do Barão. Queria ajudá-la a encontrar a mãe, caso fosse possível, e levá-la aos Estados Unidos para acompanhar de perto os discursos abolicionistas que estavam acontecendo naquele país. Depois, atravessariam o oceano em direção à África. Joaquim nem poderia imaginar a reação de Marieta ao conhecer o continente, mas imaginava quão emocionada ela ficaria. Para onde Marieta quisesse ir, ele a levaria.

Desceu da carruagem na rua movimentada e entrou no escritório do ourives, esperando ser anunciado por seu secretário.

— Senhor Ávila. — O homem, chamado Gordon Stone, o cumprimentou. — Chegou bem na hora, acabei de polir a peça, queira me acompanhar.

Kim entrou na sala de trabalho, no fundo do estabelecimento e fortemente guardada por tantas trancas que imaginou o dono levando horas abrindo todas elas. Sentou-se em uma poltrona perto da escrivaninha que contava com iluminação, lentes de aumento e um forro de veludo preto. O senhor Stone abriu uma caixinha e tirou o anel que Kim encomendara.

— Ficou perfeito. — exclamou, admirando o minucioso trabalho do ourives.

— Claro que sim, é uma peça G. Stone. — O orgulho estava presente em cada sílaba da frase. — Embora não seja nada convencional para o fim proposto a ela.

Kim riu, percebendo que, embora tenha aceitado a encomenda, Stone não aprovava a quebra da tradição.

— Terei oportunidades para encomendar peças mais convencionais no futuro, mas não essa. — Apontou para o anel. — Será meu anel de casamento e não poderia ser diferente.

O velho homem abaixou a cabeça em concordância, enquanto guardava o anel de volta na caixinha e a entregava a Kim.

— Espero que seu casamento seja próspero e feliz.

— Obrigado pelos votos, tenho certeza de que será.

Despediram-se e Kim, que havia dispensado seu próprio coche, subira em uma carruagem de aluguel para ir até a empresa, ansioso para que as horas passassem o mais rápido possível para que pudesse encontrar-se com Marieta e pedir para que ela compartilhasse a vida com ele.

— Está nervoso, nunca te vi assim — comentou Gil ao ajudar Kim a se vestir.

— Nunca propus casamento a ninguém antes — retrucou Kim.

Seu amigo mostrou os petrechos de barba, mas negou, preferindo mantê-la grande, pois Marieta gostava de enfiar os dedos entre os fios e isso lhe causava um prazer absurdo.

— Achei que nunca o veria casado. — Gil tinha a face corada e um sorriso enorme. — Estava esperando por ela, não?

Kim sorriu, imaginando o que seu amigo diria se contasse que sim, estivera esperando por Marieta todos esses anos, mas não da forma genérica como seu amigo disse. Ele não esperava por alguém, nem pela pessoa certa, espera por ela, pela mulher por quem se apaixonou e com quem havia pretendido casar anos atrás. Ele não saberia dizer, caso lhe perguntassem, se um dia se casaria com outra se não pudesse ser Marieta. Provavelmente responderia que não, que a vida de solteiro lhe bastava, mas a vida de casado nunca seria suficiente se não fosse com a mulher que amava ao seu lado. E ele só havia amado uma mulher por toda sua vida: Marieta.

— Sempre esperei, Gil — respondeu com sinceridade. — Tem certeza de que não quer ir comigo ao jantar? Hawk o convidou também.

— Não, você sabe bem que, embora goste de Hawkstone, não me sinto à vontade com toda aquela pompa de uma casa de aristocrata.

Kim compreendeu, conhecia o rancor que Gilbert nutria pela nobreza e dava-lhe razão. A arrogância de alguns nobres custara a ele muito mais do que orgulho ou dinheiro, sua família.

— Maude disse que fará questão de fazer um jantar especial para que possamos comemorar sua boda aqui na casa — avisou Gil. — Aí poderei me apresentar corretamente à dama e felicitar os dois.

— Não me canso de sentir-me grato pelo que você fez na noite em que ela veio até aqui e eu não estava. — Colocou a mão no ombro do amigo. — Você a acolheu, a protegeu levando-a para a biblioteca e não a julgou, sequer me disse uma palavra sobre aquela noite, não enquanto não me abri.

— Somos amigos, mais do que patrão e empregado, e honro minhas amizades.

Kim sorriu emocionado.

— Obrigado por sua lealdade, Gil, nunca a esquecerei.

O imediato fez uma careta e se afastou. Kim conhecia bem o homem que por fora parecia tão bruto e duro, mas que, na verdade, possuía um coração bondoso e emotivo.

— Acho melhor você ir, senão chegará tarde e não terá tempo de conversar com a dama antes do jantar. — Ele riu. — E não seria nada certo ela participar de seu próprio jantar de noivado sem saber de nada.

Kim riu, seu sorriso torto acentuado pela felicidade que sentia.

— Certamente ela me recusaria.

Gil bateu na madeira três vezes.

— Nem brinque com isso, capitão.

Eles se despediram, Kim pegou a caixinha com a joia e a colocou no bolso, antes de seguir de coche até o bairro vizinho, onde sua futura esposa o aguardava. Esperava, em breve, não precisar mais fazer aquele caminho sempre que quisesse vê-la, mas sim com ela ao seu lado indo visitar Hawkstone e Helena. Kim olhou para a paisagem do lado de fora do coche, pensando em onde Marieta gostaria de oficializar a união. Havia igrejas católicas na Inglaterra, embora a religião predominante fosse a anglicana. Kim fora batizado na igreja papal, mas nunca seguira os ritos ou fora assíduo em seus serviços.

Já Marieta, embora também tivesse recebido o batismo católico, tinha sua própria religião, mas ele não tinha certeza se encontrariam alguém que pudesse dar-lhes a bênção dentro dos ritos dela. Talvez a solução fosse se casarem na Inglaterra para depois fazer outra cerimônia no Brasil, quando chegassem para visitar Maria e os amigos de Marieta que moravam lá.

As pernas de Kim tremiam dentro do coche, tamanha a ansiedade que sentia. Ele nunca havia notado quão longe estava sua casa da residência de seu amigo. O trajeto parecia não terminar nunca e ele lamentou não ter tido a ideia de ir com seu cabriolé. Mantenha a calma, disse a si mesmo, antes de respirar aliviado ao reconhecer a rua onde ficava Moncrief House.

Não esperou que Somerson abrisse a porta do coche e pulou para fora, galgando rapidamente os degraus da entrada para tocar a sineta da porta.

— Boa noite, senhor. — O mordomo o recebeu. — Lorde Hawkstone está no escritório.

— Obrigado, Ottis.

Seguiu direto para o local já conhecido, esperando tomar um trago ou dois de uísque para que acalmasse seus nervos. Nunca se sentiu daquele jeito, nem mesmo quando era um garoto e esperava desesperadamente a volta de seu pai do mar.

— Kim, enfim chegou. — Hawk, já arrumado para o jantar, o recebeu com um copo de uísque na mão. — Se eu ainda me lembro da sensação de propor casamento, acho que está precisando disso aqui.

— Leu meu pensamento. — Ele riu, bebendo todo o conteúdo de uma só vez. — Não contou a ela, não é?

Hawk olhou-o ofendido.

— E agora sou uma matrona fofoqueira para você? — Kim negou e serviu-se de outra dose. — Vá com calma, não queremos palavras arrastadas e bafo de álcool quando chegar a hora de expor seus sentimentos à Marieta.

Ele concordou e colocou mais água em seu uísque.

— Estou suando como se estivéssemos no verão do Brasil. — Olhou para a lareira acesa. — Acho que vou convidar Mari para um passeio no jardim.

— Pode ser uma boa ideia. — Hawk concordou. — Helena e ela já devem descer. Lily está com Elise e o pequeno Charlie no berçário e a tia Maggie sequestrou Charles para fazer alguma coisa para ela lá no corredor dos retratos.

Kim estremeceu.

— Pobre Braxton.

Hawk riu, mas ficou sério quando ouviu uma batida à porta.

— Stephen, temos um... — Helena parou de falar assim que viu Kim. — Ah, boa noite, Kim.

Ele franziu a testa sem entender o espanto dela por vê-lo, afinal, era o jantar de compromisso que ela mesma ajudou a organizar. Kim fechou os olhos por um momento, achando que todo mundo estava muito confuso, não só ele.

— O que houve? Sente-se bem?

— Sim... quer dizer... — olhou para Kim de novo. — Eu sim, mas temo que teremos de adiar o jantar. — Baixou os olhos e Joaquim sentiu um frio na barriga. — Mari não se sente muito bem e...

— O que ela tem? — Kim correu até Helena, mas Hawk o parou antes que alcançasse a Condessa. — Helena, o que ela tem?

Ela não conseguiu olhá-lo, o que o deixou temendo pelo pior.

— Vou vê-la. — anunciou, saindo correndo do escritório.

— Kim, não, ela...

Não ouviu o que Helena disse, pois subiu os degraus de dois em dois e depois voltou a correr pelo corredor que levava aos quartos. Sabia que ela estava instalada na parte de hóspedes e como conhecia bem onde ficava o quarto de Hawk e da Condessa, ignorou esses e passou a abrir os outros.

— Falou com ele? — perguntou Marieta assim que ele abriu a porta, mas arregalou os olhos quando o viu. — O que está fazendo aqui?

Kim percebeu que ela não estava arrumada, vestia uma camisola e um penhoar, seus cabelos estavam presos em uma trança grossa caída por suas costas.

— O que estás sentindo? — inquiriu-lhe.

— Dor. — Ela disse afastando-se dele. — Não estou com apetite, por isso não vou descer para jantar. — Afastou as cobertas da cama. — Queira me perdoar, mas preciso dormir.

Apavorou-se, achou que ela tivesse se machucado e não queria lhe dizer, mas então percebeu que não, que apesar de parecer triste, Marieta estava bem. Tão bem que disse que pretendia voltar ao Brasil, deixando sua amiga Helena com um bebê para nascer e toda sua nova vida na Europa para trás.

— E eu, Mari? — fez a pergunta que mais temia.

Ela o encarou.

— Você seguirá com sua vida, Joaquim, assim como eu seguirei com a minha. — A resposta o fez gemer. — Acho que o destino nunca quis que ficássemos juntos e não devemos ir contra...

Ele se revoltou contra aquela ideia tão simplória da vida e do amor deles. Discutiram e ela voltou a falar do passado, de como se sentira abandonada por ele, enganada, sem ter recebido sequer uma explicação. Kim não queria revelar sobre a carta que deixara com Pedro sem ter, antes, uma explicação do amigo, mas aquelas acusações lhe doeram tanto que vociferou:

— Eu tentei. Deixei a porra de uma carta com Pedro, mas nunca a recebestes, não foi? — Ela negou. — Achei que não pudeste esperar mais, nunca pensei que achavas que eu a havia abandonado.

— Isso não faz mais diferença, só prova que nós não nascemos um para o...

— Besteira, Mari. — Ele deu a volta na cama e se ajoelhou na frente dela. — Nos reencontramos e sentimos tudo de novo...

— Desejo. Fomos interrompidos, não pudemos satisfazer a vontade que sentíamos um do outro.

Kim ficou parado por um momento, não conseguia nem respirar, enquanto processava o que ela havia acabado de dizer.

— É assim que te sentes? — Marieta não respondeu. — Porque não é como me sinto. Sim, desejo-te desesperadamente, mas não só teu corpo, a ti. — Ele pegou as mãos dela. — Amo-te, Marieta.

Ela puxou suas mãos da dele e se levantou, dando-lhe as costas.

— Você diz isso com muita facilidade. Ou é um mentiroso ou acha que é possível amar mais de uma pessoa ao mesmo tempo.

Kim pôs-se de pé, sem entender. E quando ela contou sobre o que ouvira na casa de Lady Catherine, ele sentiu seu mundo desabar.

— Não entendeste bem, Mari. — Tentou se justificar. — Não sei o que ouviste, mas a conclusão está errada. Lady Catherine e eu não somos amantes, nunca fomos.

— Todos falam da história que vocês dois tiveram no passado como se fosse uma versão de Romeu e Julieta. Ouvi quando disse a ela as mesmas palavras que disse a mim.

Kim fechou os olhos, respirando fundo, tentando explicar que o que sentia por Lady Catherine era muito diferente do que sentia por ela.

— Então, sobre o que era a conversa?

Ele sentiu o coração se apertar, a história não era sua para que pudesse contá-la a outrem, fizera uma promessa de sempre proteger Lady Catherine e, por mais que confiasse em Marieta, não podia revelar o teor da conversa sem a autorização de sua amiga. Pensou em recorrer à confiança, pediu para que acreditasse nele, mas, novamente, o passado pairou sobre eles como um fantasma, assombrando o futuro de ambos. Não havia mais argumentos, um amor sem confiança era uma frágil flor que murcharia diante de qualquer intempérie. Se Marieta não poderia confiar em sua palavra, eles não teriam base suficiente para manter uma relação a dois.

— Hoje vim aqui para lhe fazer um pedido. Mas, diante do que acabamos de conversar, acho que talvez tenha me precipitado em achar que sentíamos a mesma coisa um pelo outro. — Ele caminhou até a porta. — Sempre confiei em ti, Marieta, e achava que era digno da mesma confiança.

Ela soluçou em prantos.

— Então, esclareça as coisas. — gritou.

— Não posso. — Kim lamentou mais do que tudo não poder fazer o que ela pedia. — Não posso ser desleal com as pessoas que amo, assim como nunca seria contigo. — Abaixou a cabeça, sentindo-se derrotado, velho e cansado. — Fique bem.

Fechou a porta e caminhou pelo corredor firmemente, mantendo sua postura, olhando para frente. Contudo, todos os seus sentidos estavam em alerta, à espera de qualquer barulho que significasse que Marieta havia se arrependido e estava indo atrás dele. Desceu as escadas, a esperança cada vez mais fraca, e se encontrou com Hawkstone no hall. Pelo olhar bicolor triste de seu primo, sabia que a notícia de que Marieta iria rejeitá-lo havia chegado aos seus ouvidos.

— Sinto muito, Kim. Certamente ela irá pensar melhor e...

— Não era para ser. — Deu de ombros, tentando não desmoronar ali mesmo. — Ela mesma disse isso, o destino não nos quer juntos.

Hawkstone riu e negou.

— Somos nós que escolhemos nosso destino, ele pode até nos empurrar, mas a escolha final é nossa.

Kim fez sinal para o lacaio que guardara suas coisas e, enquanto vestia seu casaco, ainda com a esperança de ouvir os passos de Marieta descendo as escadas, sentenciou:

— Ela escolheu.

Despediu-se do primo e não esperou seu coche aparecer, partindo a pé para sua casa, precisando de um tempo caminhando e digerindo tudo o que havia acontecido. Nem parecia o mesmo trajeto que havia percorrido tão feliz e ansioso. Tocava a caixinha do anel que nem pudera lhe mostrar ou oferecer, como se aquela pequena joia fosse uma bola de ferro.

Esclareça as coisas.

A voz de Marieta se repetia em sua mente a todo instante e ele tinha vontade de gritar, sentindo o peso da promessa feita à Lady Catherine afundá-lo e afogá-lo para sempre.

23

Quando é amor...

Helena entrou na sala de música com Lady Catherine ao seu lado e olhou intensamente para sua cunhada, que parecia ter conseguido entender o olhar, levantando-se como se o banco do piano estivesse a pegar fogo.

— Eu vou com você, Helena. — exclamou, mesmo que a Condessa não tivesse proferido uma só palavra. — Marieta, faça companhia à...

— Vamos, Lily. — Helena a apressou e as duas saíram praticamente correndo da sala.

Lady Catherine não parecia à vontade e Marieta tampouco se sentia tranquila na presença dela. Não sabia o que viera fazer em Moncrief House nem se vinha a pedido de alguém e temia o que poderia lhe revelar.

— Desculpe interromper sua aula. — Começou ela.

— Tudo bem, não estávamos avançando muito. — Marieta se levantou, fechou o piano e apontou para um sofá. — Quer sentar-se?

— Obrigada. — Sorriu triste. — Estou com minhas pernas tremendo.

Marieta surpreendeu-se com a confissão da outra mulher e concordou, pois também sentia-se trêmula.

— Deseja tomar algo? Eu posso...

Lady Catherine apoiou a mão no braço de Marieta, impedindo-a de puxar a corda da sineta para chamar um lacaio.

— Estou bem, apenas preciso conversar contigo.

Marieta suspirou.

— Ele pediu para que viesse?

— Não. — Ela deu de ombros. — Kim nem sabe que estou aqui.

— Então, como sabe o que...

Catherine baixou os olhos, fitando seu colo, e tirou da bolsa um bilhete.

— Gil me escreveu e a carta chegou no café da manhã. Assim que a li me arrumei para vir para cá.

Estendeu a missiva à Marieta, porém ela não a pegou. Não podia ler, não por ter dificuldade com o idioma, mas porque temia as palavras ali escritas. Lady Catherine suspirou e resolveu ler ela mesma:

— "Kim está devastado, aconteceu algo no jantar de ontem. O anel ainda está com ele. Tentei descobrir o que houve, mas tudo o que faz é beber e dizer que nunca trairia um amigo revelando seus segredos. Quando finalmente dormiu, falou algo sobre não ser seu amante."

Marieta fechou os olhos, seu peito doendo ao imaginá-lo do jeito que seu amigo o descrevera na carta. Podia sentir o intenso sofrimento a cada palavra que Lady Catherine lia.

O que eu fiz?

— Como ele está agora? — perguntou Marieta.

— Não sei, provavelmente sentindo uma grande dor de cabeça causada pela ressaca. — Riu. — Nós nunca fomos amantes, Marieta.

Mari abaixou a cabeça, sentindo-se constrangida por ter de admitir que ouviu a conversa que os dois estavam tendo.

— Ontem, acabei ouvindo parte do que conversavam na biblioteca. — A dama assentiu, aparentemente plácida, mas suas mãos tremiam sobre o colo. — Ele disse que a amava.

— Entendo. — Catherine fechou os olhos e respirou fundo. — Eu também o amo, mas não como você o ama. Kim foi o primeiro homem com quem me senti à vontade quando era jovem. Eu conseguia falar com ele e com os outros, não. Ele me fazia rir e eu podia dizer o que pensava sem nenhum julgamento de sua parte. Pensei estar apaixonada por um momento, mas quando nos beijamos, percebi que o sentimento não ia para esse caminho.

— Você o ama como amigo — concluiu Marieta.

— Mais do que isso, amo-o como a um irmão. E quero muito que seja feliz. — Sorriu. — Eu já estava sabendo sobre vocês dois, que havia um envolvimento, mas não imaginava que ele iria propor casamento, pelo menos não por agora. Ontem, eu o chamei à minha casa porque precisava desabafar e ele é a única pessoa em quem confio para contar meus segredos.

Marieta lembrou-se do que Joaquim lhe disse sobre confiança e lealdade e concordou com a opinião da Lady sobre ele, sentindo-se imediatamente arrependida por não ter tido a mesma fé.

— Ele não contou o que vocês conversaram, mesmo eu exigindo saber para confiar nele. — Marieta soluçou incapaz de conter o pranto. — Disse-me que não poderia quebrar a confiança de quem amava.

Sentiu a mão enluvada da Viscondessa sobre a sua.

— E eu não posso deixar quem eu amo sofrer por conta de um segredo meu, por isso vou contar...

— Não, não há necessidade. Fui tola e ciumenta e julguei a vocês dois mal. Ouvi pedaços de uma conversa que não era para ter ouvido e concluí que...

— Por que, Marieta? É tão óbvio que Kim é completamente louco por você.

Mari sentiu o peso de toda sua insegurança esmagá-la.

— Talvez eu não me ache suficiente para ele. — Ela tentou em vão afastar os sentimentos depreciativos com os quais conviveu toda a vida. — Medo do que uma relação entre nós pudesse desencadear na vida dele. Uma mulher como eu...

— Uma mulher linda, inteligente, com um coração que parece ser enorme em compaixão e bondade. — Catherine sorriu. — É essa a mulher que eu vejo e que, tenho certeza, ele vê também. Por que Kim não a quereria a seu lado?

Marieta percebeu que, por mais que tentasse, Lady Catherine nunca poderia a entender. Somente aquela pessoa que passa pelo que ela passou, sendo tratada de forma insensível, como se fosse invisível, como se não valesse a pena e fosse somente um meio para um determinado fim, poderia mensurar as feridas que carregava. Decidira, sim, erguer a cabeça, amar muito a si mesma, dar-se o valor que tinha e impor respeito, mas isso não apagava as grandes marcas que já carregava nem mesmo os gatilhos que tinha. Estivera insegura, com medo de viver o amor ao lado do homem que sempre havia amado e por causa disso, poderia tê-lo perdido para sempre.

— Vamos enfrentar muitos problemas a partir do momento em que ele se unir a mim. — Marieta tentou explicar. — Não sei até que ponto poderia ver nossa união ser motivo de desgosto para ele. Acho que, por isso, acabei tentando matar qualquer chance de sermos felizes, antes mesmo de tentarmos.

— Entendo. — E encarou Marieta. — Era sobre isso que estávamos conversando ontem, sobre como as convenções, o preconceito e a "moralidade" nos impedem de viver o amor. Eu o admiro por não se importar com os problemas e pensar somente em estar ao seu lado e a admiro também por ser forte e pensar nele a ponto de querer renunciar ao amor de vocês para não o machucar. Eu não posso fazer nem uma coisa nem outra. — Sorriu, e lágrimas desceram molhando sua face. — Não posso enfrentar a sociedade, como também não posso renunciar ao amor que sinto.

Marieta se compadeceu do dilema dela.

— Eu sinto muito.

— Não é sua culpa. A mesma sociedade que te fez temer é a que me mantém aprisionada dentro de uma forma que não me cabe. — Marieta não entendeu o que ela quis dizer, mas não a interrompeu. — Eu amo e sou amada na mesma medida, sou feliz como nunca pensei que pudesse ser, porém não poderei compartilhar minha alegria abertamente sem correr o risco de ser presa ou deportada.

— Por quê? — Marieta sentia-se apavorada pelo que ouvia.

— Porque eu amo outra mulher. — Marieta surpreendeu-se com a revelação. — Muitos acham que isso é uma doença, inclusive minha mãe, que me internou quando desconfiou que eu me sentia atraída por outras moças, depois obrigou-me a um casamento e me isolou num canto remoto esquecido do mundo.

Marieta segurou a mão de Lady Catherine com força, querendo oferecer-lhe conforto, pois percebia que a dama tremia com as lembranças do que já passara.

— Eles dizem que sou diferente, mas diferente do quê? O modo como eu amo tem menos valia por não amar a um homem? — Marieta negou. — Vivemos com medo de sermos descobertas e acabarmos sendo acusadas de sodomia. — Ela riu do absurdo da palavra e a repetiu: — Sodomia.

— É Lady Anna seu amor?

— Sim. — Lady Catherine suspirou. — E tudo o que pude oferecer a ela para estar ao meu lado foi um falso emprego de dama de companhia.

Marieta a abraçou, percebendo que, embora em situações completamente distintas, as duas tinham muito em comum e sofriam com o preconceito e a maldade das pessoas que não sabiam olhar para elas sem segregá-las por ser quem eram.

— Obrigada por me contar e confiar em mim. Eu admiro a mulher que você é e tenho muito orgulho de poder fazer parte de sua história com Lady Anna.

Catherine soluçou emocionada.

— Agora, por favor, vá encontrar aquele homem e livrá-lo do tormento em que se encontra. — Secou o rosto e riu. — Mas, antes, peça a beberagem nojenta que o valete do Conde faz, dizem que faz verdadeiro milagre contra a ressaca.

Marieta sorriu agradecida pela dica, ainda sentindo o coração inchado de tanto amor e orgulho por ter conhecido aquela mulher corajosa que não teve medo de expor seus segredos para ajudar um amigo querido. Acompanhou a Viscondessa até a porta e despediu-se dela, prometendo mandar notícias. Assim que ficou sozinha, Marieta respirou fundo, armou-se de coragem e foi até o escritório de Hawkstone, pois tinha uma missão pela frente e do sucesso dela dependia a sua felicidade e a de Joaquim.

24

Um sonho

— Kim? — a voz de Gil reverberou dentro de seu cérebro e ele sentiu como se mil agulhas espetassem sua cabeça.

— Não grita. — sussurrou com as mãos tampando os olhos. — Entra sem fazer tanto barulho, pareces uma gralha.

Gil gargalhou e Kim gemeu de dor, xingando o amigo.

— Vim ver se estava vivo. — Sentiu o colchão ceder com o peso do homem que se sentava ao seu lado. — A bebedeira de ontem foi longa e chorosa, digna de um marujo com saudades de sua amada.

— Gil, não estou com humor para suas brincadeiras — rosnou Kim.

— Bom, não é brincadeira. Ah, me esqueci do que vim fazer aqui. — Levantou-se. — Lorde Tremaine está aqui para uma visita...

— O quê? — Joaquim tirou a mão do rosto e encarou o Marquês parado na porta de seu quarto, com os braços cruzados e o maldito sorriso debochado na cara. — Hoje não, Seb. Tenham misericórdia, não aguento dois trocistas no mesmo dia.

— Tínhamos uma reunião, mas passei aqui depois que fui até seu escritório na empresa e descobri que não havia ido trabalhar. — Tremaine recostou-se no batente da porta. — Pensei comigo mesmo: ou morreu ou foi morto.

Gil gargalhou alto.

— Antes tivesse sido morto. — Gemeu e se sentou. — Que merda de bebida foi aquela que bebi? Santo Deus, tudo roda.

— O problema nem sempre é a qualidade da bebida, mas a quantidade — observou Gil.

— Concordo. Depois de beber o conteúdo de um barril, não faz diferença ser conhaque francês ou do alambique clandestino do porto.

Kim não entendia por que seus amigos o torturavam com essa conversa sem sentido. Será que não percebiam quão mal estava?

— Chega. Fora daqui vocês dois, agora. — Irritou-se e acabou gritando, o que revolveu seu estômago, fazendo com que tivesse que se deitar. — Estou ressacado, mareado, com a porra do coração partido e vocês não param de tagarelar.

— Nunca fui acusado disso. — Tremaine riu. — Ultimamente estão me acusando das coisas mais loucas. Primeiro, Marieta me diz que sou um homem "nobre" sem que isso tenha a ver com meu título. — Kim sentou-se na cama de novo. — Agora, sou acusado de tagarelar.

— Quando Marieta lhe disse isso?!

Tremaine ergueu as duas mãos em sinal de rendição.

— Calma, não se aproxime, porque meu traje é novo e você está fedendo mais do que urinol de uma taberna de *fish and chips*[4] do East End.

Novamente, Gil gargalhou e Kim socou sua perna, arrancando-lhe um gemido.

— Quando você se encontrou com Marieta, Tremaine?

— Hum... — O Marquês fez um bico ridículo fingindo pensar. — Ontem. Sim, ontem passeamos calmamente pelo Hyde Park. Ela parecia triste, mas estava sozinha, então não resisti e caminhei com ela um pouco.

---

4 Nota da autora: prato tradicional do Reino Unido. Consiste em um preparo de peixe envolvido em um polme, acompanhado de batatas fritas. Eram servidos envolvidos em jornal.

No dia anterior, antes de ela ter duvidado dele e o dispensado.

— Ela vai embora de Londres, por isso não se anime. — Ameaçou-o.

— Ah, sim, estou sabendo disso. Confesso que não entendi o motivo quando comentou, mas agora percebo que só poderia ter sido merda sua.

— Seb, por favor, hoje não.

Gil suspirou e puxou o Marquês para fora do quarto.

— Nunca gostei de chutar cachorro morto. — Kim arregalou os olhos, ofendido pelo que seu amigo acabava de dizer. — Vamos deixar que ele lamba as feridas primeiro, depois tentamos colocar algum juízo na cabeça desse idiota.

— Concordo, tem que ser um imbecil para deixar a mulher que ama partir sem lutar com unhas e dentes. — Tremaine o olhou. — O amor só acontece uma vez.

Kim encarou o Marquês até que a porta do quarto finalmente foi fechada e a paz do silêncio voltou a reinar no cômodo. Deitou-se na cama, cobrindo o rosto com o braço, tentando relaxar e diminuir a dor causada pela bebedeira da noite anterior. *Não dá*, percebeu ele, ainda ouvindo as palavras cheias de angústia de Tremaine.

O amor só acontece uma vez.

Não sabia dizer se aquela máxima era verdadeira ou falsa, pois já havia visto várias pessoas de seu círculo de convivência se apaixonar muitas vezes, até mais do que deveriam. Contudo, dentre os casais que lhe serviam de exemplo de união perfeita, companheirismo e cumplicidade, tudo o que ele conseguia ver era um amor tão profundo que nem mesmo a morte superava. Como acontecera com seu pai, quando sua mãe partira. Como achava que tivesse acontecido com Tremaine.

Não conhecia a história que Hawkstone usou para chantagear o Marquês a investir no café anos atrás, mas supôs que tivesse relação com alguma mulher com quem Tremaine tinha vivido uma grande história de amor. Nenhum homem diria uma frase como aquela com tamanha carga de sentimentos transparecendo em seu semblante se não tivesse conhecido o desespero de ter perdido alguém.

Kim saiu da cama, ainda andando devagar por causa do estômago mareado, sentou-se de frente para seu armário de madeira e tirou dele a caixa com a mecha do cabelo trançado de Marieta. Ele nunca conseguiu superá-la, mesmo quando havia tantas barreiras entre os dois que tornavam qualquer relação impossível. Não imaginava como poderia fazer isso agora.

Marieta havia sido dele e ele totalmente dela. Compartilharam mais do que os poucos e roubados momentos do passado, ele a imaginara em sua vida, em sua casa, em sua cama. Fizera planos, armara surpresas, sonhara com a possibilidade de serem uma família. Nenhum outro sentimento lhe bastaria ou preencheria sua alma, ele sabia. Talvez pudesse amar de novo, mas nunca amaria alguém como a amava.

Como posso, então, deixá-la ir?

A resposta era simples: não controlava os sentimentos dela e muito menos era seu dono. Marieta não confiava nele, ainda magoada pelo que havia acontecido no passado, e ele não podia revelar o teor da conversa com Lady Catherine por lealdade à sua amiga de tantos anos. Kim pensou que se conversasse com a Viscondessa e obtivesse liberação para contar à Marieta a natureza do relacionamento entre Lady Anna e ela, talvez ainda houvesse uma esperança. Ele balançou a cabeça, afastando a ideia, achando injusto pressionar Catherine com algo assim.

Se pelo menos ela pudesse acreditar em mim.

Kim pegou a trança com cuidado, tirando-a da caixa, e voltou a se deitar. Olhou para a caixinha com a joia que havia mandado fazer e suspirou amargurado percebendo que só fizera aumentar a coleção de objetos que o faria sempre se lembrar dela. Sua mente não sossegou nenhum instante, procurando soluções para fazer aquilo que o Marquês lhe gritara para fazer: lutar por ela. Voltaria ainda naquele dia à Moncrief House e em todos os dias até que chegasse a data da viagem dela ao Brasil. Não desistiria, mesmo rastejando, mesmo se fosse rejeitado todas as vezes, iria até o fim. Já haviam perdido muitos anos juntos, ele não imaginava mais passar a vida sem ela.

Kim xingou alto quando ouviu novamente batidas à porta e, sabendo o quanto seus amigos eram insistentes, gritou em aviso assim que ouviu a maçaneta girar:

— O próximo que entrar aqui é um homem morto.

Silêncio. Então, a porta voltou a se fechar e ele respirou fundo, achando que havia se livrado do visitante.

— Ainda bem que não sou um homem. — A resposta de Marieta o fez se sentar na cama e olhá-la, assustado. — Sabia que gosto da língua inglesa porque deixa algumas coisas bem claras? — Continuou ela como se estivesse ali para um bate-papo leve. — Se você tivesse falado em português eu poderia ficar em dúvida se o homem objeto da ameaça se referia aos nascidos do gênero masculino ou à humanidade em geral. Por que, quando nos colocam juntos, viramos "homens"? Coisa sem sentido. — Revirou os olhos. — No inglês, não. Homem é homem, o sujeito do gênero masculino e nada mais. — Sorriu, mas Kim percebeu que seus lábios tremiam. — Gosto disso.

Kim se sentia um pouco zonzo e não conseguia raciocinar direito sobre o discurso que acabara de ouvir, mas não sabia se estava assim por causa da bebida ou pela surpresa de ver Marieta em seu quarto.

Devo estar fantasiando.

— És mesmo tu? — perguntou com medo de a ilusão se desvanecer.

Marieta sorriu.

— Acha que, se estivesse sonhando comigo dentro de seu quarto, eu estaria aqui parada dizendo que é muito injusto a humanidade ser resumida pela palavra "homem"?

Kim riu e negou.

— Certamente posso pensar em sonhos muito melhores para ter contigo dentro do meu quarto.

Ela ergueu a sobrancelha.

— É? E como seriam eles?

Kim aprumou o corpo, sentando-se recostado na cabeceira.

— Primeiro, não estarias tão vestida deste jeito. — Marieta apertou os olhos como se aquela ideia fosse uma ofensa, mas começou a desabotoar o vestido.

— Eu sabia que escolher um traje que eu pudesse vestir e tirar sozinha seria boa ideia. — Deixou os metros e metros de tecido se avolumarem aos seus pés, restando apenas o espartilho e a roupa íntima. — Acho mesmo que está sonhando, Joaquim.

O coração de Kim fazia seu sangue correr mais rápido e ele se acumulava todo numa parte específica de seu corpo, bem entre suas pernas.

— Ainda não estou convencido de que seja um sonho. — Ajeitou-se na cama e tirou o colete amarrotado com o qual dormira. — Nunca sonharia contigo usando um desses penteados ingleses. Gosto dos seus cabelos soltos, volumosos, fazendo uma moldura perfeita ao teu rosto e coroando teu corpo.

Observou Marieta molhar os lábios e estremecer, enquanto tirava as forquilhas do coque.

— Ninguém nunca havia me dito que gostava dos meus cabelos até você dizer — confessou ela. — Riam dele na vila, achavam selvagem, muito rebelde. Diziam-me que cabelos indomáveis, ruins como os meus, deverian ser mantidos curtos, raspados ou presos.

— Todos loucos ou invejosos. — Ele saiu da cama, aproximou-se dela, mas não a tocou, encarando-a profundamente. — És linda do jeito que és. — Kim enroscou um dedo em uma mecha densa de cachos pequenos e apertados. — Cada detalhe seu é como uma pincelada de um artista. — Percorreu o dedo indicador pela testa, descendo pelo nariz e pelos lábios. — Lamento por quem não consegue ou não quer enxergar. Perdem eles, ganho eu.

Os olhos de Marieta se encheram de lágrimas.

— Perdoe-me por ontem — disse, emocionada, as palavras saindo em meio a soluços. — Fui insegura e afastei você de mim...

— Sou um bom capitão, Mari. — Acariciou seu rosto com o dorso da mão. — Sempre respeitei as tempestades e os vendavais no mar, mas nunca os deixei de enfrentá-los quando algum me acertava. — Sorriu. — Eu iria resistir a ser mandado para longe, não desistiria sem lutar.

Marieta assentiu, compreendendo o que ele acabava de dizer, provavelmente se lembrando das suas palavras sobre ela ser como o vento. Kim sorriu, a emoção de tê-la ali se espalhando pelo seu corpo.

— Talvez eu não seja tão forte quanto você pensa que sou. Há marcas dentro de mim que não poderão ser apagadas do dia para a noite. — Marieta pôs a mão sobre o peito. — Sombras, medos, inseguranças que, mesmo diante da minha força, ainda me fazem fraquejar.

— És forte.

Ela concordou com ele.

— Eu sou, mas também preciso de tempo para curar e superar tudo o que passei. — Kim assentiu, pois imaginava como todos aqueles anos haviam sido difíceis para ela. — Não sei por quantas vezes mais me sentirei insegura ou com medo, mas prometo sempre confiar em você.

Kim piscou e sentiu quando seu rosto ficou molhado, revelando suas lágrimas diante do que acabava de ouvir.

— E eu prometo enfrentar qualquer vendaval a seu lado.

Marieta sorriu.

— Lady Catherine foi me ver em Moncrief House. — A informação surpreendeu Kim, pois ele não havia conversado com a Lady, mas podia imaginar quem o fizera. — Ela me contou tudo sobre ela e Lady Anna. — Soluçou, o choro sacudindo seus ombros. — Tentei confiar em você, eu queria... E entenderei perfeitamente se achar que não devemos mais...

Kim se afastou de Marieta e pegou a caixinha em cima da mesinha de cabeceira.

— Ontem, quando mandei a mensagem contando-te do compromisso que tinha e que por isso não iria ao almoço, era verdade.

Eu deveria ter ido à Bond Street para pegar uma encomenda, mas acabei me atrasando com a chegada do bilhete de Cat e seu pedido para que eu fosse vê-la. — Kim respirou fundo e abriu a caixa em sua mão, mas Marieta ainda olhava para seu rosto. — Pensei em dar a nós dois mais tempo antes de pedir-te em casamento, não queria que tivesse a impressão de que pretendia aprisionar-te, de que terias que te submeter a um homem agora que és livre para viver como quiser tua vida.

Marieta finalmente abaixou o olhar para o que Kim estava segurando. Então, colocou a mão sobre a boca, enquanto lágrimas molhavam seu rosto.

— Pedi para fazerem esse anel pensando na proposta que faria ontem.

Kim pegou o anel da caixa. A peça era composta por um brilhante aro de ouro e, no lugar da tradicional pedra preciosa grande e única, o ourives cravejara dezenas de pequenos diamantes sobre uma haste baixa, formando uma bola.

— É um dente-de-leão...

— É. — Kim riu. — Não quero que penses que vou submeter-te a mim ou comandar sua vida, muito menos que acharei que me pertences. Se eu disser que és minha, também direi que sou teu e isso será apenas um jeito de dizer o quanto amo-te. — Ele tomou fôlego. — Escolhi este anel para que sempre te lembres disso. — Pegou a mão de Marieta. — Quero que te cases comigo, Marieta, para que eu possa ser parte da tua vida e tu da minha, abertamente. Quero apresentar-te como minha esposa e amar-te tanto a ponto de todos virem o quanto sou feliz por te ter ao meu lado.

— Joaquim... — Ela não conseguia falar.

— Marieta, queres ser minha mulher?

Ela sorriu e ele sentiu o impacto daquele sorriso como se o céu cinzento de Londres tivesse se aberto e revelado um sol forte e luminoso.

— Eu já sou, Kim. — Ele a segurou forte pela cintura e a tirou do meio do vestido embolado no chão. — E sempre serei.

Eles se beijaram, selando a promessa de amor e união que fizeram um ao outro. Ainda estavam com as cabeças juntas, testa com testa, quando ele deslizou o anel pelo dedo de Marieta e acompanhou o cintilar de cada minúsculo diamante durante o movimento. Marieta era a mulher que sempre amou, que o fez acreditar em amor à primeira vista e em destino. Seria agora sua esposa, aquela com quem compartilharia sua vida, seus sonhos, alegrias e tristezas. Ela seria sua família. Kim a pegou no colo e a depositou suavemente sobre a cama, acariciando seu corpo, enquanto a despia vagarosamente, usufruindo do tesão que aumentava a cada centímetro descoberto dela, como se fosse a primeira vez. Não se cansava de admirá-la e desejava passar o resto de sua vida amando e adorando aquela mulher. Estava disposto a enfrentar qualquer intempérie que chegasse às suas vidas, desde que ela estivesse com ele. Marieta era forte, amorosa, ardente, inteligente, perfeita, e Kim se sentia o homem mais feliz do mundo por ser amado por ela.

— Eu amo você, Joaquim Moncrief de Ávila. — declarou ela, ecoando os pensamentos dele.

— Amo-te, Marieta, futura senhora de Ávila e da minha vida.

Epílogo

Kim e Marieta anunciaram suas bodas apenas no dia seguinte ao da reconciliação, pois não saíram do quarto, onde se amaram, conversaram, fizeram planos, riram e choraram tantas e tantas vezes que se esqueceram do mundo. Hawkstone aceitou ser padrinho do primo, juntamente a Helena, sua esposa, e não se assustaram quando os noivos anunciaram que se casariam em uma cerimônia íntima, na casa de Kim, depois do baile de abertura da temporada, o que deixou as mulheres da família desesperadas para organizar tudo a tempo.

Marieta seguiu com as aulas de inglês todos os dias, enquanto Lady Margareth tentava ensiná-la mais sobre os costumes da sociedade duas vezes na semana. Já não tinha aulas de piano com Lily, apenas se reunia com a querida amiga que fez para conversar, contar novidades e trocar impressões sobre livros. Porém, mesmo com a rotina corrida, ajudando a Condessa com a preparação do baile, organizando seu próprio casamento e tendo aulas, Marieta sentia que o dia se arrastava até o momento em que Kim cruzava a porta de entrada e era anunciado por Ottis.

Jantavam juntos todas as noites, às vezes com a família, às vezes a sós na casa dele. Ainda precisavam ser cuidadosos com os encontros, mesmo estando noivos, afinal ainda morariam naquela cidade tão cheia de moralidade e hipocrisia. Marieta descobriu coisas incríveis ao lado de Kim, uma Londres bem diferente da que tinha visto até então, andando pela cidade, conhecendo o porto, indo a galerias de arte, concertos musicais e peças teatrais. Quando o mês de março terminou e a primavera deu vida, eles passearam de barco, e Kim a ensinou a montar em sela de amazona no Hyde Park. Marieta conheceu os Jardins de Kensington e se apaixonou perdidamente pelo local, tão perfeito para escrever seus pensamentos no diário que Lady Lily havia lhe dado.

Estava a cada dia mais nervosa com a aproximação do baile, principalmente por causa de sua mudança de papéis nele. Havia chegado à Inglaterra para ser dama de companhia de Helena, ir com ela às compras — coisa que aprendeu a amar — e ajudá-la em eventos. No baile, ficaria sentada com as outras damas de companhia ou circularia com Lily e poderia dançar, sim, mas discretamente. Tudo isso havia mudado, no entanto. Dançaria com Kim, teria sua companhia e conheceria todos com quem ele fazia negócios. Marieta estava apavorada.

— E se não aprendi tudo o que Lady Margareth...

— Você aprendeu, fique calma. — insistiu Lily, enquanto experimentavam os trajes para o baile de máscaras que haviam chegado a Moncrief House. — Acho que a senhora M'Bala errou seu traje — comentou. — Kim vai morrer quando a vir nesse vestido.

Marieta girou na frente do espelho, vendo brilhar a seda multicolorida do vestido. Ela queria ir representando alguma princesa ou rainha africana, mas, claro, a costureira francesa que fizera seu enxoval não fazia ideia de como criar o vestido. Então, Kim a levara até uma costureira em uma rua menos famosa que a Bond Street e a apresentara à senhora Rebecca M'Bala, uma mulher da África do Sul que morava em Londres desde pequena e que fazia verdadeiras obras de arte com a agulha.

— Por que não me falou dela antes? — Marieta perguntou a Kim ao sair do ateliê. — De agora em diante nada de Bond Street para mim.

— Acha que ela conseguirá fazer algo sobre a fantasia que quer?

Marieta sorrira confiante.

— Tenho certeza de que sim.

Não houve decepção na confiança de Marieta na mulher, muito pelo contrário, houve surpresa. Ela esperava um lindo vestido com cores neutras e um corte mais simples, no entanto, recebeu um vestido suntuoso, em tons de ouro, cobre e carmim, com detalhes estampados e desenhos bordados com fios pretos na barra, na cintura e no decote em "V" no busto.

— Kim vai amar esse vestido — declarou Marieta, enquanto terminava de colocar o tecido do turbante sobre o cabelo. — Ele me ama como eu sou e esse vestido representa bem isso.

Lily sorriu e suspirou com a resposta.

— Não vai mesmo se casar de branco como a Rainha Vitória?

Marieta fez uma careta e negou.

— Não, meu vestido será elegante e inglês, mas não usarei branco. — Piscou. — Ainda nem acredito que iremos ao Brasil logo após a cerimônia.

Novamente Lily suspirou.

— Queria muito conhecer esse lugar de que vocês tanto falam. Hawkstone prometeu me levar quando forem apresentar o bebê ao pai de Helena e eu não vejo a hora de ir.

Marieta sorriu.

— Você ficará encantada com as paisagens, mas sofrerá ao ver o que fazem com meu povo.

— Sim. — concordou Lily, o sorriso morrendo. — Ficará bem ao voltar para lá, Marieta?

— Eu preciso ir. Quero receber a bênção de mãe Maria, matar a saudade dos meus amigos e procurar entender como vão as coisas por lá. Depois, iremos aos Estados Unidos, a convite dos Mead. Linda prometeu apresentar-me aos abolicionistas e me mostrar os projetos de educação.

— Será uma lua-de-mel agitada.

Marieta concordou.

— Sim, Kim quis fazer tudo isso comigo e, por causa dos compromissos dele aqui em Londres, decidimos unir o útil ao agradável. — Marieta sentiu o rosto arder quando Lily sorriu maliciosamente. — Um dia ainda vamos ter aquela conversa sobre como uma Lady solteira consegue um coche no meio da noite sem que ninguém saiba.

Lily ficou imediatamente vermelha.

— Eu acho que já tenho que ir me vestir. Harriet ia ao meu quarto para me ajudar. — Piscou para Marieta, sem disfarçar que estava saindo pela tangente. — Vejo você no baile.

Marieta gargalhou tanto que teve que pôr a mão na barriga e sentiu os olhos úmidos. Adorava aquela dama inglesa como se fosse uma amiga de longa data. Lily tinha o coração mais puro do mundo e escondia uma inocência que a fazia lembrar-se de si mesma.

Suspirou depois do acesso de riso e, então, focou em sua mão sobre o ventre, sentindo uma pontada de tristeza. Contara a Joaquim sobre a possibilidade de não poder ser mãe na manhã seguinte ao pedido de casamento, quando ele mencionou que formariam uma família em breve. Temeu a reação dele, claro, mas não podia esconder uma suspeita como aquela.

— Não sabes se o problema era teu — disse ele, calmamente. — E se for, filho não é somente aquele que nasce de teu próprio corpo, pode também nascer do coração, não achas?

Ela concordou chorando, emocionada por ouvi-lo dizer as palavras que sempre acreditou como verdade.

— Temos tempo e disposição para descobrir. — Continuou a falar, beijando-a cheio de desejo. — Acho que já podemos começar a investigar agora mesmo.

Então, fizeram amor de novo, mesmo depois de um dia e uma noite intensos. E Marieta desejou, do fundo de seu coração, que pudesse acolher a semente de Kim e gerá-la em seu interior.

— Mari? — Ela deixou a lembrança de lado e caminhou até a porta, a fim de abri-la para Helena. — Já está pron... Ah, meu Deus, está linda.

A Condessa, vestida de Julieta, colocou as mãos no rosto, sorrindo largo e com seus brilhantes olhos dourados bem abertos.

— Você também. — Ela balançou o vestido medieval com mangas longas que iam até o chão. — Lily acabou de sair daqui para se arrumar, vamos esperá-la?

Helena negou.

— Não posso, preciso recepcionar os convidados ao lado de Hawk.

— Então, vamos lá. — Marieta pegou sua máscara, que estava sobre a cama. —Aguardo Lily no sopé da escada. Joaquim já chegou?

— Sim, está com Hawk e Braxton no escritório. Elise e tia Maggie estão com Charlie no berçário, o menino está resistente à ideia de ter de dormir. — Sorriu e pôs a mão no ventre. — Acho lindo como Elise se dedica a ele. Os ingleses no geral não são assim, veem seus filhos apenas um par de horas por dia.

— Você também será muito dedicada a seu filho, tenho certeza.

Helena suspirou feliz.

— Estou tão alegre por ter você aqui comigo em Londres. Ainda que só volte depois que eu der à luz...

— Posso conversar com Kim e esperar...

— De jeito nenhum, é a lua-de-mel de vocês. Ficarei bem, não se preocupe. Só de saber que você virá depois para ficar, eu já me sinto imensamente contente.

Marieta assentiu.

— Kim e eu vamos viajar algumas vezes ao ano — contou. — Fizemos planos de visitar Portugal no verão e depois seguir ao Brasil, onde ficaremos até a primavera. Ele quer me levar para conhecer a África também, mas ainda não sei se estou emocionalmente pronta para ir.

Helena pegou em sua mão.

— Vá quando estiver preparada.

Marieta concordou, descendo as escadas e vendo a movimentação de criados ainda no salão de baile e no hall.

As duas foram para o escritório e, no caminho, pegaram uma taça de champanhe da bandeja de um lacaio. Entraram rindo, com a bebida na mão, e encontraram os homens falando sobre política — assunto recorrente na casa desde a reabertura do parlamento.

— Boa noite, milordes. — Marieta saudou Hawk e Braxton e, em seguida, cumprimentou seu noivo. — Joaquim.

Ele estava paralisado, o copo de uísque na mão, e os olhos fixos nela. Deu uma voltinha para ele, a fim de mostrar a beleza do vestido.

— Estás belíssima. — Sorriu e se aproximou dela, esquecendo os demais presentes no escritório.

Segurou-a pela cintura e a colou em seu corpo. Hawkstone pigarreou alto, mas Kim não tirou os olhos de Marieta.

— É melhor tomar um tônico para a garganta, Hawk, isso pode ser gripe — comentou irônico, antes de beijar sua noiva.

A risada encheu o cômodo em volta deles, mas nenhum dos dois prestou atenção, concentrados demais no que sentiam toda vez que estavam um nos braços do outro.

Bônus

Final feliz

Brasil, maio de 1859

— Está nervosa? — Kim perguntou quando faltavam poucos metros para chegarem à casa de mãe Maria.

— Muito. — Marieta sorriu. — Ela terá uma surpresa se nossa carta não chegou a tempo.

Kim assentiu.

— Deve ter chegado. De qualquer forma, espero que não me mate por ter desposado-te sem sua bênção.

— Tenho certeza de que ela não irá fazer nada contra você. — Marieta respirou fundo mais uma vez. — Odeio esse espartilho, não sei por que não aboli o uso dele quando cheguei aqui.

— Eu adoraria que abolisses, evitaria mais estragos. — Segurou o fôlego ao dizer isso, sabendo como sua esposa reagiria.

— Não volte a fazer aquilo. Seja mais paciente, essas peças são caríssimas e feitas sob medida, é demorado repô-las.

Kim assentiu, tentando não rir.

A verdade é que não havia conseguido paciência para desfazer os laços da peça no dia de sua boda. Marieta estava linda em um vestido cor de marfim, com os cabelos enfeitados com o pano que mãe Maria lhe dera ao sair do Brasil para começar nova vida em Londres. Ela estava feliz e emocionada e, ele, ansioso para colocar a aliança de casado em seu dedo. Foi uma cerimônia simples, com a família dele reunida — tanto a que residia em Londres quanto seus irmãos, cunhadas e sobrinhos de Portugal — e amigos queridos. Cumpriram o protocolo exigido pela lei inglesa e a partir daquele momento puderam viver maritalmente sem se esconderem.

Após o casamento, um café da manhã havia sido preparado sob a supervisão da senhora Sanders, que estava como convidada naquela manhã, ao lado do marido. Foi uma ocasião especial, diferente e que ele nunca poderia esquecer. Quando todos foram embora, Kim a levou para o quarto deles e, como ele não tinha valete e ela não tinha criada de quarto, ambos se despiram. Nunca tinha tido problema com os laços da roupa íntima antes, mas, particularmente naquele dia, se embolou todo e decidiu rasgar a peça sob protestos e risadas de sua esposa.

"Você é louco.", dissera Marieta ao ser carregada, já nua, para a cama.

"Sou louco por ti."

Fizeram amor em um ritmo diferente, intenso, compartilhando uma intimidade tão única que nunca imaginaram existir. Tornaram-se um, sem poder definir quem era quem, misturando-se a tal ponto que, quando a paixão os levou ao êxtase, alçaram voo juntos.

Partiram no navio a vapor de Kim no dia seguinte ao casamento, rumo ao Brasil, para o começo de uma lua-de-mel inesquecível em muitos aspectos.

"Já imaginou como o Barão reagirá quando souber da novidade?" perguntara Marieta, durante a travessia do oceano.

"Importa? Eu não faço a mínima questão de trocar uma palavra sequer com aquele homem."

"E Pedro?", Marieta usou uma voz baixa, sabendo que seu marido estava dúbio com relação à lealdade de seu amigo de anos.

"Ele nos recepcionará na Corte e aí poderemos conversar frente a frente."

E assim foi feito.

Desembarcaram no porto da Corte, onde Pedro e sua esposa estavam à espera deles com um coche. Seguiram juntos para o hotel que Kim havia reservado assim que decidiram sobre a viagem e almoçaram com conversas amenas e triviais. Acássia era um amor e tratou Marieta com respeito e cordialidade, o que agradou muito a Kim. Sabia que seria mais complicado estarem no Brasil do que em Londres, mas ele não iria deixar que maltratassem sua esposa, assim como sabia que Marieta não abaixaria a cabeça.

Já o gerente do hotel não conseguiu disfarçar a tempo a surpresa quando Kim a apresentou como sua esposa, mas o homem cumprimentou-a com educação e mandou que encaminhassem as malas ao quarto reservado.

Jantaram com Pedro e Acássia na casa deles e, depois do jantar, os dois homens tiveram a chance de estar a sós.

— Estamos articulando os votos ainda — comentara Pedro sobre sua candidatura ao cargo de deputado. — Precisamos organizar tudo desde os eleitores de paróquia, porque são eles que definem a eleição, elegendo os eleitores de província que poderão votar diretamente para as vagas nos cargos do legislativo.

— Quanto mais converso sobre política, mais confuso fico — admitira Kim. — Então, deverás conseguir eleger os eleitores que votaram com o teu partido, é isso?

— Basicamente. — Oferecera-lhe aguardente, mas Kim recusara. — Estou muito feliz por você e Marieta, embora confesse que sua carta me deixou confuso.

Joaquim inspirara o ar profundamente naquele momento.

— Ela nunca recebeu o bilhete que deixei contigo.

— Mas eu o entreguei, Kim, não para ela, mas para a mãe Maria. Nunca poderia ter imaginado que Marieta não havia recebido.

Kim fechou os olhos, abalado com a informação. Marieta amava mãe Maria como se fosse sua própria mãe, provavelmente não entenderia o motivo que a levou a não lhe entregar a carta.

— Por que não entregou diretamente para Marieta?

— Ela não estava na cozinha e só fui rapidamente à Santa Helena, meu pai já estava impaciente para ir para a outra fazenda, então deixei com a cozinheira, eu lhe dou minha palavra sobre isso.

Kim não duvidou de Pedro, reconhecendo a sinceridade com que os dois sempre se falaram.

— Sobre a mãe biológica de Marieta — Pedro havia levantado e lhe entregara um papel. — Consegui rastreá-la de onde paramos. Ela estava em uma fazenda no vale do Paraíba paulista.

— Estava? — Kim havia tomado o papel para ler.

— Sim. A fazenda foi vendida e o novo dono escolheu trabalhar com imigrantes. Então, vendeu alguns escravizados e libertou outros. Mas não consegui apurar quem eram, foi há alguns anos.

Kim lamentara ter demorado tanto para seguir as pistas que haviam levantado, pensando que talvez tivessem encontrado a mãe de Marieta. Ele não desistiria da busca, pelo contrário. Por ele, iria seguir viagem até o local e perguntaria pessoalmente sobre a bela negra que possuía uma pinta grande na bochecha esquerda. Mas preferira contar à sua esposa sobre a investigação anos atrás e sobre as novas pistas que Pedro havia achado, deixando a decisão de seguirem ou não procurando-a nas mãos de Marieta.

— Nós vamos até lá. — Ela decidira, com os olhos vermelhos de chorar. —Preciso saber qualquer coisa sobre minhas raízes.

Kim a recebera em um abraço forte e se vira incapaz de falar sobre a carta que mãe Maria não lhe havia entregado. Decidira encontrar-se pessoalmente com a senhora e esclarecer o assunto.

Ele suspirou na carruagem, atraindo o olhar de Marieta, que até então estava fixo na estrada.

— Algum problema?

— Não. — Sorriu. — Só cansado de tanto sacolejar. Que falta faz o trem por aqui.

— Sim. — Marieta concordou. — Quando andamos pela primeira vez eu pensei que ia morrer, tão rápido ia. — Sorriu feito criança. — Seria maravilhoso ter algo assim aqui.

— Quando finalmente as obras do Metropolitano começarem em Londres, poderemos nos preparar para andar debaixo da terra. — Marieta arregalou os olhos. — Já pensaste? Será muito mais rápido.

— Não sei se terei coragem.

Kim ergueu a sobrancelha.

— Tu? Acho que serei arrastado para lá antes mesmo de estar preparado. — Ele se aproximou da esposa e a beijou. — Tu não temes nada.

— Chegamos! — Ela pulou quando a carruagem parou e olhou pela janelinha da porta. — Sim. — Seus olhos marejaram imediatamente. — Ah, olha lá ela.

Kim conseguia sentir a emoção de sua esposa quando a velha senhora com turbante na cabeça apareceu na soleira da casa simples, porém muito bem arrumada, onde a carruagem parou. O cocheiro abriu a porta e Marieta não esperou por Kim, descendo antes, sozinha e indo correndo até a mulher que a criara. Ele aproveitou o momento particular das duas e pegou as malas que eram retiradas da carruagem.

— Kim. — Marieta o chamou. — A carta chegou a tempo.

Ele sorriu e se aproximou da senhora, cumprimentando-a com respeito.

— É bom revê-lo, rapaz. — Maria o cumprimentou. — Não foi surpresa o casamento, mas a carta quase me levou pro outro mundo.

Marieta sorria feliz, abraçada à mulher.

— Eu gostaria de pedir vossa bênção ao nosso casamento. — Kim pegou a mão de sua esposa.

— Vocês a tem. Hoje vamos preparar uma comemoração especial para os noivos.

— Ah, mãe Maria, não precisava ter tido trabalho.

— Deixa de besteira. — Sorriu orgulhosa para Marieta.

As duas entraram na casa, seguidas por Kim, que levava as malas para os dias que passariam por lá. Marieta optou por usar vestidos sem anágua. Estava linda como sempre, vestida em seda ou em algodão, não fazia diferença.

Almoçaram com a senhora e com seu filho mais novo, Zuma, que era da mesma idade de Marieta. Kim ouviu as histórias deles, escutando sempre com muita atenção, feliz por fazer parte da vida em família de sua mulher, achando impossível aquela senhora ter feito qualquer coisa para machucar a filha de seu coração. A oportunidade de conversar sobre isso com Maria surgiu quando Marieta retirou-se para o quarto a fim de se refrescar. A velha senhora estava na cozinha, iniciando a preparação do jantar de comemoração e Kim sentou-se à mesa de madeira para conversarem.

— Eu tenho algo a lhe perguntar, se me permitir. — Ela parou de fazer o que estava fazendo e sentou-se à mesa com ele. — Anos atrás, prometi à Marieta que viria buscá-la, não sei se a senhora sabe...

— Eu desconfiava. A menina nunca falou, mas chorava muito depois que o sinhô foi embora.

Ele assentiu.

— Um tempo depois, quando voltei, mas não pude encontrá-la, Pedro trouxe uma carta minha para ser entregue à Marieta. — A senhora assentia. — Ele me disse que lhe entregou o bilhete, é verdade?

Kim esperava que ela pudesse se lembrar, pois já havia se passado mais de meia década desde então.

— Eu lembro quando o sinhozinho procurou Marieta com uma carta — confessou. — Ele me pediu para entregar e saiu para encontrar o Barão.

O coração de Kim acelerou.

— Marieta disse que nunca a recebeu.

— Eu sei. O Barão me viu com a carta assim que o sinhozinho saiu e a pegou, dizendo que a minha menina estava tentando fazer a cama para o filho se deitar. Eu não sabia que era sua e não queria graça do filho do Barão com minha Marieta.

Kim suspirou.

— Ele já havia falado em casar Marieta antes de pegar a carta?

Maria ficou um tempo em silêncio e depois negou.

— Sempre disse que era para nenhum homem da senzala se engraçar com ela, então escolheu um que tinha acabado de chegar de outra fazenda.

Kim precisou respirar fundo para se controlar e, mais tarde, quando contou a história à Marieta, externou o sentimento de raiva e a vontade de ter um acerto de contas com o Barão.

— Ele não vale a pena. — Foi a resposta dela. — Já sabíamos que ele não nos queria juntos e a pior punição, que é nos ver felizes, ele já está recebendo.

Kim a abraçou, então, orgulhoso da mulher que o escolhera para ser seu amor.

A festa na casa de mãe Maria foi linda, com dança, música e muita alegria. A comida, como sempre, estava deliciosa. Marieta e Kim foram abençoados pela anciã e pelos orixás, confirmando mais uma vez seus votos diante de todos.

— A cada dia ela fica mais linda. — Ouviu Kim comentar com mãe Maria, já um pouco bêbado por causa da poderosa aguardente que Zuma produzia.

Marieta sorriu diante do elogio e abraçou o marido.

— Eu acho que este homem precisa de correção para os olhos — disse, rindo.

— O amor faz destas coisas — replicou mãe Maria com sabedoria. — Mas ele tem razão, uma mulher gerando vida fica cada dia mais linda.

Marieta ficou paralisada olhando o sorriso de quem conhecia bem aquele estado e que havia ajudado muitas mulheres a passar pela gestação e pelo parto. Seus olhos ficaram úmidos, ela olhou para Kim que parecia ainda mais perplexo que ela, encarando-a como se pudesse vê-la por dentro.

— A senhora tem certeza, mãe?

— Como tenho do nascer do sol amanhã — garantiu.

Marieta não conseguira mais conter o choro e abraçou Kim com força. Suas regras nunca foram confiáveis, teve muitos alarmes falsos ao longo de seu primeiro casamento, mas nunca mãe Maria lhe dissera que havia concebido. Marieta acreditava nela e que ela podia perceber as mudanças em seu corpo e em sua alma.

Um filho.

— Acha que é possível? — perguntou Kim, eufórico.

— Eu tenho certeza de que é.

Ficaram mais uns dias na vila com mãe Maria e Zuma. Antônio e Augusto, os irmãos de Helena e Pedro, passaram pela casa para cumprimentá-los pelo casamento e conversar sobre negócios. Entretanto, por mais que tivesse sido convidado, Joaquim não pisou na fazenda nem procurou o Barão. Marieta conversou ainda com Zuma sobre Helena pedir a compra da liberdade de seus irmãos e cunhados. Garantiu-lhe que teriam dinheiro suficiente para tal e que, assim que sua amiga e o marido viessem ao Brasil depois do nascimento do bebê, tudo isso seria feito.

— Vamos seguir até São Paulo?

Marieta confirmou, ainda que tivesse pouca esperança de encontrar a mãe. Viajaram durante horas até uma estalagem onde passaram a noite e, no outro dia de manhã, seguiram pelo caminho que ainda faltava. Chegaram à fazenda onde tiveram a última informação, contudo, os donos não permaneciam lá, apenas a visitavam, pois moravam na capital paulista.

— Podem tentar falar com o administrador — disse um senhor com um forte sotaque. — Querem que eu o chame?

— Por favor. — Kim agradeceu e pegou a mão de sua esposa com força.

Um homem alto, de cabelos escuros, sisudo apareceu e se apresentou como o responsável pela fazenda.

— Ela deve ter por volta de 45 anos, é alta e tem uma pinta...

— Parece com essa daí? — O homem apontou para Marieta sem nenhum respeito ou educação. Ela alisou a mão do marido, sabendo que isso deveria tê-lo irritado. Kim assentiu, sem falar mais nada. — Procure-a no armazém de secos e molhados.

Kim virou-lhe as costas sem se despedir, visivelmente aborrecido com o homem.

— Não o deixe te irritar.

— Minha vontade era esmurrar aquela cara tosca dele.

Marieta riu.

— Eu também tenho, mas não posso esmurrar todo mundo. — Deu de ombros. — Não abaixo a cabeça e os encaro altiva. — Riu. — Isso os constrange.

Chegaram ao local que o administrador havia apontado, uma venda muito maior do que a da vila onde a fazenda do Barão de Santa Lúcia ficava, cheia de produtos, muito bem organizada e limpa.

— Pois não? — Um garoto mestiço, por volta de uns dez anos de idade os atendeu. — Posso ajudar?

Marieta lhe sorriu.

— Olá. — Ela o cumprimentou e o menino a olhou encantado. — Onde estão os donos? Gostaríamos de falar com eles.

— Vou chamar. — Ele logo se prontificou. — Papai. — Berrou tão alto que Marieta riu. — Papai.

Kim colocou as mãos nas orelhas, mas também estava parecendo se divertir. Um homem alto, muito alto e magro, branco e de olhos claros apareceu. Seus cabelos castanhos eram ralos e penteados de lado. Marieta deixou de rir ao vê-lo, preparando-se para o olhar de desprezo vindo de um homem que, certamente, se deitara com uma escravizada.

— Posso ajudá-los? — O sotaque forte denunciava que não era do país, embora falasse português perfeitamente. — Sou o proprietário, Giulio Ricceli.

Kim apertou a mão do homem.

— Joaquim de Ávila e esta é minha esposa, Marieta de Ávila.

— É um prazer, senhora. — Ele fez um gesto com a cabeça, cordial e educado, o que surpreendeu positivamente Marieta. — Português? — Perguntou a Kim, que assentiu. — Temos alguns por aqui também. Em que posso ajudá-lo?

— Estamos procurando por uma pessoa, uma mulher que...

— Giulio, Bianca não me deixa trabalhar...

Marieta arregalou os olhos e suas pernas começaram a tremer, tanto que teve que ser amparada por Joaquim, que a segurou pela cintura antes que caísse. Nunca havia desmaiado em toda sua vida, mas sentiu como se toda a força lhe fosse tirada de repente e não pesasse mais do que uma pluma.

— Madonna Santa. — O italiano correu para acudi-los e pegou uma cadeira para Marieta se sentar. — Ela está bem?

— Sim — respondeu Kim, tocando o rosto de sua mulher.

— É ela... — sussurrou Marieta, encarando-o.

Ele concordou.

— Parece que sim. — Sorriu. — Está melhor?

— Trouxe água. — A voz da mulher a fez olhar para cima e ver quando Kim aceitou o copo que ela oferecia.

Como Marieta poderia não a reconhecer? Ambas eram muito parecidas, embora se diferenciassem na cor dos olhos e por causa do sinal que a mulher mais velha tinha no rosto. As duas se encararam por um tempo, Marieta percebeu quando ela começou a semicerrar seus olhos, como se tentasse entender o que estava acontecendo.

— Marieta? — Kim a chamou para que bebesse a água.

Um gemido se fez ouvir.

— Como o senhor a chamou?

Marieta novamente a olhou e percebeu seus olhos rasos d'água e suas mãos trêmulas segurando a moringa de barro. O senhor Ricceli a amparou, tirando o recipiente de sua mão, enquanto perguntava com voz carinhosa se ela estava bem.

— Meu nome é Marieta. — Ela se apresentou, colocando-se pé.

— De qual fazenda? — perguntou, assim como os escravizados faziam quando se encontravam com outros que não identificavam.

Marieta tremeu.

— Santa Helena, mas nasci na Fazenda Rubi.

A mulher pôs as mãos sobre o rosto, chorando, e abraçou forte o italiano.

— Giulio, amore mio, é ela.

Marieta, então, deixou que suas próprias lágrimas rolassem e sentiu a mão de seu marido alisando suas costas, antes que fosse tragada por um abraço forte e cheio de saudades de uma mulher que a vira havia mais de 26 anos.

— Está viva. — Chorava e repetia as palavras. — Está viva.

— A senhora também.

Ela se afastou e segurou o rosto de Marieta com as mãos, olhando-a detalhadamente.

— É tão linda.

— Mara, você está amassando a ragazza.

Mara riu sem jeito, secando as lágrimas e concordou.

— Seu nome é Mara? — Marieta perguntou, adorando poder saber o nome de sua mãe.

— Sim, Mara Ricceli. — Apresentou-se com orgulho. — E esses são meus filhos, João e Bianca.

Marieta olhou para as crianças, cheia de carinho. Tinha irmãos. Olhou para Kim, que estava tão emocionado quanto ela, e pegou a mão do marido para apresentá-lo à mãe.

Foram convidados a entrar na casa, atrás do armazém, e Marieta ficou feliz ao ver que sua mãe tinha um lar com filhos e um marido que parecia adorá-la. Estava feliz como nunca imaginara ser, sentia-se completa, como se tivesse acabado de resgatar um pedaço de seu coração.

Sentaram-se no sofá da sala, sua mãe fazendo questão de estar sempre por perto, pegando sua mão, contando-lhe coisas sobre quando ela nasceu e sua família, preenchendo os espaços em branco da história dela.

Em dado momento, Kim pegou suas mãos e entrelaçou seus dedos nos dele. Marieta o olhou.

— Amo-te. — declarou-se.

— Eu também te amo muito.

Ele beijou sua mão, enquanto se levantavam para tomar café com seus novos familiares, em um clima de alegria e emoção que contagiava a todos. Marieta fechou os olhos, agradecendo a Deus por poder viver aquele momento e reconheceu que nem em seus mais fantasiosos sonhos havia sentido tamanha felicidade.

Quem dera se todas as pessoas que tiveram a vida que eu tive pudessem ter esse final feliz.

Primeira edição (março/2021)
Papel de Capa Cartão 250g
Papel de Miolo Pólen Bold 70g
Tipografias Adobe Devanagari e Butler
Gráfica Santa Marta